情定悍嬌妻 3

風 文創 558

新蟬 著

目錄

第二十五章

秦氏本想跟著寧櫻上薛家的馬車，為二房的前程找些機會，卻被寧櫻略施小計拋下而出了糗。

寧櫻將前面的情形看得清楚。秦氏嬌貴，必定忍不下這口氣，車伕受訓斥在情理之中，她看馬車掉頭，搭著金桂的手上了薛府的馬車。

薛怡也聽到聲音。方才寧櫻便到了，卻這會兒才上馬車，不由得好奇。「是不是出什麼事了？」

寧櫻躬著腰，指著身後道：「車伕是我祖父給的，不想他跟著，用了點小計謀讓他回去了。」

見她不掩飾自己的心思，薛怡心裡高興。如果寧櫻不是將她當作自己人，用不著以實相告，她拍了拍身旁的墊子道：「過來坐，你們府裡熱鬧，上上下下都有自己的心思，哪像薛府一派和睦，妳還是嫁到薛府來吧，包准沒有煩心事。」

寧櫻哭笑不得。婚姻之事哪是她說了算，薛府是安身立命的好地方，可不能不顧薛墨的想法。一輩子時間那麼長，她會遇到自己喜歡的人，而薛墨也會有自己喜歡的人，往後兩人如何相處？這幾日她想明白了，感情的事情強求不得，走一步算一步了。

寧櫻坐穩後，馬車才緩緩行駛。官道上馬車多，瞧著都是去南山寺的，她發愁起來，和薛怡道：「南山寺香火鼎盛，後山沒有住處的話如何是好？」

圓成師父管著後山，可不會看誰的身分尊貴就留面子騰間屋子出來，千辛萬苦上山，當天就得回家，不是找罪受嗎？

「圓成師父和慎之有些交情，前日他來府裡我便和他打過招呼了，會讓圓成師父給咱們留住處的。」

薛怡的話剛落，車外便傳來聲低沈冷淡的聲音。「薛叔說妳們一大早就出了門，怎麼這會兒還在城外？」

聞言薛怡面色一鬆，指著外面笑道：「說曹操，曹操就到。」白皙柔嫩的手緩緩拉起一小角竹青色簾子，說道：「我與櫻娘正說起你呢！可與圓成師父說好給咱們留屋子了？」

寧櫻低下頭。聽得出來兩人關係很好，譚慎衍的聲音一如既往的冷淡，卻不似與外人說話那般咄咄逼人或冷嘲熱諷。她攤開自己手掌，細細打量著掌心紋路，不打擾兩人說話。

「說好了。」譚慎衍說話時，目光不著痕跡瞥向薛怡身旁，簾子縫隙小，只能時不時看清寧櫻的一小截衣袖，饒是如此，他如寒星的眸子漸漸柔和下來，輕聲解釋道：「這兩日京中不太平，薛叔不太放心，要我追上來瞧瞧。」

薛怡皺眉。昨晚薛慶平在宮裡執勤，破曉時才回來，遇到她出門叮囑了幾句，並未開口提譚慎衍之事，細細一想，多半是薛慶平事情多忘記了，她笑道：「有你護送再安全不過，不過你手裡沒事嗎？」

老侯爺進宮，當朝列舉青岩侯爺的幾大罪證，滿朝譁然。老侯爺年輕時威風凜凜，老來得子對譚富堂甚是寵愛，如今身子一日不如一日，臨死前卻要將自己兒子拖下馬，生平頭一回遇到。皇上問內閣拿主意如何處決青岩侯府？內閣主張滿門抄家，男子充軍、女子充軍妓。算著日子，今天上朝，皇上就該表態了，看譚慎衍的模樣，似乎一點都不著急，讓她不由得重新審視起這件事情。

馬車走在道路右側，沒有旁人，她索性將簾子掀開，問譚慎衍道：「朝廷都在商量如何處決譚伯伯，怎麼你好像一點都不著急？」

寧櫻心下困惑，抬頭看向簾外。譚慎衍一身青黑色暗紋常服，頭戴玉冠，暗紫色腰帶上別著一枚紫色玉墜，面若傅粉，眼若星辰，如陽春白雪，冷淡俊逸，她打量一眼便收回目光，見禮道：「譚侍郎別來無恙。」

譚慎衍眉目端正，淡淡點了點頭算作招呼，修長的睫毛顫了顫，蓋住眼中情緒，波瀾不驚地回薛怡道：「皇上一日不召見我，便是認可我繼續任刑部侍郎，我理會那些作甚？」

前幾日他便告了假，老侯爺不出面，他有其他法子對付譚富堂，不過還得費些周折，只因譚富堂在朝廷積威甚重，又有老侯爺在後面撐腰，即便已坐實了罪證，內閣也不敢明目張膽處置譚富堂。老侯爺在先帝小時候便陪著他，先帝剛坐上皇位，帝位不穩，老侯爺替他平定四方，落下一身病根，對當今皇上也有提攜之恩，誰敢將矛頭對準譚家？

可是，老侯爺親自動手就不同了。譚富堂如今的一切是老侯爺給的，皇上看的是老侯爺的面子不是他的面子，懲治他是早晚的事，不過老侯爺出面倒是省了譚慎衍許多麻煩。

寧櫻從兩人的隻言片語中大致明白發生了何事。青岩侯爺結黨營私、中飽私囊，在其他州府安插自己的眼線，強買、強賣百姓的土地，弄得怨聲載道，民不聊生，當地知府礙於老侯爺不敢上報朝廷。她記得上輩子是譚慎衍親自揭發青岩侯，為此揹上弒父的罪名，皇上為此嘉獎了他，沒想到這輩子換成老侯爺清理門戶。她抬起眉，暗暗端詳譚慎衍兩眼，只見他威風凜凜、寵辱不驚，和她記憶裡的譚慎衍沒什麼兩樣。

難道上輩子老侯爺死得早，沒有機會揭發青岩侯的罪行，才讓譚慎衍替他行道？

她消息閉塞，這兩日在桃園什麼也沒做，不知外面發生這麼大的事，琢磨片刻，安慰譚慎衍道：「山重水複疑無路，柳暗花明又一村。譚侍郎別想太多，一切都會好的。」

薛怡轉頭看向寧櫻，只當她不懂朝堂局勢。朝堂牽一髮而動全身，青岩侯爺真遭了殃，青岩侯府的名聲一落千丈不說，全府上下兩百多人都要受其連累，哪有否極泰來的一天？

卻不想，耳邊傳來譚慎衍的輕笑聲。「借六小姐吉言，如果青岩侯府真的挺過這個難關，譚某定登門造訪。」

寧櫻擺手說不用，畢竟她清楚青岩侯府的未來。那件事情後，譚富堂被軟禁在侯府，譚慎衍襲爵，青岩侯府的名聲在譚慎衍手中漸漸恢復，甚至有過之而無不及，皇上恩寵不斷，沒幾年就躋進一等侯爵之位，和懷恩侯府那種靠著皇后、太后得來的侯爵不同。譚慎衍是憑自己的本事掙來的殊榮，滿朝文武百官厭惡他不假，卻也不得不佩服他的果敢英勇。世上，總有一類人是你既討厭又佩服的，譚慎衍明顯屬於這種。

想得多了，不知何時簾子已放下來，薛怡開始感慨小時候的事。「慎之和我與墨之從小一塊兒長大，青岩侯府的水比寧府還深，他這麼多年熬到這個位置不容易，但願皇上處置譚伯伯不會殃及池魚。」

譚慎衍的世子之位是老侯爺為他求來的。很早的時候，譚慎衍便對譚富堂說過，父輩掙下的東西他不會拿，只要他該得的那部分，暗指譚富堂偏心譚慎平、胡氏，父子倆關係鬧得僵，為此薛慶平還去譚府勸過譚慎衍。說起來，譚富堂做那些傷天害理的事與譚慎衍無關，這些年薛怡沒刻意關注譚慎衍，卻也知他許多次都命懸一線，要不是有她父親和弟弟，譚慎衍說不定早死了。

寧櫻握著她的手，篤定道：「皇上明理，不會怪罪在譚慎衍頭上的，妳就別擔心了。算著日子，是不是小太醫快回來了？」

心情本來很好的譚慎衍在聽了這話後，身體一僵，勒著韁繩，往馬車邊靠了靠，傾著身子，不動聲色聽著車裡的談話，明顯是聽到薛墨兩字的反應。

跟在譚慎衍身後的福昌被他的動作弄得哭笑不得。堂堂刑部侍郎竟然偷聽兩位小姐說話，傳出去不是叫人貽笑大方嗎？不過，想歸想，他是不敢指責譚侍郎的，身子也側了側，學著譚慎衍的樣子，認真聽著馬車裡的動靜。

只聽薛怡道：「我也不清楚，他說過待我出嫁時才回來，算著日子還有近一個月，怎麼，妳想他了？」

聽到這裡，福昌看向自家主子如墨黑般陰沈的臉，不知為何，心情莫名緊張，又聽寧櫻回答道：「不是，譚侍郎與他走得近，他回來安慰譚侍郎兩句，說不定譚侍郎心情會好點。」

頓時陰沈的臉如烏雲散開，福昌看見自家主子揚了揚嘴角，眉目舒展，笑得怎一個花枝亂顫可以形容？本就是好看之人，這一笑積聚於眉目間的戾氣瞬間消失，如芝蘭玉樹，清雅高潔。

他沒想到，寧櫻年紀不大，卻懂得怎麼討人開心，將來她若是嫁進侯府，說不定能減輕他家主子身上的陰鬱，真要如此的話，他不管寧櫻是不是小姑娘了，不擇手段也要撮合她與自家主子，只為了往後他們兄弟幾人的日子好過些，這樣，才對得起福榮快馬加鞭出京尋回來的那幾棵櫻桃樹，據說，路上跑死了好幾匹馬呢！

陽光明媚，到南山寺山腳時，太陽暖洋洋地懸在天際，前面的馬車排起了長龍，上山的路口說是人山人海也不為過。

薛府的馬車停在一處客棧後，薛怡戴上帷帽，在丫鬟的攙扶下緩緩走下馬車；寧櫻沒那麼多忌諱，大大方方走了下去，面上不施粉黛卻紅潤有光澤，如桃花般妍麗不失光彩。

望著黑壓壓的人群，她皺了皺眉，挽著薛怡的手臂道：「這會兒人太多了，上山途中怕也是人滿為患，會不會上不去？」

薛怡往年都會避開春闈過來，也沒見過如此盛大的場面，狐疑道：「應該不會吧？今日咱們在後山轉轉，明日一早上山趁著人少的時候盡快上香，隨後下山回來。」

人多，進寺上香估計要排起長龍，她們這會兒上山上香肯定是來不及了。

寧櫻覺得可行，一行人便慢慢往前面走。擔心被人擠著，兩人手挽著手往山上走，全是上山的人，摩肩接踵，寧櫻想走快些都沒辦法，會踩到前面人的腳後跟，半個時辰才移動了少許，亭子裡坐滿休息的人，多餘的凳子都沒了。走了一會兒，寧櫻額頭布滿細汗，薛怡看她有些累了，指著前面人滿為患的亭子道：「不如我們去亭子裡歇會兒，過些時候再走。」

順著她手指的方向望去，寧櫻搖頭。「不礙事，一鼓作氣爬上山再說。」

停下來休息就不想走了，那樣子的話，不知何時才能上山。

譚慎衍走在兩人身後，側過身，讓金桂扶著寧櫻，緩緩道：「明日科考，眾人都來求佛祖保佑，過完這幾日就好，妳們不如在南山寺休息幾日，人少了再去上香。」

兩人說好最多住兩晚就回家，薛怡多帶了換洗的衣物，寧櫻估計沒有，多住幾日，寧櫻換洗怎麼辦？然而看著這陣仗，全是上山的人，再有人下山，堵得更厲害，且道路壅塞久了，怕會鬧出事，為了安危著想，她同意譚慎衍的話，左右思考，一時拿不定主意，定定地看向寧櫻，詢問她的意思。

寧櫻想的問題和薛怡一樣，她沒有多帶換洗的衣物，天冷不換洗沒什麼，但是穿久了身上不舒服。

譚慎衍像是看出她心底的想法，不疾不徐地解釋道：「圓成那裡準備了女客換洗的衣衫，妳們要多住幾日，我讓圓成找幾件新衣衫過來。」

薛怡顧慮寧櫻的感受，沒有立即回答。

寧櫻頓了頓，覺得可行。「既然是這樣的話，那就多住幾日吧，待人少了再回家，待會兒煩勞薛姊姊派身邊的侍衛回城給我娘捎口信，以免她擔心。」

「好，這會兒人多，不好下山，待下午再說。」

一行人打起精神，繼續往山上走。因為人多，他們上山時已是申時，寧櫻體力不支，走到後面，幾乎是被金桂、銀桂左右架著拖上山的，即使如此，她大腿、小腿發麻，痠痛得不敢彎膝，只想有張床能立即躺著休息。

後山守門的多了許多僧人，應該是上次的事情後，寺里加派了人手的緣故。領著她們進屋的是一名小和尚，邊走邊解釋這兩日南山寺住宿的情形。「人聲鼎沸，寺裡宅院不夠，這處地方是前些日子搭建的，屋子裡充斥著一股木頭味，請兩位施主別介意。」

放眼望去，一處一處的宅子錯落有致分布著，四周是鬱鬱蔥蔥的樹木，環境清幽，地勢比之前的宅子稍高，離南山寺的主廟更近，小和尚打開院門，又道：「圓成師叔得知兩位施主今日上山，命人打掃乾淨了，可直接入住休息。」

說完，將手裡的鑰匙交給薛怡身旁的婆子，雙手合十道：「兩位施主裡面請，寺裡人多，我先忙去了，有什麼需要的話，可以讓人去下面知會一聲。」

薛怡和寧櫻雙手合十回禮，看小和尚走了，兩人才往裡面走。進門時，門檻高，寧櫻抬腿，疼得她眉頭一皺，薛怡比她好不了多少，叫苦不迭道：「是我沒算好日子，往後不敢在這幾日來了。」

院子裡有個小池子，旁邊栽種了幾株樹，清幽簡約，極為安靜，薛怡住左側的屋子，寧櫻住右側。

寧櫻由金桂、銀桂左右扶著，推開門，迎面一股清香撲鼻而來。新家具的味道一點都不難聞，看見西屋的竹床，她迫不及待鬆開兩人的手，姿勢怪異地往前走，到了床前，咚的一聲平躺下去，拽過被子蓋在身上，嘴裡發出滿足的喟嘆。「金桂、銀桂，我睡一覺，傍晚再叫醒我。」

她累得不輕，說完這句，閉著眼便沈沈睡了過去。

金桂和銀桂搖搖頭，打量了下屋子，搖了搖桌上的水壺，發現空空如也，銀桂提著水壺準備打點水備著，金桂找出抽屜裡的茶葉聞了聞，發現是普通茶葉，不是寧櫻愛喝的，簡單收拾一番後兩人才躡手躡腳退了出去，順勢關上房門，讓寧櫻睡得安穩些。

這時候，外面院子走來一名身穿黑色長袍的男子，金桂認出是譚慎衍身邊的小廝，回眸瞥了眼緊閉的屋門，走上前小聲問道：「可是譚侍郎有什麼吩咐？」

福昌看兩人的動作，心下猜測寧櫻睡著了，壓低聲音道：「圓成師父找了幾身新的衣衫出來，煩勞妳們過來看看；另外，六小姐晌午沒吃東西，廚房備了點心，一併端過來吧！」

金桂向福昌道謝，轉身與銀桂道：「妳去找圓成師父拿兩身衣服，我去廚房瞅瞅有什麼吃的。」說完，順勢拿過銀桂手裡的水壺。

兩人前後出了院子，福昌往外面看了看，從院門的門縫依稀看得見暗紋衣袍，他身形微微一僵，實在沒法將在外面偷窺的男子和他心目中殺伐決斷的主子聯繫起來。福昌搖了搖頭，收起心思轉去薛怡的屋子。想打發薛怡身邊的丫鬟、婆子有點難，畢竟馮嬤嬤在薛怡身邊多年，眼睛厲害得很，福昌想引開幾人的目光讓譚慎衍悄悄進寧櫻的屋子，故而特意站在屋門的左側，讓馮嬤嬤背對著寧櫻住處的走廊，躬身作揖，禮貌地問薛怡屋裡差了什麼，以便他向圓成師父拿。

馮嬤嬤沒有懷疑，東邊角落有兩張矮一點的竹床，應該是為隨行的丫鬟、婆子準備的，但是沒有被子和褥子，她道：「缺了被子和褥子，可是不急於一時半刻，晚些時候我去看看，寧小姐那邊可有問過？」

福昌頷首，眼角瞥見坦然鎮定進寧櫻屋子的譚慎衍，笑道：「問過了，六小姐身邊的銀桂找圓成師父去了，圓成師父會給她的。我家主子和薛爺情分如親兄弟，嬤嬤有什麼需要，不方便出面的，可以差丫鬟告訴我一聲，我義不容辭。」

「多謝福昌小兄弟了，暫時沒什麼，若有需要，絕對會開口的。」馮嬤嬤也算看著譚慎衍長大的，那孩子小時候吃了苦，好在熬出頭了，又道：「有的事照理說不該由我過問，叫侍郎爺萬事保重自己的身子才是，別太過憂心了。」

福昌瞅著旁邊的門關上了，心底鬆了一口氣，道：「我知道的，沒什麼事的話，我先回去了。」

馮嬤嬤點頭，站在走廊下，望著福昌出了院門才回屋和薛怡說話。

外面忽然安靜下來，譚慎衍簡單掃了屋子一眼，低調樸實得恰到好處，桌上堆著茶葉，應該是她身邊兩個丫鬟找出來的。寧櫻喜歡花茶，金桂、銀桂很清楚這種茶入不了她的口。他輕手輕腳走到床榻前坐下，打量著床上的人。她生得比上輩子健康許多，臉頰堆著肉，皮膚吹彈可破，睡顏沈靜。

他掀開被子，手輕輕落在她小腿上，試著碰了碰，看她不舒服地皺了皺眉，立即鬆開自己的手，片刻後，見她眉目舒展開。他脫下她的鞋子，撩起她的裙襬，露出一大片白皙的肌膚，他掏出懷裡的藍色瓷瓶，打開蓋子，食指勾了一點藥膏出來，輕輕塗抹在她小腿上。他動作輕緩，慢慢捏著她的小腿，輕輕揉著，眼裡不帶一絲情色。

起初，她不舒服地掙扎了下，慢慢身體放鬆下來，手枕著側臉，睡得一臉滿足。

譚慎衍速度慢，半個時辰才按摩好，她應該是累極了，白皙的臉上盡是疲倦。他靜靜坐著，目光定定地望著她，太陽漸漸往西，柔亮的光透過窗戶灑下，他目光一軟，嘴角浮現些許笑意，暖了一室。

院子外面的福昌看著日頭有些著急。算時辰，金桂和銀桂立即就要回來了，他叮囑過寺裡的小和尚儘量拖住她們，半個時辰都過了，他擔心金桂、銀桂回來抓著現行，男女有別，說出去會損害寧櫻的名聲。

福昌目不轉睛盯著山下，瞅著小道上多了一抹橙色身影，再拐一個彎就上來了，他扯著嗓子，學樹梢鳥兒叫了兩句，聲音如饑餓的小鳥召喚外出尋食的母親般急不可耐。

聲音落下的同時，門動了動，譚慎衍衣衫整齊地走了出來，福昌鬆了口氣，繞到屋後，坐立不安地等著，待眼前出現一抹黑色身影，他心裡的石頭才落到實處，小聲道：「金桂和銀桂回來了，少爺也要回去了？」

譚慎衍神色不再溫和，狀似不經意地朝下面瞅了眼。「走吧！」

福昌應了聲，跟在譚慎衍身後。他覺得想要討寧櫻歡心，默默做好事根本沒用，寧櫻壓根兒看不到譚慎衍的好，說不定寧櫻又以為是薛墨做的呢。自家少爺什麼都厲害，偏生腦子不開竅。

斟酌片刻，他惴惴不安朝譚慎衍道：「奴才覺得，六小姐對少爺有些生分了，少爺不如加把勁？」

薛墨快回來了，那可是強而有力的對手，福昌不覺得薛墨喜歡寧櫻，然而寧櫻待薛墨的感情有些說不準，如實道：「薛爺快回來了，六小姐和薛爺關係匪淺，少爺該……」

看譚慎衍停下來，轉身望著他，福昌咬咬牙，硬著頭皮道：「最初薛爺接近六小姐是為了您，可凡事講究先來後到，不怕一萬就怕萬一。」

譚慎衍冷冷收回目光，篤定道：「墨之不會看上她的。」

福昌撇嘴，不知譚慎衍哪來的自信。若不是因為眼前這位，薛墨可不會從小怕女人，薛太醫若知曉薛墨對女子避之不及的原因，自家主子別想過安生的日子。得罪一個太醫，後果可想而知……

扯遠了，他覺得譚慎衍的話沒說到關鍵，福昌嘀咕道：「薛爺看不上六小姐，可六小姐就不好說了，六小姐和薛小姐關係不錯，若……」

譚慎衍目光一沈。「她敢？」

「我的少爺，都說女人心，海底針，誰知她們心裡怎麼想的？防患於未然總沒錯，趁著薛爺回來前，您如果能討六小姐歡心，豈不是更好？」福昌不敢和譚慎衍對視，低著頭，望著他腰帶上的玉珮。玉珮是老侯爺送的，譚慎衍從不離身，他又想起一件事來。「薛爺贈了一塊皇上賞賜的玉給六小姐，也不知六小姐怎麼處置的？畢竟是宮裡之物，京城上下都知道這事……」

譚慎衍轉過身，明白福昌話裡的意思。寧櫻是他的人沒錯，然而畢竟是上輩子的事情了，如果這輩子她心裡有了別人，他能強迫她不成？

譚慎衍若有所思道：「我知道了，禮部那邊打好招呼了？」

禮部尚書和譚慎衍關係匪淺，若非譚慎衍網開一面，禮部尚書早年做的事就被抖出來，官職都保不住，禮部尚書肯定是要賣譚慎衍這個人情。

福昌點頭，回道：「尚書大人說寧三爺學富五車，天才橫溢，過兩日就上奏皇上，提攜寧三爺做禮部侍郎，只是如此的話，寧家大房和二房會不會鬧事？」

禮部尚書不懂寧伯瑾怎麼入了譚慎衍的眼，那些話都是說給外人聽的，寧伯瑾私底下什麼性子，稍微打聽便知曉，庸碌無能、不求進取，靠著寧國忠才有現在安穩的日子，前些日子清寧侯給寧伯瑾使絆子，若非寧國忠老謀深算，寧伯瑾早遭了算計，哪有之後的升官。

「他小有名氣，禮部右侍郎的位置對他來說有些高了，卻也不是沒能力勝任，左右寧老爺告老賦閒在家沒事做，他會敲打鞭策寧三爺的。」

至於寧家大房、二房，與他何干？

到了圓成的院子，院子裡種的櫻桃樹發出了綠芽，譚慎衍蹲下身。「去看看圓成在哪兒，說我有事找他。」

圓成來得快，見譚慎衍席地而坐，手裡扶著一截櫻桃樹的枝杈，他笑了起來。「不枉費我夜以繼日付出的心血，待天氣再暖和些，你就能移栽了。對了，上回這院子裡的櫻桃樹被人折斷枝杈，是不是你做的？」

圓成是出家人，卻也不是什麼都不懂。那晚的事透著怪異，且對方只破壞了那幾株櫻桃樹，加上看見寧櫻的反應，他就明白了，是譚慎衍醋勁湧上心頭，拿櫻桃樹撒氣，可惜了那幾株櫻桃樹，費了他不少心思。

譚慎衍刮了下枝杈，指甲染上了綠液。「我府裡也栽種了些，不過沒有發芽，改日你來府裡替我瞧瞧，栽種了，總要它活過來才成。」

圓成神色一僵，心思一轉，不被譚慎衍帶偏話題，道：「這些櫻桃樹你不要的話，我就轉身送人了。」

去年栽種櫻桃樹是因為收了譚慎衍的好茶，後來被折斷了，他心裡過意不去，又去山裡弄了幾株，卻不想，譚慎衍已經迫不及待弄了幾株栽到府裡去了。他蹲下身，鬆了鬆櫻桃樹四周的土，好奇道：「京中不流行櫻桃樹，你從哪兒弄來的？」

譚慎衍站起身，拍拍衣服上的泥。「有錢能使鬼推磨，何況幾株櫻桃樹？你這幾株我一併要了，記得過幾日來府裡給我瞧瞧。」說完，朝福昌揚手。「走了。」

圓成和他一塊兒往山下走，順路撿起地上的枯枝，意有所指道：「你不說我也清楚是你做的，我與六小姐打過交道，她似乎對你沒什麼印象，你會不會自己一頭熱？」

譚慎衍斜睨他一眼，眸色漸沈，片刻又恢復了平靜，語氣帶著些許惆悵。「我知道了。」

圓成一怔。認識譚慎衍這麼多年，還是頭一回看見他愁眉不展的樣子，側目看向福昌，後者朝他搖頭。譚慎衍和寧櫻的事，福昌也說不出來，約莫就是他家主子忽然看上個姑娘，對方對他卻不冷不熱的，談婚論嫁，還早著呢！

「你心裡有數就好，我看她是個有福氣的人，只是過剛易折，得饒人處且饒人。」

寧櫻眉目間散發著淡淡的煞氣，不是好惹的主，和譚慎衍一起，兩人勢均力敵，也算天作之合的一對了。

「我知道。」

第二十六章

寧櫻是被金桂叫醒的。太陽下山，院子昏暗下來，金桂扶著她坐起身，說道：「銀桂去廚房端晚飯了，再晚些怕廚房沒吃的，您一整天沒吃什麼東西，吃了再繼續睡。」

薛怡屋子也沒動靜，她和馮嬤嬤商量同時將兩人叫起來。睡多了，夜裡睡不著如何是好。

寧櫻瞇了瞇眼，倒下去，渾身跟散了架似地疼，她翻身滾到裡側，聲音惺忪道：「的確有些餓，薛姊姊可起了？」她抬起白皙的手臂，伸了伸懶腰，嚶嚀出聲。「金桂，妳雙腿還好吧？」

她踢了踢被子，鼻尖縈繞著淡淡的香味，細聞和家具的味道似乎不同，便問金桂。「妳可有聞到什麼味道？」

「木頭的清香味，小和尚送我們進來便說過的，小姐忘記了？」

寧櫻仔細嗅了嗅，約莫覺得自己沒睡醒，緩緩道：「睡糊塗了，待會兒我自己出去，妳和銀桂累了一天，休息一會兒吧！」

金桂沒幹過重活，也沒走過遠路，今日上山速度慢，到後面又要攙扶寧櫻，渾身上下疼得難受，不過她笑了笑，不表露出來，輕鬆道：「有些疼，其他還好，小姐該起床了吧！」

寧櫻在床上翻滾兩圈才不情不願地坐起身，她和衣躺下睡，這會兒衣衫有些縐褶了。待她穿好鞋子起身，動了動腿，驚呼道：「腿似乎沒剛上來那會兒疼了，是睡得好的緣故？」

剛說完，便聽見隔壁傳來薛怡哎喲的聲音。寧櫻讓金桂簡單地替她順了順髮髻，抬腳走了出去。推開薛怡屋門，見薛怡躺在床上，直著身子不肯動，馮嬤嬤讓她靠在床沿，慢慢扶著她坐起身。薛怡手扶著腰，痛苦難耐，如新月的眉毛蹙了蹙，精緻的臉蛋皺成了一團。

寧櫻走上前，低問道：「是不是上山走久了，全身不舒服？」

看見她，薛怡稍微收斂了臉上的神色，點頭道：「是啊，往後再也不敢挑人多的時候來南山寺了，渾身上下疼得難受。妳呢？妳不覺得疼？」

上山時，寧櫻身子比她還嬌貴，這會兒看她，臉色紅潤，神采奕奕，沒有倦色，薛怡心裡覺得奇怪。

寧櫻伸展了下雙腿。「一點點，不如剛來那會兒難受，妳慢慢的……」

薛怡站起身邁步時，嘴裡又哎喲一聲。在寧櫻跟前，她也顧不得什麼面子了，站起身，伸手要寧櫻扶，痛苦道：「雙腿不聽使喚似的，不敢彎。我讓丫鬟去廚房端膳食了，先坐一會兒，寺裡的棗泥糕味道好，妳嚐嚐，每次來，我都要吩咐丫鬟端些過來。」

寧櫻看她痛苦，扶著她在桌前坐下。「我上回來嚐過了，比寧府廚子做的好吃。」

薛怡不敢彎曲腿，哪怕坐著，也將腿伸到桌下打直，苦笑道：「我以為自己體力比妳好，結果高興早了，幸虧桂嬤嬤沒跟著來，瞧著我這副樣子，又該絮絮叨叨了。」

皇上擔心她嫁給六皇子後鬧笑話，是以特意派桂嬤嬤來指導她宮裡的禮儀規矩。桂嬤嬤待她溫厚，但牽扯到規矩，半分都不肯讓步。

「桂嬤嬤不會的，與她說，她會體諒妳。」寧櫻跟著桂嬤嬤學了一段時間刺繡，長進頗大；桂嬤嬤又教導過她禮儀，她心裡對桂嬤嬤是敬重的，問道：「桂嬤嬤往後一直跟著妳了？」

薛怡點頭，臉色平靜下來。「每一位皇子妃身邊都有宮裡出來的嬤嬤跟著，不過，桂嬤嬤是皇上送的，和大皇子妃、二皇子妃身邊的嬤嬤不同。」

皇子妃身邊的嬤嬤多是皇后出面，經由內務府擬定名單，挑選適宜的一位送到府上。皇后管理後宮，後宅之事一併交由皇后打理，內務府插手是不想皇后藉此派人監視皇子妃達到自己的目的，開朝以來都是這麼個規矩。她想，皇上送她桂嬤嬤是想監視她一舉一動，皇上偏寵六皇子，可是六皇子再過兩年就要去封地了，和太子之位無緣，皇上擔心她在背後攛掇六皇子奪嫡？

聖心難測，薛怡自己想不明白，左右桂嬤嬤對她好，監視她也沒什麼，遠離京城的是非，何嘗不是幸事？皇上子嗣多，能坐上那個位置的只有一人，這些年大皇子、二皇子、四皇子相繼出事便已說明了一切，只是二皇子、四皇子運氣好，不像大皇子徹底斷了帝位緣，能爬上那個位置的人都是踩著無數人鮮血上去的，鮮血鑄成的帝王路，最是冷血無情。她不想踩別人的屍體，也不想成為別人腳下的屍體，只想安安穩穩過自己的日子就足矣。

這些和寧櫻說了無用，薛怡轉移了話題。「待會兒我們去外面轉轉，山裡涼，提著燈籠走在小路上別有一番風味，往年小墨與我一起時最是喜歡提著燈籠，在夜裡繞著南山寺後院逛，逛完了去廚房，能遇到小和尚偷吃宵夜。」

寧櫻低頭看她的雙腿，笑道：「妳走得動的話，我無所謂。」

飯後，薛怡出門，走了兩步就退縮了，要寧櫻扶著她回去，言語間盡是苦惱之色。「不得不多住幾日了，否則，根本下不了山。妳這幾日可有事？如果有的話，妳先回去吧！」

夜裡濕氣重，回到屋裡，寧櫻髮髻沾上著晶瑩的水霧，她不在意地拂了拂。「沒事，父親的意思要我去家學，我去年才啟蒙，夫子講的那些聽不懂，再過些時日再說。」

「的確不著急。家學的夫子嚴格，《論語》、《中庸》除了要會背誦，還要全部知曉其意思，太為難人了。」

學詩詞，要懂得其意境以及表達的感情，薛怡學了這麼多年才懂得其中的意思，寧櫻上手慢，還需要一些時日才行。

天色暗下，金桂和銀桂靠在東邊的矮床上，寺裡清幽，且有人把守，不用她們值夜，約莫是累了，兩人倒頭就睡。

倒是下午睡了一個多時辰的寧櫻腦子清醒得很，無半分睡意，聽著窗外呼嘯的風、沙沙響動的樹梢，寧櫻翻身坐了起來。望著黑漆漆的窗外，她摸黑下地，慢慢走到窗戶邊，輕輕拉開了一小扇窗戶，忽然眼前人影晃動，一個堅實的胸膛撞了上來，正好撞在她鼻梁上，嚇得她驚呼出聲。

來人似乎沒想到窗戶邊有人，頓了頓，啞聲道：「六小姐？」

寧櫻心裡驚慌不已，聽見是譚慎衍的聲音才穩住思緒，她定睛一看，黑暗中只看得清大致的身形，看譚慎衍玉立身形，神色不明，她摸了摸自己鼻子，不滿道：「大晚上的，譚侍郎不睡覺，跑到女客院子做什麼？」

若看得清，寧櫻定會發現一向泰山崩於面前而不改色的譚慎衍微微紅了臉，可惜天黑，她什麼都看不見，聽譚慎衍不卑不亢道：「外面有刺客，我擔心這邊有動靜過來瞧瞧，妳別說話。」說完，噓了聲。

不遠處的福昌聽見這話，轉頭快速地跑到另一處院子，大力晃了晃院子裡的一棵樹，引來走廊上守門婆子的詢問，他繼續用力，待聽到腳步聲走來才轉身跑開，很快不見了人影。

寧櫻蹙眉，側著身子細聽，旁邊院子好像的確有動靜，她不安起來。薛怡身分尊貴，若有個三長兩短，她難辭其咎。寧櫻轉頭喚金桂、銀桂起床去隔壁瞧瞧，叫了兩聲皆沒聽到回應，只聽窗外的譚慎衍道：「今日她倆扶著妳上山累得不輕，妳別出聲，我在這守著，院子裡都是老弱婦孺，有歹人進院子，妳們手無縛雞之力，我守著就好，妳繼續睡吧，天亮我就離開，不會壞了妳和薛小姐的名聲。」

寧櫻覺得這個法子好。譚慎衍的箭法她是見識過的，有他守著的確安心，可心裡又過意不去。夜裡極冷，譚慎衍要靠著窗戶站一宿？

黑暗中，譚慎衍打破了沈默。「天冷，我沒有帶多的衣衫，六小姐不介意的話能否讓我進屋，我靠著窗戶坐坐就成。」

福昌說，想方設法先接近寧櫻，博得她好感，感情是培養出來的，他知曉寧櫻的軟肋在哪兒，更好掌握分寸。他知曉，寧櫻不會拒絕他，她待仇人面冷心硬，待身邊人，卻真心誠意得好。

「你輕點聲，別驚動了馮嬤嬤她們。」寧櫻側開身子，以便讓譚慎衍進屋。她慢慢退回床前，問道：「進來了嗎？」

她聲音輕柔甜美，如新鶯出谷，餘音繞樑，三日不絕，譚慎衍嘴角不由自主地浮起淡淡的柔意，嗯了一聲，雙手撐著窗戶，輕輕一躍翻了進去。

寧櫻聽到著地的聲響，暗暗留意著東邊牆角的動靜。金桂、銀桂白天累著了，這會兒依然沒有轉醒的模樣，她暗暗鬆了口氣，低著嗓子小聲道：「凳子在你往前約五步的距離，小聲些，別驚動金桂她們。」

黑暗中，雙眼看不清，耳力比平日要好，他耳朵動了動，聽著她的呼吸聲，有些輕，帶著一絲忐忑，刻意放緩了似的。她待身邊人向來很好，而她的丫鬟待她也是真心，主僕之情深厚無比，他眸子一軟，暗想金桂、銀桂一時半刻醒不了，她用不著緊張。

寧櫻站在床邊，手搭著簾帳，一動不動，聽聲音辨認他的位置，聽到凳子被人拉動發出聲響，隨後便安靜下來，她確認他穩穩坐下了才順著床沿坐下，小聲和譚慎衍說話。「夜裡不太平，可知衝著誰來的？」

隔壁院子婆子罵罵咧咧地鬧著，應該是發現了什麼。寺裡沒有野貓，多半是有人故意鬧事，就是不知那人背後目的。

她手伸向床頭的枕頭，豎起枕頭靠著床頭，然後脫了鞋，慢慢躺下，靠在枕頭上，拉過被子蓋在身上，轉頭看向黑暗中的譚慎衍。

上回，那些人是衝著寧靜芸來的，五大三粗的漢子破門而入，讓人措手不及，不知今晚又有誰遭殃？

窗戶開著，陰冷的風颳得窗戶前後搖擺，咯吱咯吱的聲響格外大聲，她張了張嘴，想讓譚慎衍將窗戶關上，又覺得不妥。金桂、銀桂睡著了，她與譚慎衍關在密不透風的屋子裡，對她的名聲不好。寧櫻屏氣凝神，認真聽著外面的動靜。

「這兩日上香的女眷多，朝堂官員調動大，居心叵測的人想趁著這兩日鬧出點動靜，妳別怕。」譚慎衍面朝著竹床，想像著寧櫻此時的模樣，好看的杏眼睜著，不點而朱的唇抿著，皺著眉頭全神貫注聽著外面的動靜。她不擔憂別人的安危，是怕牽扯到自己，他將她在寧府的小心翼翼看在眼裡，重生一世，她最看重自己的頭髮和自己的性命，他都知道。

「我不怕。」

除了寧府那幾位看她不順眼的人想要她的命，沒有其他人了；然而，老夫人被寧國忠罰禁閉，寧靜芸氣黃氏多過氣她，寧靜芳到莊子上去了，誰有閒工夫管她？她擔心的是薛怡。

她沒什麼朋友，薛怡待她如姊妹，眼瞅著不到一個月就要成親了，這會兒出了事，她一輩子都寢食難安。

說起來，還要謝謝譚慎衍，有他在，讓她安心許多。

約莫是寧櫻聲音太過溫柔，譚慎衍感覺睏意襲上心頭，他轉頭對著窗子任由冷風吹散他心頭的睡意，說道：「我在，妳的確不用怕。聽說六小姐以前是在蜀州莊子上過的，我曾經過蜀州邊界，那兒地勢險要，易守難攻，可盛產美人，不知可有此事？」

說起自己居住過的莊子，寧櫻神色放鬆不少。都說蜀州乃苦寒之地，去過蜀州才知，苦寒之地有苦寒之地的好，那裡山清水秀，民風淳樸，百姓安居樂業，再安寧不過。

寧櫻的聲音如成熟的水蜜桃，嬌得能滴出水來，慢慢道：「蜀州因地勢的緣故，氣候四季分明，那裡的人個子不如京裡人高，皮膚卻比京城大多數人的皮膚好，即便是男子，白白淨淨的都很多，光滑細膩，絲毫不輸女子；吳管事一家都是皮膚好的，和京裡人保養出來的白不同，他們夏季曬太陽幹活，過一個冬天就白回來了，他們的白大多是天生的，我娘就不成，曬黑了就真的黑了。」

「據說三夫人一年四季勞作，蜀州百姓種地，稻穀、小麥一年一季，秋收後冬天就沒多少事了，而莊子上除了種糧食還有果樹，冬日給樹苗刷灰，三夫人事事親力親為，怕是這個原因才導致白不回來的。」

譚慎衍心情好，話也多了起來。福昌說沈默會帶來隔閡跟誤會，感情需要溝通，他會修正他的不足，只為成為她心裡那個願意噓寒問暖的良人。

寧櫻沒有細想譚慎衍為何對她們在莊子上的事這般清楚，挪了挪枕頭，微笑著接過話。「是啊，我娘和管事媳婦她們一起出門幹活，日出而作，日入而息，沒有一點架子，外面莊子的人還以為是新的管事呢！」

黃氏將她拘得緊，夏日出門的時候少，等秋老虎過後天氣轉涼才讓她出門，她也會跟著黃氏去果樹園和菜園，其他莊子的人向黃氏打聽她，問是哪兒來的小姐？黃氏便眉開眼笑地回答。「她不是小姐，是我閨女。」

黃氏談起寧櫻，眉眼間盡是得意，後來混熟了，大家相互走動，逢年過節磨豆腐、做湯圓，他們都會給她和黃氏送些過來，下次莊子的果子成熟了，黃氏也會送他們一些，彼此間沒有爾虞我詐，沒有算計陷害，過得輕鬆自在，和京城的生活大不相同。在京城，哪怕是路邊施捨乞丐，傳到人耳朵裡都會被看成是別有用心、為博一個好名聲；逢年過節送吃食、送禮也是為了攀龍附鳳、捧高踩低。

總之，在權勢利益跟前，做什麼都是別有用心，真心相待的人少之又少。寧櫻想，這或許就是所謂的人情冷暖吧！

譚慎衍察覺到她聲音略有哽咽，應該是懷念蜀州的日子了，不由得道：「可惜我當時有公務在身，倒是沒能去蜀州感受當地的人文風俗，待來日有機會去蜀州，還請六小姐推薦幾個遊玩的好地方，有生之年該去一次，才不辜負蜀州勝景。」

寧櫻聽得鼻子一酸，仍然笑著道：「好。」

她記得，上輩子嫁進青岩侯府不久，胡氏說她管的帳冊出了問題，當著下人的面訓斥她，她臉紅脖子粗地反駁了兩句，傳到譚富堂耳裡後，便命管家將她關去祠堂。侯府的祠堂設在青岩侯府的一個小角落，周圍盡是參天大樹，像是荒廢許久似的，空盪盪地令人脊背生寒，她在祠堂跪了一下午。傍晚，譚慎衍從外面回來，臉色極為難看，她以為他在生自己的氣，低下頭不敢說話，誰知，譚慎衍並沒斥責她，而是問她去蜀州走走如何？他聽人說蜀州鍾靈毓秀、景致宜人，他還沒去過。

當時她心裡害怕他提起府裡發生的事，搖頭拒絕了，沈默許久，才小聲說了下午的事。她急於讓他看到自己的好，說要從外面找個會管帳的管事進來跟著學，讓後宅不出岔子。她輕輕抬了抬眉，夕陽的餘光罩在譚慎衍的衣袍上，她看不清他的神色，好似聽到他嘆了口氣，上前拉著她走了出去。不知他和胡氏說了什麼，胡氏沒有過來找麻煩，譚富堂也沒派人來問，翌日，她身邊多了位管事，是管帳的好手。

這會兒又聽他說起去蜀州的事，不知為何，她心頭升起濃濃的傷心，眼眶熱得厲害，身子一縮，倒了下去，拿被子捂著腦袋，悶聲道：「時辰不早了，我先睡了。」

屋裡寂靜下來，寧櫻捂著被子，不一會兒便覺得呼吸不暢，她拉開被子，重重地喘了兩口粗氣；她背過身，面朝著裡側的牆壁，緩緩地閉上了眼。

本以為屋裡有外人她會睡不著，不過片刻工夫，她便沈沈睡去，又夢見許多事。她開始掉頭髮，一大把、一大把地掉，起初能瞞著，後來瞞不住了，她便哪兒也不去；後來開始咳嗽，咳得越來越厲害，整夜睡不踏實，她覺得自己活不下去了，特意支開金桂、銀桂，拿著剪刀捅向自己的心口。在入肉的剎那，她害怕了，她想，若她刺死自己，府裡、府外看笑話的人不知會有多少，想到那些人或得意、或不屑的嘴臉，她退縮了，扔了剪刀，望著鏡子裡那個快要禿頂的女子，失聲痛哭……

死有千百萬種，偏偏她死得極為難堪，沒死的時候就成了全府的笑話，她怎麼能自盡？

譚慎衍手搭在桌上，閉目昏昏欲睡，這時只聽竹床上傳來一聲喊叫，伴隨著嘶啞的咳嗽，他陡然睜開眼，眼裡精光畢現，待聽清屋裡沒有外人，眼神才恢復了平靜。那一聲高過一聲的咳嗽令他心口一痛，不由得站起身，大步走上前，當他的手觸碰到她後背，目光一沈。她又趴在床沿咳嗽了，他問過薛墨，她身體的毒素已清，半夜醒來聲嘶力竭地咳嗽不是身體出了毛病，是藥石罔效的心病，只有靠她慢慢調整、緩解心裡的情緒。

她不是上輩子那個病榻纏身的嬌弱女子，這輩子，她堅強、聰慧、心思果決，任誰都不能傷害她的寧櫻。

寬厚的大掌輕輕拍著她後背，他順勢在床頭坐下，輕輕低喃道：「沒事了，是在作夢，別怕。」

迷糊間，寧櫻睜開眼，聽著熟悉的嗓音，不確定地叫了聲。「侯爺？」

譚慎衍身體一僵，久違的稱呼，壓得他喘不過氣。上輩子的情緒牽引著她，才會讓她忘不掉那段生病的日子吧！

他放緩了呼吸，壓抑著心底的情緒，故作沒聽到她方才的話，解釋道：「我看妳像是作惡夢了，咳嗽得厲害，等著，我給妳倒杯水。」

意識漸漸聚攏，寧櫻清楚自己又犯毛病了，不過她已習以為常，豎著的枕頭斜倒在旁邊，她順著摸了摸。金桂知曉她的習慣，傍晚就將鏡子壓在枕頭下，她摸了一圈沒找著鏡子，不由得著急起來。坐起身驚覺臉頰濕漉漉的，一碰才知自己哭過了，匆忙抬起手背擦擦，忽然，微弱的光亮了起來，面前坐著一個身形高大挺拔的男子，寧櫻有一瞬的失神，停止了動作。

「妳找什麼？」譚慎衍知曉她的習慣，嘴裡卻不敢拆穿，等她開口說找鏡子，他才起身，點燃床頭的蓮花青燈，屋裡頓時明亮起來。

鏡子被她擠到床頭的縫隙中，她雙手捏著抽出來，見譚慎衍在，頓了頓，沒立即舉起來檢查自己的頭髮，思忖道：「是不是吵著你了？我常有作惡夢的習慣，府裡的丫鬟、婆子都是清楚的，上回在薛府，薛哥哥說我身體沒事……」

「我懂。」譚慎衍不想看她慌亂地找藉口掩飾，打斷了她的話。「小時候，後母生下的弟弟、妹妹睡到半夜也常常啼哭，待妳再大些就好了。」

再大些，坦然接受現狀，忘記上輩子的事，便不會繼續作惡夢了。

寧櫻笑了笑，見譚慎衍的目光看向別處，她悄悄地攤開手，低頭望著鏡子裡的女子。眉眼縈繞著淡淡的愁緒，滿頭黑髮甚是茂密，她滿意地順了順自己頭頂的秀髮，擦乾臉上的淚痕，待面容整潔後才將鏡子放回去，心情舒暢許多，她不好意思地看著譚慎衍。「讓譚侍郎見笑了。」

譚慎衍面色溫柔，轉身滅了燈，重新回位置上坐下。「妳繼續睡吧，我守著，方才的事不會告訴別人的。」

聽他將自己的擔憂輕輕說了出來，寧櫻順了順耳後的髮，重新躺下，蓋上被子後，朝他道：「謝謝你。」

譚慎衍臉色平靜，喉嚨卻有些熱，嗯了一聲，沒再說話。

窗外的風輕了，整個院子籠罩於靜謐的夜色下，待耳邊的呼吸聲漸漸平緩，桌前的人影才動了動。心病還須心藥醫，他寧可自己做藥引，也不想她困在以前的黑暗中，擔驚受怕，惶惶不安。

窗前，人影晃動，譚慎衍躍了出去，掏出火摺子，大步流星地走向外面。

宅子邊的一處草垛上，福昌躺在上面，冷得瑟瑟發抖，踢了踢腿，索性以草為被蓋在自己身上。由於怕譚慎衍被寧櫻拆穿，他時刻不敢閒著，前後左右的院子都鬧出動靜來，以譚慎衍面不改色的說謊能力，騙過寧櫻完全沒有問題。他為了譚慎衍也算操碎了心，幸虧周圍住的不是皇親國戚，若遇到會武功的丫鬟，他逃的地方都沒有，好在他運氣不錯，這邊的丫鬟、婆子都是不會武功的。

福昌雙手枕在腦後，望著漆黑的夜空，準備瞇眼睡一會兒。以自家主子扭曲的性子，大概清晨才會從院子裡出來……

然而，不等他進入夢鄉，耳邊傳來沈重的腳步聲，聲音由遠及近，他一個激靈，從草堆中一躍而起，待聽出步伐沈穩而有力，不像是女子輕盈的腳步時才鬆了口氣。看見微弱的光緩緩而行，看不真切來人的臉，福昌試探地出聲。「主子？」

「嗯。」

「您怎麼這會兒出來了，是不是六小姐攆人了？」

這會兒已經寅時，再過一個時辰就天亮，不早不晚的，譚慎衍這會兒出來，他腦子裡不由得想到譚慎衍硬拉著寧櫻閒聊，從刑部大牢到六部雜事，再到內閣、後宅不穩，換作任何一個姑娘，都不願意聽吧？尤其寧櫻又是個實誠的人，不懂阿諛奉承，她不高興，攆人再正常不過，寧櫻可不是會給人面子的。

想到自家主子可能在一個十三歲的小姑娘跟前吃了閉門羹，他噗哧一聲笑了出來。

驟然，福昌只感覺迎面一陣冷風襲來，不等他反應，譚慎衍一巴掌拍在他腦門上，聲音清脆，在萬籟俱寂的夜裡十分響亮，疼得他哎喲一聲，巴結地道：「主子，奴才知錯。」

從小到大，只有他家主子能攆人，哪會給人攆他的機會？說著，福昌甩了自己兩個耳光，聲音洪亮，不過明顯是空響。「主子，別髒了您的手，奴才自己來。」

火摺子的光襯得譚慎衍的臉半明半暗，他收回目光，似笑非笑道：「我不過想知道你站哪兒，誰知拍到你的額頭，看你自摑兩個耳光的分上，罷了，回去休息吧！」

「……」福昌欲哭無淚，方才那一巴掌帶出來的風勁可不像只是試探他的位置。

不理會他心裡想法，譚慎衍往山下走去，心裡琢磨著怎麼讓寧櫻不再在夜裡咳嗽？

眼前的光淡了，福昌回過神，小跑著跟上，說起旁邊院子住的人來。「寧府二夫人上山時已經傍晚了，沒有空餘的屋子，她纏著柳府幾位夫人要與她們一塊兒；柳府幾位夫人臉皮不如她厚，只得不情不願應下。主子，柳府是寧府大夫人的娘家，他們若是在背後幫襯寧家大爺，寧三爺的事會不會沒有著落？」

寧伯庸處事圓滑，八面玲瓏，有為官的資質，假以時日，任六部尚書都是有可能的，若他知道譚慎衍在背後阻攔他升官，肯定會記恨上譚慎衍。柳府這兩年聲譽鵲起，柳老爺官職不高，膝下的幾個兒子卻都是有出息的。今年長子進兵部的摺子已經送入吏部，轉到內閣手中；要知曉，升官除了靠著六部尚書和內閣幾位大人舉薦，便只有通過吏部每年的考核，寧三爺是前者，柳家大爺可是後者，比寧三爺的官職更為穩固，更得民心。

「柳家升官是柳家的事，聽說柳家幾位小少爺也要參加科考，換成你，你是幫自己的兒子還是幫妹夫？」

柳老爺有幫女婿的心思不假，柳家那幾位夫人可沒有，只顧著自己兒子，哪會願意搭理嫁出去的柳氏。

福昌一噎，拍馬屁道：「還是主子您想得通透，翰林院人才濟濟，未來三年關係到他們一輩子的官運，疏通關係是自然的。」

寧伯瑾運氣好，遇到譚慎衍，否則一輩子都是那個無所事事、讓朝廷記不起來的官員。

天色破曉，樹梢的鳥兒在枝頭鑽動，天際一朵紅雲散開，院子裡的景致漸漸清晰，各院的丫鬟、婆子先後起了，端盆打水，井然有序地忙碌起來，錯身而過時，不停地點頭問好。片刻的工夫，往廚房的小路上人多了起來。

金桂和銀桂翻身起床，穿好衣衫，揉了揉脖子。因昨晚睡得熟，也不知寧櫻半夜驚醒沒？銀桂負責摺被子、整理褥子，金桂推開窗戶透氣，卻看見窗戶半敞著，她蹙了蹙眉，轉身看向銀桂，小聲道：「夜裡睡覺時窗戶是關著的吧？」

夜裡風大，屋子裡沒有燒炭，她擔心寧櫻身子禁受不住，睡覺前特意檢查了一番。

銀桂點了點頭，整理好褥子，走到窗邊，望著窗外的景色，狐疑道：「應該是夜裡小姐醒了打開的。昨天累著了，我倒床睡得熟，沒聽到動靜，今晚我們輪流值夜吧！」

聽金桂說那番話，銀桂便清楚昨晚她應該是跟自己一樣熟睡不起。說實話，她這會兒雙腿還痠疼著，手臂也疼得厲害，不過做丫鬟的，吃苦是常有的事，寧櫻待她們算好的了，不會打、不會罵，念及此，她撞了撞金桂手臂。「回府後別告訴聞嬤嬤，否則咱們得挨訓斥。」

她守夜的時候，有兩回睡著了，被聞嬤嬤知道後，訓斥得面紅耳赤，聞嬤嬤在小姐跟前臉上時常掛著笑，背過身對她們跟變了個人似的，銀桂心裡十分害怕聞嬤嬤。

金桂將窗戶推開，清晨的風帶著涼意，莫名叫人清醒。「我不會和聞嬤嬤說的，妳別擔心。妳說得對，夜裡咱們輪流休息，否則小姐驚醒後連個端茶倒水的人手都沒有。」

昨晚她和銀桂本也要輪值，寧櫻體諒她們累了一天，叫她們不用守夜，結果，弄得寧櫻半夜身邊連個服侍的人都沒有。

說完，金桂輕輕拉開了門，朝銀桂道：「妳守著小姐，我去廚房打水。」

寧櫻出門帶的人少，她擔心她與銀桂都出門，南山寺不如傳言中的安全。經過上次的經驗她感受到了，寧櫻十三歲了，若有個好歹，她與銀桂也別想活了。

銀桂點頭，跟著金桂走了出去，她守在屋簷下，目送金桂端著木盆離開。

寧櫻睜開眼時，天已經大亮，屋裡不見譚慎衍的影子，她睡得沈，譚慎衍何時離開，她一點動靜都沒聽到。簾帳懸掛在兩側月牙形的掛鈎上，她伸了伸脖子，聽見外面有人說話，其中一人是銀桂的聲音，她低低喚了兩聲，銀桂立即推門而入，笑盈盈道：「小姐醒了？方才薛小姐身邊的丫鬟還問奴婢您何時醒呢！薛小姐全身痠痛，說不去上香了，待身子不那麼難受了再說。」

寧櫻坐起身。昨天薛怡和她說過了，估計是怕拖累她，今早想掙扎著上山。她穿上鞋子，抬眉道：「妳先去回了丫鬟，我不著急，她身子好些再說。」

不知為何，昨日上山時，她情況比薛怡嚴重，下午睡一覺卻好了很多，這會兒更是神清氣爽。

銀桂點頭稱是，順便說起金桂來。「金桂去廚房弄吃的了，待會兒就回來。」她站在窗戶邊和丫鬟說了兩句，退回來伺候寧櫻穿衣。「昨晚其他院子好像有人鬧事，寺裡的人一大早就派人來問是怎麼回事？」

丫鬟們去廚房打水碰見了，多說兩句話，才知夜裡有東西進了院子，那東西力氣大，搖晃得樹枝亂顫，一點都不像野貓。

寧櫻聽著，她也知道昨晚的事，穿上衣衫，舉起手，方便銀桂為她束腰帶，問道：「院子裡可少了東西？抓到那人了嗎？」

銀桂低下頭，調整她腰間的玉珮，一五一十道：「沒找著人，也不知是不是人，有傳說是山裡出來的老虎呢！」

寧櫻覺得應該是人，山裡哪有老虎。看銀桂專心致志地為她整理腰帶，她沒有繼續這個話題，怕說出去是人的話可能會引得人心惶惶。不管什麼東西，由著大家傳吧！人云亦云，往後在山裡的幾日不會無聊就是了。

寧櫻去薛怡屋裡用早膳，薛怡也聽說昨晚的事情了，驚詫不已。「昨晚我累著了，倒頭就睡，我身邊的丫鬟睡得熟，竟是一點動靜都沒聽到，山裡真有老虎的話，夜裡可怎麼辦？」

寧櫻安慰她。「不會的，南山寺加派了人手，真有老虎，他們不會聽不到動靜。」

而此時，挑著擔子走在泥路上的福昌也聽說這事，嘴角止不住抽搐，左右看了兩眼挑水的和尚，故作好奇道：「出家人不打誑語，怎麼你們也對這種人云亦云的事這般感興趣？小心傳到住持耳裡，要你們多挑一個月的水。」

什麼老虎……明明是玉樹臨風，風度翩翩的大活人好不好？

和尚聞言頓時不敢再多說什麼，低著頭，晃著肩頭的扁擔，快速朝寺裡走，福昌這才滿意地跟上。去到院子裡，看圓成師父也在，識趣地沒有問昨晚的事。

這時候，外面走來一小和尚說有事找圓成，看圓成起身與小和尚說話，福昌蹲下身，小聲向譚慎衍抱怨。「外面的人說不知道是什麼東西，可能是老虎，可能是狼，主子知道怎麼回事嗎？」

譚慎衍鬆了鬆櫻桃樹周圍的土，拿起一葫蘆瓢舀了一瓢水，斜著眼，雲淡風輕道：「昨晚你鬧的動靜大，嚇著人了吧！」

福昌想想，也覺得是這麼回事，只聽譚慎衍又補充了句。「她們不知道你是什麼東西也不足為奇，畢竟沒想到半夜會有人夜闖她們的院子，不搶劫、不傷人，晃樹驚動人後掉頭就跑，誰猜得到？」

「……」福昌想說，若不是為了不讓您夜闖六小姐屋子被發現，我何苦這樣子？忠心可表天地啊！

結果，主子竟然卸磨殺驢。他心灰意冷地低下頭，撇著嘴，一副小女兒家委屈、楚楚可憐的模樣。

圓成回來後，福昌已找地方去安撫受傷的心靈了，問道：「你後母最近沒事吧？」

如今譚慎衍羽翼漸豐，不可能繼續容忍那位夫人在侯府作威作福，他沒有聽到動靜，不由得有些好奇。

「她留在府裡也是多張嘴吃飯罷了，不礙事的，過兩年等我成親，有人打理侯府庶務，她掀不起風浪來。」

胡氏暗地靠譚富堂的關係收買人為她辦事，在京郊購置了近千畝田產，京城鋪子也有好幾間，這次譚富堂在劫難逃，他便順勢將胡氏的勢力挖出來，一個沒有幫手的惡人，和廢人有什麼區別？

看著他的表情，圓成就知曉他在打壞主意了，雙手合十，為他那位後母祈福，希望她不要輸得太慘。

關於夜裡有老虎出沒的事越傳越神，金桂、銀桂夜裡不敢休息，寧櫻勸她們，兩人也不聽，戒備地守在門外。寧櫻沒辦法，只能由著她們去了。

科考連續進行三天，結束之後，南山寺的人少了下來，寧櫻和薛怡去寺裡上香，添了香油錢，這次往山下走，遇到一同下山的譚慎衍，寧櫻想起之前夜裡發生的事，投去友好的笑意。

薛怡沈了沈眉，看看譚慎衍又看看寧櫻，望著譚慎衍的雙眼變得不善起來。寧櫻是她看中的弟妹，可不想半路殺出個程咬金被譚慎衍捷足先登。「朝堂發生那麼大的事，你還有心情上香拜佛？」

譚慎衍挑眉，波瀾不驚道：「朝堂的事有祖父在，皇上深明大義，不會冤枉一個好人，也不會放過一個壞人，我身正不怕影子斜……」

薛怡略有錯愕，眼神一轉，調侃道：「小墨常說你沈默寡言，性子悶，從這兩次看來，我覺得他說錯了。」

譚慎衍不置可否，面色沈靜如水，說道：「年紀大了，心境寬廣，喝了那麼多水，不就是拿來說話的嗎？」

薛怡懷疑地看他兩眼，眼裡明顯閃爍著「不相信」三字。她挽著寧櫻，戒備地瞪著譚慎衍，和寧櫻交換位置，擋住譚慎衍的目光。

寧櫻哭笑不得，倒是沒留意譚慎衍的目光深了兩分，再次看向薛怡時，眼裡多了抹深沈。

第二十七章

回到城裡，青岩侯的事鬧得滿城皆知，府裡的丫鬟、奴才也在說。老侯爺對朝廷有功，皇上免了譚富堂死罪，要他交出手裡的實權，做個閒散侯爺；而譚慎衍官職不動，繼續任刑部侍郎，皇上有意偏袒，內閣因為老侯爺餘威也不敢說什麼。

只恨譚富堂運氣好，生在青岩侯府，如果老侯爺死了，譚富堂也逃不過這一劫，偏偏老侯爺活著，天時、地利、人和都被譚富堂遇到了。

寧櫻先去梧桐院給黃氏請安，黃氏坐在書桌前，手裡翻著今年莊子上採買的種子清單，聽人說寧櫻回來了，歡喜地站起身迎了出去，滿面笑容道：「我與吳嬤嬤說妳們恐怕還要過兩日才回呢！南山寺人多，妳二伯母昨晚宵禁前才進城，說她再也不去南山寺了。」說著，走到桌前，替寧櫻倒了一杯茶。

寧櫻伸手接過，放在唇邊抿了一口。這會兒穿的是南山寺為女客準備的衣衫，顏色素淨卻遮掩不住精緻的眉眼，她瞇了瞇眼，回道：「人山人海，多得有些磣人。娘在看莊子購置的種子清單？」

黃氏見她掃了一眼就看出是種子清單，點了點頭。「一年之計在於春，種子選好了，秋天才有收成……」

寧櫻認可地點頭，和黃氏說了一會兒話，黃氏擔心她累著，就讓她回去歇著。坐了一路的馬車，再軟和的墊子，身子也難受。寧櫻渾身不舒服，沒有在梧桐院多待，回屋沐浴換了一身清爽的衣衫，出來看管家在門口，心裡不由得困惑不已。

聞嬤嬤拿了巾子替她擦拭頭髮，小聲說了管家來桃園的目的。「今早上朝，禮部尚書向皇上推舉三爺為禮部侍郎，皇上允了；懷恩侯老侯爺入內閣，老爺向皇上請辭說年事已高，不便再任光祿寺卿，皇上也准了，三爺往後是禮部侍郎，小姐的身分也水漲船高呢！」

寧伯瑾去衙門還不知曉這事，是寧國忠回來透露的消息，聞嬤嬤對此喜聞樂見。寧伯庸升官是整個寧府的榮譽，寧伯瑾升官則更多是三房的榮譽，畢竟，待寧國忠和老夫人仙逝之後，寧府是要分家的，二房、三房要搬出府另立府邸，大房的榮譽想沾光也沾不了多少，但若寧伯瑾升官就明顯不同了。

寧櫻眼裡滿是詫異，難以置信道：「父親升官了？怎麼可能？」

寧伯瑾有多大的本事，和他打過一、兩次交道看不出來，時間久了就能感受到他沒有為官的本事。

禮部侍郎？主持三年一次的科舉和宮裡各種宴會祭祀，寧伯瑾能勝任？

聞嬤嬤聽出她的詫異，別說寧櫻，她心裡也納悶，然而，寧國忠不會胡說，想來是真的，何況老管家還在外面候著呢，慢慢道：「錯不了，老爺讓小姐過去說話，估計要問什麼事，小姐去旁邊軟榻上躺著，奶娘拿熏籠熏頭髮，別讓老爺久等了。」

管家站在門外，臉上沒有絲毫不耐煩。全府上下都知老爺重視六小姐，而且他看著寧櫻是個有福氣的人，回府的每一件事都拿捏得剛剛好，不過分出頭，也不會讓人覺得她是軟柿子好拿捏，心智比老夫人有過之而無不及。

小小年紀，能算計這麼多人，他哪裡敢小瞧了去？

寧國忠回來後悶悶不樂。卸下身上的官職，心裡多少希望皇上能挽留，結果皇上應得爽快，嘴上稱讚了幾句，卻沒有任何賞賜，他心裡不平；又得知小兒子升官，他下意識便認為是清寧侯和懷恩侯串通，意欲捧殺寧伯瑾，哪怕升官的是二兒子，他心裡也不會有這般忐忑，再想到下朝後禮部尚書的一番話，他目光不由得深沈起來。

禮部尚書說往後多多指教。各尚書府乃六部之首，禮部尚書在他跟前態度卻極為謙卑，這是平常沒有的事，他忽然想起年前薛府辦的宴會，尚書大人也去了，懷疑是薛家從中幫忙，如果是這樣的話，薛墨對寧櫻豈會沒有一點心思？想到此，他心事重重去了書房……

另一廂，寧伯庸先得到寧府小廝傳達的消息，今日將決定他能否升遷，因此他一早上心不在焉地等著，聽說府裡小廝找他，以為是升遷的事情下來了，整理好身上的朝服，儘量繃著臉不讓自己的情緒表達出來。升遷一事是為官之人夢寐以求的，換作誰都不可能心平氣和。

往日與他走得近的人見他朝門口走，作揖恭喜他，寧伯庸連連擺手，眉梢喜色隱現。

「別亂說，約莫是府裡發生了點事，我去去就回。」

「寧大人說得是，若有事的話先回去了，衙門沒什麼事，一切有我們呢！」

寧伯庸拱手道謝，不慌不忙走向門口。來的是寧國忠身邊的小廝，看見他，小廝上前行禮，寧伯庸叫住他，這會兒他哪有別的心思，小聲道：「是不是結果出來了？」

小廝面色為難，輕輕道：「三爺連升三級，任禮部侍郎，是由禮部尚書向皇上呈遞的摺子，皇上批了，老爺讓您回去。」

滿心歡喜被一盆冷水潑下，圓滑如寧伯庸，這會兒面上仍有些掛不住，不確定地重複一遍小廝的話。「三弟升為禮部侍郎了？」

小廝大致清楚寧伯庸此刻的心情，回來時，寧國忠也是這副神色，不過，比寧伯庸更顯憂色，點頭道：「是的，皇上說下個月就讓三爺去禮部。老爺讓奴才出來找您、二爺和三爺回府；三爺不在衙門，說是城西開了家字畫鋪子，三爺去那邊了。」

寧伯庸神色僵硬，手無所適從地整理著平順的衣袖，神色帶著少許無措，第一次，他在人前失了方寸。「二爺知道了？」

「奴才還沒去二爺的衙門，這會兒就去，您看，奴才可要去城西的鋪子尋三爺？」

寧國忠的意思是把人全部叫回去，寧伯瑾不在，他也沒法子。寧伯瑾不學無術，遊手好閒，就是這麼個人，竟然連升三級，不怪寧伯庸想不通。

小廝快速地走了，寧伯庸站在原地，久久沒有回過神，兩側守門的官差以為他遇到什麼事，上前詢問。「寧大人可是要先回府？」

寧伯庸轉過身，雙眼空洞地看了眼官差，找不著自己的聲音，虛虛地道：「回吧！」

熏香縈繞的書房，寧國忠坐在書桌前，手裡的筆在白色宣紙上奮筆疾書，聽到外面人稟告說寧伯庸回來了，他筆墨一頓，黑色的墨跡在紙上暈染開，蒼勁有力的筆劃糊成一團。

「進來吧！」

寧伯庸面上已恢復了平靜。「父親叫我回來商量三弟的事？」

「府裡上下無人不知他什麼性子，我懷疑是懷恩侯與清寧侯沆瀣一氣，故意針對我寧府的。不過這件事有待商榷，待小六過來再說。」

比起兩位侯爺出手，他更希望是薛府的關係讓寧伯瑾坐上那個位置，饒是如此，寧伯瑾的性子……說得好聽是性子耿直、不通人情；說得難聽，就是個迂腐沒有心思的，想到這個，他頭疼得厲害。

「你奔波多日，結果被老三搶了先……」

「父親說的什麼話，兄弟手足，三弟升官，我心裡當然為他高興。」寧伯庸心裡頭多少有些不舒服。這些日子，他沒少往戶部尚書那裡送銀子，戶部尚書應允他若吏部呈遞上他考核的摺子，願意出面為他說話，寧伯庸腦子不傻，哪聽不出戶部尚書不想出面舉薦他，待吏部有了消息再出面，無非是怕惹嫌疑罷了。

另一廂，寧府小廝循著開張的鋪子一路打聽寧伯瑾蹤跡，尋了三、四家鋪子才問到。聽鋪子掌櫃說寧伯瑾去了酒肆，又問了酒肆的位置，累得滿頭大汗，心裡頭有些抱怨寧伯瑾折騰人，寧國忠他們在府裡愁眉不展，寧伯瑾自己卻像個沒事人似地吃喝玩樂、樂不思蜀。

小廝到了酒肆門外，上前向小二問寧伯瑾的去處，小二指著樓上雅間道：「寧三爺要了雅間，西邊第二間屋子。」

小廝笑著道謝，上樓時，聽見寧伯瑾叫小二再拿壺酒，酒味重，也不知他們喝多少了？他忙走到門邊，朝寧伯瑾躬身施禮道：「三爺，老爺讓您回去。」

寧伯瑾得了字畫，心情大好，喝了兩杯，毫無醉意，認出小廝身上的服飾，輕聲道：「可是府裡出了事？」

小廝搖頭，彎著腰，側身讓端酒的小二進屋，沒急著進門。寧伯瑾見他畏畏縮縮，起身走了出來。「怎麼了？」

小廝如實告知寧伯瑾升官之事，誰知，寧伯瑾像聽了什麼好笑的話似的，轉身望著屋裡斟酒的友人，忍俊不禁道：「府裡來人說我升官了，連升三級……」

小廝嘴角僵硬地抽動兩下。出門前老爺叮囑他低調些，結果被寧伯瑾自己張揚開了。看眾人捧腹大笑，不相信他所說，小廝不急著解釋，說道：「老爺已回府，大爺、二爺也在，讓您趕緊回去。」

寧伯瑾從小就有些怕寧國忠，寧國忠說什麼他不敢反駁，哪怕從小到大寧國忠甚少訓斥他，對他也不如對寧伯庸嚴格，可能是看寧國忠不苟言笑，常常板著臉訓斥寧伯庸和寧伯信，久而久之，他心裡有些怕，生怕不小心遭寧國忠訓斥。

聽了小廝的話，他不敢再拖延。今日趁著衙門沒事才敢偷閒出來，若傳到寧國忠耳朵裡可就是他怠忽職守，不務正業了。

寧伯瑾收起臉上的笑，回屋朝眾人拱手道：「家父找我商量點事情，先回去了，這頓算在我帳上，來日得空，再與諸位把酒言歡。」

得到眾人首肯後，寧伯瑾才和小廝下樓。酒下肚後的熱氣沒了，冷風吹來，身子哆嗦一下。他坐上馬車，臉不復在酒肆溫和，皺眉道：「說吧，到底發生了什麼事？父親要你來所為何事？」

小廝坐在馬車一角的小凳子上，又將方才的話說了一遍。原來連寧伯瑾都不信自己能升官，不怪寧國忠和寧伯庸詫異，他道：「老爺回府後便說了此事，府裡上上下下都傳開了，是禮部尚書大人向皇上舉薦您的。」

「禮部尚書？」寧伯瑾腦子一團漿糊，靠著車壁，喃喃道：「我與他互不相識，不過是在薛府宴會上打過一聲招呼，他怎挑中我了？我大哥呢？」

「大爺的官職落空了。」小廝想到方才寧伯庸的神色，心底嘆息不已。最有能耐的人沒上，結果遊手好閒的人占了位置，為官除了能耐，運氣也很重要，以寧伯庸的能耐，禮部尚書是十拿九穩的，偏生他挑中了戶部，兩頭都沒撈到好處。

寧伯瑾仍然沒回過神來，唉聲嘆氣道：「哎，是我對不起他，會不會是禮部尚書弄錯人了，我與大哥名字相近，他搞混了名字？」

他有多大的能耐自己清楚，禮部侍郎？往後可是能常常入宮在皇上跟前露面的主兒，他哪有那等魄力？想到今日與友人逛鋪子、品鑑字畫何等愜意，往後這些日子恐怕都一去不復返了。

多種情緒紛紛籍籍，竟覺得酒勁來了，寧伯瑾緩緩閉上眼，睡了過去。

小廝在旁邊瞧著哭笑不得，擔心寧伯瑾扭著脖子，輕輕在他身後墊了個靠枕。連升三級，天上掉餡餅才能遇到一回，換作旁人是多欣喜若狂的事，在寧伯瑾這兒，反倒成了一樁不盡人意的事情了。

寧府書房。

寧國忠從寧櫻嘴裡得知她不知情，心底越發沈重。如果薛府沒插手的話，寧伯瑾升官的事便是其他人推波助瀾，想藉著寧伯瑾將整個寧府連根拔起，其心思歹毒至極。

想到這裡，寧國忠桌下的手握成了拳，臉色不太好看道：「老三還沒回來？」

寧伯庸坐在旁邊，望了眼外面。「怕還要一會兒。」

聞言，寧櫻抬起頭，見寧伯庸面色沈著，絲毫沒有流露出嫉妒的情緒，不由得佩服起寧伯庸來。換作其他人，早出晚歸、奔波數日地走動拉關係，結果被做事散漫不思進取的人搶在前面，心裡多少會憤懣不平、怨天道不公，寧伯庸卻寵辱不驚，不自怨自艾，不愧是長子。可惜，她不記得寧伯庸上輩子做到什麼官職，只記得她這個大伯在她困難時沒有落井下石，在她榮華時不趕著巴結，或許她在他眼中不過是個陌生人，是生是死都沒多大的關係。

她心下嘆氣，又回味當日譚慎衍的意思，才意會過來。譚慎衍透露出來的意思並不是叫她提點寧伯庸，她與府裡的人一樣，下意識以為是寧伯庸，誰知譚慎衍暗指的是寧伯瑾。

不管如何，寧伯瑾升官是譚慎衍從中幫忙無疑了。禮部尚書與薛府關係好是其次，禮部尚書真正想結交的人是譚慎衍，青岩侯手握重兵，這次被奪了兵權，皇上並未乘機收回，反而將其贈予譚慎衍，換言之，往後譚慎衍不只是刑部侍郎，還管著京郊大營，如此年輕有為，將成為各皇子拉攏的對象。

青岩侯府經過這回雖受重創，然而對青岩侯府來說又何嘗不是一次新生？至少，往後不怕有人再拿著譚富堂犯的罪說事，譚慎衍自律，他身上不會留下任何把柄，往後的青岩侯府會越來越好。

只是，她不懂，譚慎衍為何會幫寧伯瑾？寧伯瑾不過是寧府扶不起的阿斗，提攜起來有何用處？且還是在這個風口浪尖，譚慎衍不怕出事？

寧國忠看她低著頭，嘴角輕輕抿著面露恍然之色，猜她是想到什麼了，心思一動，問道：「小六是不是想到誰在背後幫妳父親了？」

清寧侯和懷恩侯要捧殺寧伯瑾，犯不著提攜他做到那個位置，毫無聲息除去豈不更好？難道兩人有其他打算？寧國忠暗中做了一些見不得人的事，那些事除了寧伯庸誰都不知道，清寧侯不可能得到風聲。

寧櫻回神，收起面上的情緒，藉故局促地絞著手裡的手帕，心想著改日看見譚慎衍，再好好問問他。「沒，櫻娘不懂朝堂的事。」

寧國忠看她眉梢微動，心知她是想到什麼了。自己這個孫女可是個有城府的人，聽她這般說，倒也沒步步緊逼。不怪寧國忠沒有懷疑到譚慎衍身上，在他眼中，薛墨和寧櫻走得近，譚慎衍是薛墨的朋友，兩人有所接觸沒什麼大不了的；且這幾日青岩侯站在風口浪尖被滿朝文武指指點點，罪狀數不勝數，譚慎衍哪有心思管這種事？一個小小的侍郎妄圖勸動禮部尚書談何容易，故而直接將譚慎衍排除了。

屋裡人各懷心思，誰都沒有再開口。寧伯瑾進屋，瞧大家都在，面色一白。一路進來遇到府裡的丫鬟、奴才，對他態度變了樣，縱然以前遇到也會和顏悅色、施禮請安，不過今日大家的臉上明顯多了許多情緒，望著自己跟望著餐桌上一盤肉似的，令他渾身不自在。「父親，怎麼回事？大哥做得好好的，我怎麼就升官了？」

他胸無大志，有今日全是被黃氏逼著考取功名，再藉著寧國忠的關係找了份閒職，領著不高不低的俸祿，甚是悠閒愜意，這種日子正是他要的，沒承想有朝一日這種日子到頭了，他怎麼可能若無其事甚至欣喜若狂？看寧國忠臉色，心知他升官是鐵板釘釘的事實，不由得面色一沈。

「父親，那可如何是好？兒子有幾斤幾兩，您再清楚不過，禮部侍郎哪是兒子能勝任的？被人抓著錯處可就是掉腦袋的事。」寧伯瑾說完，只感覺脖子一涼，好似有刀陰森地架在脖項，頓時身子一軟差點癱在地上，是扶著桌子才穩住了身子，且臉色煞白，聲音都變了。「父親，不如您和李大人說說，讓他上奏皇上兒子不升官了，就在……」

「你胡說什麼！禮部尚書舉薦你乃一番好心，你竟然瞧不上？傳出去不是讓禮部尚書難堪？收起你的心思，如今皇上已批了摺子，你下個月就去禮部衙門，至於其他，往後每日下衙後來我這裡，我會教你怎麼做。」寧國忠氣得拍桌。升官乃是為官之人夢寐以求的事，大兒子奔波多日都沒音訊，小兒子不諳世事卻有這等好差事落在他頭上，結果竟然瞧不上，不是赤裸裸諷刺人嗎？

寧伯瑾最怕的就是這個。想當初，寧伯庸和寧伯信便是這麼一步一步過來的，他一點都不想，苦著臉，神色頹廢地癱了下去，餘光瞥見寧櫻在，覺得在女兒跟前這樣子有些丟臉，他撐著桌子站起身，訕訕道：「小六也在啊，從南山寺回來了？」

寧櫻故作沒看見寧伯瑾丟臉的樣子，起身向寧伯瑾行禮。不管怎麼說，她心裡為寧伯瑾升官感到高興，沒有人希望自己的親人一輩子碌碌無為，而且，聞嬤嬤說得對，寧伯瑾升官，她的地位也會水漲船高。

寧櫻微微一笑，說道：「祖父讓櫻娘過來說話。父親升官乃好事，該高興才對，至於其他，兵來將擋，水來土掩，祖父會教您為官之道的。」

聽寧櫻說得頭頭是道，寧國忠心底越發狐疑起來，目光晦澀不明地落到寧櫻身上，端詳幾眼，沈默不語。寧櫻的夫子平日教導的可沒有這些，她從哪兒學來的，抑或有人告訴她的？

寧伯瑾有苦難言。別人夢寐以求的並不是他要的，居廟堂之高而憂其民，他沒有心懷天下蒼生的胸懷卻占了高位，如何教他不心悸？可想到自己唸書多年，連這點抱負都沒有，又覺得太過丟臉，聖賢書都白唸了。

他想了想，沈思道：「父親高興，只是心裡困惑罷了。」

看寧伯瑾惶惶無措，坐立不安，寧伯庸心境開闊不少。如果寧伯瑾趁著這次升官有所長進，對寧府來說未嘗不是一件好事。寧伯瑾不懂為官之道，沒有防人之心，前兩次若不是寧國忠有所提防，及時出面幫寧伯瑾應付，這會兒寧伯瑾估計已被御史臺的人告到皇上跟前，寧府也跟著遭殃了。寧伯瑾長進了，寧府就不用擔心外面人乘機作亂對付寧府，未嘗不是一件好事。

寧伯庸故而勸道：「父親賦閒在家，你遇到不懂的可以問父親，我與二弟也會幫你的。」

寧國忠在光祿寺卿從三品的位置止步，而寧伯瑾一躍而為正三品的禮部侍郎，青出於藍而勝於藍，寧府總算有人出人頭地了。

寧伯庸欣慰地同時想起一件事來。「父親，您說會不會是皇上體諒您年事已高，故意提拔三弟的？」

畢竟除了寧伯瑾，他和寧伯信這些年官職都再往上升，說不定是皇上感恩寧國忠這些年的奉獻，特意挑了寧伯瑾。

寧國忠面露沈思之色，道：「聖心難測，不管是何原因，老三去禮部是好事。」

柳氏兄長任兵部侍郎，若寧府再沒人出頭，與柳府的差距會越來越大，如今一比，寧府不輸柳府，想到這個，寧國忠心下安慰不少。

幾人你一言、我一語，寧櫻安安靜靜聽著。

寧國忠抬起頭，目光再次落到這個孫女身上，她是個坐得住的，心下甚為滿意，問道：「在南山寺沒出什麼事吧？」

秦氏說南山寺夜裡有老虎出沒，三人成虎罷了，南山寺香火鼎盛，哪有什麼老虎，此番問寧櫻，不過存著一絲關心罷了。寧櫻從莊子上回來，先是入了小太醫的眼，跟薛小姐關係好，這次寧伯瑾又升官，他心裡認定寧櫻是個旺家的人，不由得語氣和緩。

「妳年紀也大了，往後出門身邊帶個小廝跟著，吳管事一家在路上了，過些時日就能回府，他們一家的賣身契我給妳母親了，讓妳母親給妳。」

寧櫻喜不自勝，臉上泛著歡喜的笑，笑容明豔純真，跟朵花兒似的，脆聲道：「謝謝祖父。」

吳管事兩口子做事都是爽利的人，寧櫻和他們相處的日子久，心裡時常唸著他們的好，這回兒他們回京，往後她身邊有人跑腿，不管做什麼都方便得多，一聲謝謝，是真心實意的。

寧國忠看她這般高興，輕輕笑了笑。「妳回府後還沒用午膳，回去吧，讓廚房弄點吃的，今晚叫上妳母親和姊姊，來榮溪園用晚膳。」

寧伯瑾升官是府裡的大事，全府上下該熱鬧熱鬧才是。

寧櫻頷首，起身站穩，屈膝告退。望著她走出門的背影，寧國忠側目問身旁的寧伯庸。「你有時間探探禮部尚書的口風，是不是有人請他從中幫忙？」

他看寧櫻一派鎮定從容，懷疑她其實知曉這件事，若真如此，必定和薛府脫不了關係。

寧伯庸稱是，卻和寧國忠看法不同，他更相信寧伯瑾升官是皇上的意思，然而想歸想，沒有當面和寧國忠爭論。

寧伯瑾升官之事在府裡傳開，眾人心思各異，抑鬱多日的寧靜芸聽到這個消息，臉上也有了笑，難掩興奮，當即讓柔蘭進屋拿一身衣衫，她要去梧桐院給寧伯瑾請安。可是當目光落到角落裡大紅色的箱子時，臉上的喜悅蕩然無存。寧伯瑾升官又如何？她的親事已經訂下了，且對方是個登不上檯面的落魄書生，這一刻，她心裡又怨起黃氏來。若黃氏不急著將她的親事訂下，此番寧伯瑾升官，她嫡長女的身分說親更容易，嫁進侯門都是有可能的，結果落到現在的地步。

「小姐。」柔蘭從外面進來，留意到寧靜芸臉色不好，躬身道：「六小姐身邊的人來說，傍晚去榮溪園用膳……」

話未說完，見寧靜芸惡狠狠瞪著她，柔蘭忙低下頭，怕惹得寧靜芸不快。

這幾日，寧靜芸心情不好，屋裡的人都提心弔膽地伺候著，前兩日丫鬟倒茶不小心將茶水灑了出來，被寧靜芸發作一通趕去做粗使活了，還揚言要將她賣出府，為此，落日院死氣沈沈，人人生怕不小心被寧靜芸發賣出去。柔蘭是老夫人給寧靜芸的人，昨日三夫人向老夫人要她們的賣身契，往後，她的生死都任由三夫人處置。

想到三夫人的手段，柔蘭忐忑不已，支支吾吾繼續道：「六小姐在梧桐院，您過去多陪六小姐，妳們是姊妹，往後遇到事，有個背後商量的人。」

若不是和寧靜芸綁在一根繩子上，柔蘭絕對不會說這些。然而沒辦法，三房沒有嫡子，寧靜芸成親後，背後沒有兄弟撐腰，在夫家出了事連個幫襯的人都沒有，且寧靜芸的親事已經不可更改了；但寧櫻不同，寧櫻才十三歲，即便現在說親，有個做侍郎爺的父親，六小姐的親事也會比寧靜芸高得多，最重要的是黃氏希望她們姊妹情深、互相扶持，她想討好黃氏才這般勸寧靜芸。

寧靜芸面色一沈，上前踢柔蘭一腳，順手給她一耳光。「是不是覺得我嫁了個沒用的人看不起我，都想去桃園伺候她？」

柔蘭搖頭，雙腿一軟跪了下來。「奴婢是您的人，願意一輩子伺候您，您和六小姐是一母同胞的親姊妹……」

寧靜芸輕哼一聲，極為不屑。「我從小會琴棋書畫，她會什麼？書裡的字都認不全，親姊妹？說出去丟人現眼。滾！下次再聽見這話，別怪我不客氣。」

寧靜芸心裡壓著火，氣不過，伸手抓起桌上的茶壺摔了下去。

憑什麼，黃氏憑什麼那樣對她？

她氣得眼眶通紅。黃氏想借著她的親事打壓她，門兒都沒有，她不會讓黃氏得逞的，她不是沒有給自己留後路。

禮部尚書舉薦的嗎？她冷冷一笑，回屋裡罩了件披風，準備出門問個清楚。寧伯瑾升官是不是她在尚書跟前說了好話？若是如此，寧伯瑾升官可要全靠她，全府上下該巴結的人也是她。

院門口的婆子看寧靜芸氣勢凶猛，伸出手擋住她的去路，平靜著臉道：「三夫人說過了，五小姐哪兒都不准去，還請五小姐回院子，繼續繡您的嫁衣。」

「滾開！」寧靜芸氣紅了眼，目光陰狠地瞪著她跟前的兩人。兩個婆子以前是她院子的人，不知何時被黃氏收買了，整日監視著她的一舉一動，元宵節後，她除了梧桐院和落日院，哪兒都去不了。

突地，她心下一驚。難道黃氏知道元宵節發生的事情了？不可能，當日的事情隱秘，黃氏不可能聽到風聲，可如果不是知道了什麼，又怎麼會派人拘著她，且往後她再也沒收到過外面的書信？

此時，腦子裡有什麼一閃而過，寧靜芸跺跺腳，快速退了回去，掏出胸口金鍊上掛著的鑰匙，從衣櫃下面的抽屜拿出一個盒子，小心翼翼地打開，往日堆放著信紙的盒子此時空空如也，她大驚。「柔蘭、柔蘭！」

柔蘭挨了一耳光，臉頰還紅著，聽到寧靜芸的聲音，心口一顫，戰戰兢兢走了進去。

「小姐什麼事？」

「盒子裡的信呢，哪兒去了？」

柔蘭吃驚。寧靜芸寶貝著那個盒子，誰都不讓動，丫鬟擦桌子、衣櫃時，都會越過那個抽屜，這會兒聽寧靜芸問她，她也不知，狐疑道：「信不是一直在嗎？」

「沒了。」寧靜芸臉色大變，摔了盒子，算是明白黃氏為何將她看得牢了，之前她讓柔蘭送出去的信，只怕也被黃氏收走了。思及此，她怨毒地瞪著柔蘭。「妳老實說，前些日子我讓妳送出去的信，妳是不是交給夫人了？」

柔蘭揉著手裡的手帕，吞吞吐吐不敢說話。夫人什麼都清楚，寧靜芸親事已定，和尚書府的少爺書信往來，傳出去可是會被唾罵的，加上夫人逼得緊，她也沒法子，只能撲通一聲跪倒在地，磕頭道：「小姐，夫人知道了，奴婢也沒法子，夫人說不讓您知道，若知道了，奴婢便沒命活了。」

雖然她伺候寧靜芸的時候，黃氏已被送去莊子，不過提起三夫人，眾人都會有些忌憚。她私底下打聽過黃氏的事，知道她年輕時是個潑辣歹毒的人，老夫人拿她沒有半點法子，若不是死了姨娘，黃氏說不定會越過柳氏管家，這等厲害的人，柔蘭哪敢反抗？加上黃氏手裡捏著他們一家人的命脈，她不得不從。

「好啊，妳也被她收買了是不是？來人，將柔蘭給我拖出去打二十板子，我倒是要妳好好看看，背叛我是什麼下場。」

門口的丫鬟對視一眼，心知今日寧靜芸不發落柔蘭是難解心頭之氣了，雖然不知發生何事，誰都招惹不起這時候的寧靜芸，兩人不敢怠慢，拖著柔蘭往外面走。

柔蘭心下大駭，求饒道：「小姐，奴婢錯了，求您饒過奴婢吧！」

丫鬟架著凳子，將柔蘭壓在凳子上，不一會兒，院子裡響起板子擊打肉體的聲音，夾雜著柔蘭的尖叫。

黃氏聽到消息，蹙了蹙眉，嘆息道：「柔蘭以前心懷不軌，暗地做了些事，乘機治治也好，不過人不能死了。」

寧伯瑾剛升官，府裡就死了丫鬟，傳出去不太好。

黃氏站起身，說道：「走吧，我們去看看發生了何事？」

吳嬤嬤點頭，扶著黃氏往外面走。在她眼中，寧靜芸就是個不知好歹的人，黃氏千辛萬苦給她挑中一門好親事，結果她卻不知羞恥地勾搭上禮部尚書的大少爺，又一邊和黃氏嘔氣，要了黃氏庫房的大半嫁妝，卻是沒考慮過寧櫻。寧櫻手裡頭的銀子還是去年府裡發下來的一千多兩銀子，再無其他。寧櫻過兩年說親，嫁妝可想會有多寒磣，身為長姊，寧靜芸自私貪婪，哪怕知道她是被老夫人養歪了性子，吳嬤嬤對寧靜芸仍然失望透頂。

骨子裡的自私，不會是後天養成的。
院子裡，柔蘭哭聲震天，寧靜芸坐在走廊上冷眼旁觀，不時吩咐丫鬟力道重些，完全不把柔蘭的性命放在眼裡，姣好的面龐染上了一層冰霜，嘴角揚著猙獰的笑，叫人膽顫心驚。
黃氏心口刺痛了下，皺眉道：「住手。」
院子裡的丫鬟看黃氏來了，皆莫名鬆了口氣。她們都是伺候寧靜芸好些年的人，以前的寧靜芸並不是這樣子的性子，這些日子不知怎麼了，脾氣越來越大，稍微不順她的意思便下場淒慘，院子裡服侍的丫鬟真的有些怕了。
看見黃氏，寧靜芸眼神一凜。「繼續打。」
「靜芸妳……」黃氏張了張口，眼裡難掩失望。她總認為自己當初將她留下，虧欠她許多，回府後盡心盡力彌補，哪怕她提的要求有些無理她也認了，總認為能等到她體諒的那一日，此時看著她，黃氏才知曉自己想錯了。寧靜芸和寧櫻不同，妳對她好，她覺得是理所當然、不知感恩，只會仗著妳對她的好越發變本加厲，這點像極了老夫人。
心思轉念間，黃氏已經有了對策，收起面上愁容，冷冰冰道：「妳要打要罵，都是妳的丫鬟我管不著，但是我醜話說在前面，妳成親後，府裡不會再給妳添人，將以妳身邊現有的丫鬟給妳做陪嫁，如果她們不想留在妳跟前伺候，我會照她們的意願留下她們，陪嫁的事妳自己想辦法；至於我給妳的嫁妝，我也有能力收回來，妳再不懂收斂，好高鶩遠，那我就讓妳淨身嫁出去，我說得出、做得到。」

頓時，院子裡鴉雀無聲，眾人眼觀鼻、鼻觀心，大氣都不敢出。三夫人發怒了，誰都不敢招惹，低著頭，儘量當作什麼都沒看見、沒聽見的樣子，死氣沈沈如死人，連覓子上哭喊的柔蘭都停止哭泣。

寧靜芸面色一白。被黃氏當面數落還是頭一回，她頭脹得厲害，不用說今日的事情傳出去，府裡的下人們都會知道她是個不孝順的女兒，因而黃氏要將給她的嫁妝收回去。一想到下人們的嘴臉，她臉上血色全無，嘶吼道：「用不著妳假好心！妳的東西我不要，拿走，都拿走！」

換作之前，黃氏可能心軟，然而此刻，她無動於衷，吩咐吳嬤嬤道：「妳去五小姐屋裡，她看不上的全搬出來，苟家不是嫌貧愛富的人家，不會在意嫁妝多少，五小姐不要的話，全部收回來。」

怒氣衝衝奔向屋裡的寧靜芸身子一顫，難以置信地回眸瞪著黃氏，淚如雨下。「妳真要這般對我？」

「那些嫁妝是我父親辛辛苦苦攢的，妳看不上，我留著自有用處。」黃氏毫不留情面，說完話，轉身就走。

秋水扶著黃氏，見她眼角滑過兩行清淚，想必心裡頭不好受。五小姐養尊處優，以為黃氏欠了她，一言不合就使小性子發脾氣，黃氏忍著，六小姐也忍著，她仍然不知好，想來這次黃氏是鐵了心要糾正她的性子了。

「夫人別生氣，五小姐年紀小，往後會懂事的。」對於寧靜芸，秋水也不知說什麼，只有這般安慰黃氏，可她心裡何嘗不明白，寧靜芸性子難再掰回來了。想寧櫻今年十三歲，堅韌孝順，比寧靜芸強多了，哪怕是親生骨肉，自己養出來的和祖父、祖母養出來的性子卻大不相同。

黃氏揩了揩眼角，重重嘆了口氣。「哪怕她怨我，我也認了，只是想到當初她開口說嫁妝少了，我便想到櫻娘。櫻娘十三歲了，卻沒有生出過那種心思，去年得了一千多兩銀子還說要拿給我。」

秋水聲音一柔。「六小姐從小就是個孝順的人，在莊子裡的時候，隔壁莊頭媳婦送了一籃子青蘋果，她一人一個分給莊子裡的管事媳婦，沒注意全分了只留下一個，明明看得流口水卻捨不得咬一口，說要等著您回來一起吃。下次的時候她學聰明了，分給別人之前先留下兩個，您和她一人一個。」

想到那些事，黃氏笑了起來。「是啊，她是個懂事的孩子。走吧，我們去桃園瞧瞧她怎樣了。」

第二十八章

寧櫻吃過午膳在院子裡消食，看秋水扶著黃氏緩緩而行，笑著迎出去，左右瞅了瞅。「娘和秋水怎麼來了，我剛吃完飯呢，翠翠可和您說了傍晚去榮溪園用膳之事？」

看小女兒眉眼精緻，臉上泛著高興的笑，黃氏心裡頭的鬱悶散了不少，拉過她的手，掏出帕子擦了擦寧櫻額頭的汗。「天還冷著，怎出了汗？」

「喝了兩碗香菇烏雞湯有些熱，過會兒就好，娘去屋裡坐吧！」寧櫻走在黃氏另一側，親暱地挽著她的手，細看黃氏的眼角才知她好似哭過了，不由得覺得奇怪。「娘怎麼了，是不是誰惹您不高興了？」

她聽翠翠說了寧靜芸懲罰柔蘭的事情。兩人都不算好人，她並不放在心上，這會兒看黃氏神色不對，以詢問的眼神看向黃氏另一側的秋水。

秋水笑道：「算不得什麼大事，五小姐差點要了柔蘭的命，夫人說了她兩句，五小姐心裡不高興，頂了兩句嘴。」

寧櫻點頭。不用問也知寧靜芸應該是說了什麼傷人的話，否則黃氏不會如此，於是笑著道：「娘，去我屋裡瞧瞧薛姊姊送我的首飾，娘幫我出出主意，薛姊姊成親，我送些什麼好？」

薛怡成親在即，寧櫻總要送點東西，不見得要多珍貴，能表達她的一番心意就好。

黃氏收起心思，細細思忖起來，和寧櫻說道：「薛小姐和妳投緣，妳不是和桂嬤嬤學了刺繡嗎？可以給她做一身衣衫，不過這會兒有些來不及了，妳可得抓緊時間。」

薛府不缺銀子，不缺金銀首飾、綾羅綢緞，而且寧櫻年紀小，送那些東西過於市儈。這個想法和寧櫻不謀而合，寧櫻歡喜起來。「娘說得對，我這就叫奶娘將平日榮溪園送的綢緞拿過來，娘幫我挑，薛姊姊不喜歡粉色，紅色也不太喜歡，娘瞅瞅什麼好？」

「好。」

寧櫻嘰嘰喳喳說個不停，黃氏心裡好受多了，一下午幫著寧櫻選定了綢緞以及花樣子，不知不覺已是傍晚。

寧伯瑾升官，寧國忠下令賞府裡的下人，一等丫鬟和管事三百文，往下逐次減五十文。寧國忠開了口，柳氏管家也不敢不從，只是想到升官的不是寧伯庸，心裡頭不舒服，倒是秦氏高興得很，拉著黃氏說長道短，關係比平日親近不少，柳氏撇嘴，卻也沒說什麼。莊子上的丫鬟送信來說，寧靜芳頭髮長長了些，且性子安靜許多，柳氏只盼著寧靜芳早日回來，莊子上日子清苦，連個說話的人都沒有，寧靜芳從小嬌生慣養，哪受得了？

大家一起吃過飯便各自回去了，一晚上相處下來，秦氏覺得黃氏不如傳言中的難相處，估計是這十年給她教訓後，收斂許多。

夜深，秦氏和寧伯信雙雙就寢休息，一室黑暗中，秦氏昏昏欲睡時又想起一件事來，撞了撞寧伯信胳膊。「你猜小六去南山寺身邊跟著誰？」

寧伯信翻了個身，秦氏半邊身子掛在他身上，他呼吸不暢，將人往裡推了推，不甚在意道：「能有誰，小六出府的時候說過，是和薛府小姐一塊兒去南山寺，身邊還能有誰？」

秦氏聽他語氣平平，不由得在他腰間掐了一把，疼得寧伯信悶哼出聲才滿意地縮回手，故作神秘道：「是刑部侍郎，大年三十來咱們府裡接小六的刑部侍郎，青岩侯府的世子。聽人說兩人一路上有說有笑，關係好著呢！都說生女兒不好，我瞧著不盡然，三弟沒有個正經的嫡子，不是照樣升官？你說說，咱們要不要再生個閨女？」

她懷疑是譚侍郎從中幫忙寧伯瑾得來這個官職。

秦氏生了四個兒子，年紀不小了，若不是成昭沒有功名在身，秦氏早給他說親了，不過這次春闈後，不管結果如何，成昭的親事都該訂下，繼續拖下去，年紀適宜的小姐都被人搶走了。

聽了她的話，寧伯信轉過身，盯著她的臉龐，訓斥道：「二房子嗣不算少，妳這麼大的年紀，再生孩子傳出去像什麼話？」

如果他子嗣薄弱，秦氏再生個孩子沒什麼，成昭都十六歲了，再生個嫡子、嫡女出來不是叫人嘲笑他嗎？

秦氏心裡不痛快，嘀咕道：「青岩侯老侯爺不是老來得子嗎？」

話沒說完便被寧伯信打斷。「他能跟咱們比？妳趁早收了心思，好好替成昭選門好的親事，若妳懷孕，誰替妳張羅成昭的親事？」

寧伯信心裡是不想再要孩子了。二房幾個姨娘膝下都有子嗣，人到了他這個年紀，心思該放在朝堂上，整日盯著後宅一群妻妾，傳出去名聲不好，寧伯瑾就是個活生生的例子。

秦氏撇了撇嘴。左右不過是說說，成昭一說親，成昭媳婦便要進門了，她忙的事情的確多，沒有心思照顧孩子。

寧伯信看她想明白了，臉色才平靜下來，問道：「妳說小六去南山寺隨行的還有譚侍郎？」

秦氏點頭，說起這個，心裡頭有些抱怨寧櫻。寧櫻和薛怡上山比她早不了多少，兩人有住處她卻沒有，害得她不得不看柳氏嫂子的臉色，心裡憋悶得很。「小六心眼多著，回來悶不吭聲，誰知她暗地和譚侍郎說了什麼？而且，薛小姐待她好得很，真沒看出那種性子有什麼好的，和她娘一個德行……」

寧伯信想著事情，聽見這話，臉色又沈了下來。「這是妳當二伯母該說的話嗎？小六有她自己的造化，妳當長輩的該為她高興才是，小肚雞腸，我瞧妳連小六都不如。」

寧伯信睡意全無，爬起身，吩咐丫鬟掌燈；秦氏看寧伯信動怒，立即軟了口氣。「我隨口說說罷了，只是心裡納悶為何在城門口小六不肯讓我跟著？原來是約了譚侍郎的緣故。譚家福大命大，出了這等事，皇上都沒追究……」

屋子裡燈火明亮，寧伯信回眸瞪她一眼，若有所思道：「往後多多和小六親近，小六一回來，三弟就升官，她是個有福氣的人，方才那些話給我憋回肚子裡去。」

秦氏雖常常和寧伯信鬥嘴，這會兒看他是真的生氣了，立即收斂起脾氣，覥著笑道：「我心裡會不明白？你就放心吧，大嫂因為靜芳的事對小六存著怨恨，連帶著恨上三弟妹了，三房沒有嫡子，我總要幫襯小六的。天色已晚，你還要去哪兒？」

「去書房看書，妳自己睡吧，夜裡我睡書房。」

秦氏心下不滿，卻也不敢挽留，待寧伯信出門後才低低罵了兩句，招來明蘭吩咐道：「妳去看著，誰去書房陪二爺了，瞧我不收拾她。」

秦氏生了四個兒子，二房其他姨娘生的都是女兒，寧伯信叮囑她們喝避子湯，暗地卻還是有人打著偷偷懷孕生兒子的心思，秦氏當然不會讓姨娘生出個庶子噁心她。

明蘭意會，滅了燈，轉身小跑著走了。果然，寧伯信去書房不久，就有姨娘跟著過去，不過很快又被攆了出來，明蘭回去給秦氏回話，秦氏聽後總算放心，心滿意足地睡了。

寧伯庸很快打聽到背後託禮部尚書辦事的人是譚慎衍，他心裡驚奇不已。譚侍郎年輕有為，往後前途不可限量，平白無故怎麼想到提攜寧伯瑾？他和寧伯信說起這件事還納悶不已。

寧伯信想到秦氏說的，便將寧櫻去南山寺和譚慎衍隨行的事說了，兩人交換眼神，得出一個結論——他們家那位深藏不露的姪女，在小太醫離京後又和譚侍郎攀上了關係，此等心智便是他們為官多年都不得不佩服。要讓一個男子念念不忘只需要一張臉，可要他死心塌地為妳辦事還得要有手段，寧櫻容貌比不過寧靜芸，但手段沒話說。

寧伯庸告訴寧國忠時還覺得唏噓不已。「若真有譚侍郎幫忙，三弟在禮部有禮部尚書照應著出不了岔子，而且，清寧侯和懷恩侯那邊也不敢貿然動寧府。」

寧國忠心裡石頭才剛落地，誰知沒兩日便傳出禮部尚書和懷恩侯聯姻。寧國忠蹙了蹙眉，心知懷恩侯是打定主意要對付寧府了，竟然選擇聯姻來拉攏禮部尚書，往後寧伯瑾在禮部的日子可不好過。

寧伯瑾這幾日忙著應付一群好友，回來看寧國忠皺著眉，直覺關係到他在禮部的事，忐忑道：「父親，禮部的差事……不如兒子還是別去了。」

他在這個官職上雖然沒有建樹卻也沒犯過錯，而禮部侍郎可是要人命的差事，念及此，心裡惶恐更甚。

「往後你若再胡說，就去祠堂給我跪著。」寧國忠還在想懷恩侯與禮部尚書府結親的事，中間牽扯多，哪能讓寧伯瑾退縮。

不等寧國忠琢磨清楚，外面的人來說譚侍郎遞了拜帖。

那位可是京中好些人想拉攏的對象，無緣無故來寧府做什麼？

寧國忠拿過帖子，的確是譚慎衍的名字，不過拜見的卻是寧伯瑾和黃氏，寧國忠心裡覺得奇怪。「三夫人和青岩侯世子有什麼關係？」

金順搖頭，他不知兩人有什麼關係。

寧伯瑾也面露狐疑，在寧國忠看向他之前，快速解釋道：「兒子平日和他沒什麼往來，難道是得知兒子升官，想讓兒子幫他辦什麼事？父親，您瞅瞅，還沒去禮部上任呢，上門託關係幫忙的人就來了……」

「閉嘴。」寧國忠頭疼不已。青岩侯府聖寵不衰，譚慎衍一個侍郎就將刑部控制得死死的，哪會託他們幫忙。

看寧伯瑾撇著嘴，委屈不已，他只覺得頭更疼了，言簡意賅說了寧櫻在南山寺遇到譚慎衍的事。旁人不會無的放矢，沒準兒，寧櫻入了小太醫和譚侍郎的眼。寧伯瑾聽完說道說不定兩人都想做寧府的女婿？

寧國忠搖頭，急忙摒棄這個想法，訓斥寧伯瑾道：「你說的什麼話？小六什麼性子你我不清楚？嫁去那種人家，不是給咱帶來好處，而是給寧府抹黑。」

寧伯瑾心頭委屈更甚，瑟縮著身子，在椅子上蜷縮成一團。以前遭寧國忠訓斥的是寧伯庸，如今倒是變成他了，都是禮部侍郎這個官職害的。

「小六何時和譚侍郎走得近了？」看寧伯瑾那沒出息的樣子，寧國忠氣惱不止。「問你話呢！」

寧伯瑾動了動唇，縮著身子道：「兒子也不知，約莫是和小太醫一起認識的。小太醫和譚侍郎關係好，京城無人不知、無人不曉。」

「坐好。」寧國忠板著臉，嚇得寧伯瑾身子一顫，立即挺直脊背坐了起來，目不斜視。

寧國忠有些懷疑了，兒子做禮部侍郎真的沒問題嗎？

「金順，你將人帶去花廳，去梧桐院告知三夫人，順便把六小姐也叫上，我與三爺待會兒就過去。」寧國忠扶著額頭。卸下一身官職，他非但沒覺得輕鬆，反而越發沈重了。「之後不准再出門了，來書房，我與你說說禮部衙門各位大人的關係，你別到了禮部還整日呼朋引伴，得罪人都不知怎麼回事。」

各個衙門裡的人都有不對盤的人，入了那個圈子，不得不站隊，幸虧寧伯瑾是禮部侍郎，平日言語上多注意些就行，不牽扯進雙方齟齬，問題便不大。

寧伯瑾聽得頭大，站起身，指著外面道：「父親，別讓譚侍郎久等了，我們快去瞧瞧吧！」

「……」寧國忠心下嘆氣，扶不起的阿斗！

天氣回冷，譚慎衍一身褐色竹紋長袍，玉立身形，陰冷的風拂過他剛硬的面龐，竟又讓人覺得冷了幾分。

寧國忠嘴角噙著淡淡的笑，走進花廳，緩緩道：「不知譚侍郎大駕光臨有失遠迎，還請見諒。」

花廳象徵著府邸的門面，無論字畫還是家具應是匠心獨運，但百年世家的寧府竟然掛著模仿前朝大師的畫作，真是有損門面。

聽見寧國忠的話，譚慎衍站起身來，禮貌地回道：「寧老爺說的哪兒的話，是我突然造訪冒昧了才是。」

譚慎衍雖是晚輩，但有刑部侍郎的頭銜，又有青岩侯世子的身分，官職上理應寧國忠和寧伯瑾向他施禮，不過他先一步行了晚輩禮，寧國忠心下滿意。譚慎衍身分倨傲，若他不行禮，他不好說什麼，好在譚慎衍識趣，見此，他臉色柔和不少，抬手虛扶了一把，溫和道：「譚侍郎太過客氣，快快請起，不知譚侍郎有何指教？」

譚慎衍重新落坐，舉手投足間貴氣難掩，寧國忠心下感慨，可惜這等好兒郎沒有生在寧府，否則寧府何愁被清寧侯和懷恩侯嚇得亂了方寸。他端正眉目，笑著喚小廝上茶。

「近日侯府的事情鬧得沸沸揚揚，如今危機已過，我心裡記著和六小姐的承諾，特意來府謝謝她。」若不是有寧櫻，他懶得和這幫人虛與委蛇。上輩子寧櫻的遭遇有多少是他們推波助瀾的，他記在心裡，眼下不是翻臉的時候，因而簡潔明瞭說了去南山寺路上之事。

寧伯瑾心裡有些害怕譚慎衍。刑部大年二十九連夜處置了好些人，年後又揪出一幫朝廷的貪官污吏，許多人都怕被刑部盯上，早先的禮部侍郎便是因為譚慎衍被貶職的，高處不勝寒，他如今算是明白這個道理了。也不知譚慎衍身為刑部侍郎，哪兒來的底氣，不怕得罪人沒了命？

寧國忠一怔，心裡有一番琢磨，不過此刻不是追究的時候，他思忖片刻，笑道：「小六不懂京裡的事，沒給譚侍郎添麻煩就好，她是個有福氣的，剛回來，老三就升官了。」

他想，莫不是譚慎衍為了感激寧櫻，才拜託禮部侍郎提攜寧伯瑾的？要真是這樣的話，寧伯瑾進了禮部就和禮部尚書沒有關係了。

說話間，黃氏和寧櫻走了進來。黃氏不知譚慎衍所來何事，臉上掛著恰到好處的微笑。「小六與我說了南山寺的事情，給譚侍郎添麻煩了，犯不著特意走此一趟。」

譚慎衍站起身，中規中矩向黃氏施了晚輩禮，黃氏臉色微變，緩緩道：「譚侍郎太過客氣了。」

譚慎衍嘴角勾起一抹淺淺的笑，陰冷的面龐有了些許暖意。「晚輩應該的。」

寧國忠在旁邊琢磨出些許苗頭來，問寧櫻出城遇到譚慎衍回府後怎麼不說，言語並無責怪之意。

寧櫻施禮道：「櫻娘覺得並不是什麼大事故而沒說，方才管家說譚侍郎來了，櫻娘才想起來，剛在路上和娘說過了。」

她不是寧府的下人，芝麻大點的事都會告訴他。

眾人說了一會兒話，寧國忠以為譚慎衍想單獨和寧櫻說幾句話，誰知譚慎衍提出告辭，眉目間不冷不熱，寧國忠摸不清他的想法，緩緩道：「小六爹的事情多虧有譚侍郎幫忙，感激不盡。」

「舉手之勞，何足掛齒，寧老爺不必相送，晚輩先行告退。」

譚慎衍躬身作揖，轉過身，冷風拂過，襯得他衣袂飄飄，肩寬腰窄，清朗俊逸，好一個意氣風發的少年，寧櫻不由得失神。

人走了，寧國忠也沒想通譚慎衍來寧府的目的。看譚慎衍行至走廊拐角又轉過身來，似乎有什麼重要的話要說。

寧國忠呼吸一窒，面上不顯山露水，道：「譚侍郎還有事？」

「算不得什麼大事。今早遇到御史臺的張御史，他說前兩日呈遞了關於寧府的摺子。外面有人傳寧三爺寵妾滅妻，有人陷害三夫人害死三房長子，寧府不經查證，毅然決然將三夫人送去莊子，十年不聞不問。張御史性子急躁，聽說這事茶飯不思，派御史臺的人查證後，似乎不是捕風捉影。當今皇上惜才，寧老爺乃國之棟梁，照理說對寧老爺的請辭該挽留才是……」說完這句，譚慎衍轉頭就走，袍子拂過拐角的褐紅色石柱，不見了蹤影。

寧國忠愣在原地，沈穩的臉上漸漸突顯出濃濃戾氣，寧伯瑾害怕地縮了縮脖子，小心翼翼上前，硬著頭皮詢問道：「父親，怎麼了？」

「看你母親做的好事！來人，叫老夫人搬去祠堂為寧府子孫祈福，吃三個月齋戒再出來。」寧國忠心裡納悶為何皇上對他的請辭喜聞樂見，原來是有人在皇上跟前彈劾他的緣故。他可以想像，若不是他主動請辭，皇上會把三房的事怪在老夫人頭上，繼而怪罪於他，別說入內閣，降職都是有可能的。

想到種種，寧國忠覺得他請辭再對不過。他在光祿寺多年，如果被降職，一張老臉往哪兒擱？

寧伯瑾不知他為何生氣，看管家領命走了，只得安慰道：「父親，什麼話好好說，母親年事已高，祠堂那種地方如何受得了？」

「閉嘴。」寧國忠哪聽得進去，在他眼中，是老夫人害他在皇上跟前失了寵。

瞥了眼旁邊悶不吭聲的黃氏和寧櫻，對這個平白無故去莊子十年的兒媳婦，寧國忠心下沒有愧疚。黃氏性子潑辣，目無下塵，留在府裡只會惹出更多事端，十年歸來，收斂了鋒芒，更有大戶人家主母的樣子，他覺得是好事。

「老三任禮部侍郎，平日有什麼事，妳多勸著，別讓他胡來；老三去禮部任職後記得請苟家來府裡坐坐，往後是親家，苟家富貴不顯要，寧府能幫襯的地方多，別生分了。」對苟家這門親事，寧國忠雖然覺得苟志太過平凡，不過名聲頗佳，相識於微的夫妻情分更加珍貴，寧府幫襯苟家一二，便是將苟家牢牢拴在寧府這條船上，往後苟家一飛沖天，不會忘記寧府的好。

寧國忠不懷疑黃氏的眼光，哪怕苟家將來平平無奇，有寧府在寧靜芸身後當靠山，苟志也不敢做什麼。他這般說，是擔心黃氏生出別的心思來。寧靜芸在落日院鬧出來的事瞞不過他，寧靜芸就是個好高騖遠的人，對苟家這門親事不樂意。

為官之人最是注重誠信，寧伯瑾若在寧靜芸的親事上反悔，寧伯瑾還沒進禮部，官職也到盡頭了。

這時候，外面走來一暗綠色衣裳的婆子，手裡端著一個黑漆木的盒子緩緩而行，走近了，屈膝道：「譚侍郎說沒什麼貴重的禮，給六小姐送了些小玩意兒。」

寧國忠看了兩眼，點了點頭，轉頭看向寧伯瑾，後者訕訕地摸了摸鼻子，不解道：「父親可是有事情和我說？」

他已經明白自己接下來的日子不好過了。年輕時看寧國忠訓斥寧伯庸、寧伯信時，他便惴惴不安，生怕有朝一日寧國忠叫他單獨去書房問話，一回、兩回寧國忠都沒有喊他的名字，懸著心又默默覺得僥倖，這麼多年過去了，誰知寧國忠這會兒轉過頭來教訓他。懶散半輩子的人，忽然被寧國忠叫去訓斥，可想他心裡的苦楚。

「來書房，我與你說說禮部的事情，以及你之後該接手的公務。」

寧伯瑾耷拉著耳朵，多看了兩眼婆子手裡的盒子，叫苦不迭。

寧櫻接過盒子並未當即打開。她和黃氏還未回到梧桐院，老夫人搬去祠堂的消息不脛而走。

含冤去了莊子十年，沒人問過黃氏心裡的感受，或者壓根兒沒有人關心，哪怕婷姨娘不是黃氏害死的，在那些人眼中，黃氏也是個惡人，去莊子上是咎由自取，沒有人會為黃氏抱不平，如果不是老夫人阻礙了寧國忠的前程，誰會在意之前的那件事？

寧櫻抱著盒子，問黃氏道：「娘，您心裡氣嗎？」

「娘氣什麼，過去的都過去了，真相大白，娘對得起自己的良心，妳莫想太多了。」

黃氏的聲音平靜無瀾，寧櫻卻聽出了絲不同的意味來。黃氏和老夫人一輩子不對盤，中間的恩怨哪是說過去就能過去的。

回到梧桐院，寧靜芸身邊的丫鬟跪在門口。黃氏在落日院說了那番話後，寧靜芸身邊的丫鬟、婆子全倒戈向黃氏。寧靜芸的脾氣暴躁不可捉摸，柔蘭伺候她多年，結果差點沒了性命，寧靜芸的做法讓下面的人心寒。不得不說，當初老夫人將黃氏身邊的人除掉頗費了一番心思，不遺餘力地送了幾個丫鬟、婆子到寧靜芸身邊，可如今全被黃氏拿捏住了。

聽吳嬤嬤說，她們剛離開，一個名叫柔月的丫鬟就過來了，跪在門口一動不動，吳嬤嬤問她怎麼了也不肯說。

「夫人看看吧，過來時便眼眶紅紅的，像是哭過了，五小姐的脾氣大，老奴不好打聽落日院的事情。」

寧靜芸這兩日在氣頭上，將落日院的丫鬟、婆子裡裡外外訓斥了一通，半夜落日院還燈火通明著，不過因為什麼，吳嬤嬤確實不知。

黃氏眉頭一皺，面色不豫道：「我知道了。」

寧靜芸的性子再不改正，嫁到荀家可真的是叫人笑話了，不管如何，她都不會再縱容寧靜芸下去。

柔月看見她們，揉了揉發紅的眼眶，待黃氏走到跟前，重重磕了三個響頭。「夫人，五小姐這兩日心情不好，您過去勸勸她吧！」

黃氏讓吳嬤嬤將寧靜芸看不上的東西全搬走，寧靜芸摔了好些茶杯、花瓶，吳嬤嬤走後，寧靜芸將院子裡的丫鬟、婆子叫到屋裡懲戒一通，又打又罵，好些人都遭了殃。本不該她出這個頭，可她和柔蘭很小的時候就認識了，兩人一起伺候寧靜芸，想著能一起共事，心裡歡喜不已。黃氏回來前，寧靜芸極好伺候，待身邊的人還算溫和；黃氏回來後，寧靜芸性子暴躁許多，最近更是變本加厲，她們當下人的沒有抱怨的資格，可柔蘭昨日挨了打，沒有大夫開藥，她給柔蘭送吃的被寧靜芸抓個正著，說要懲治她，她沒有法子才來找黃氏尋求庇護。不過這些都是明面上的事，如果因為她迂迴告狀，黃氏對寧靜芸越發厭棄，寧靜芸徹底失了寵，暗地裡，她們便不用忌諱寧靜芸了，在後宅多年，她不是不諳世事、一心為主子的丫鬟，她有自己的考量。

「怎麼回事？」

柔月抿唇，委屈地指了指眼角，哭哭啼啼說起落日院發生的事，中間適當地添油加醋一番。

黃氏蹙眉，不為所動道：「妳先回去吧，待會兒我會讓大夫過去看看柔蘭，至於五小姐，她說什麼妳們聽著就是，不用理會，但也別以為我是瞎子、聾子，若是有人膽敢在暗地做什麼事，別怪我不留情面。」

柔月說的大半是實話，這點黃氏深信不疑，然而，一個丫鬟給另一個丫鬟送食怎會被主子抓到？她不是傻子，她心裡明白柔月心底打什麼主意，可目前不是收拾她們的時候，來日方長，有得是機會。

柔月身子一顫，心虛地低下頭，諾諾道：「奴婢不敢。」

「實話與妳說，妳們是老夫人身邊的人，放在五小姐身邊我自然是不放心的，過段時間，如果我聽到什麼風聲，妳們以後就不用留在五小姐身邊了，我自有打算。」

柔月她們是老夫人的人，她手裡拿著她們的賣身契不假，然而，她們是真心跟著她，還是心裡有其他打算，她暫時不予追究。熊大、熊二的事情給了她警醒，日日在身邊的人都能出賣妳，何況原本就不是妳身邊的？

柔月沒承想黃氏一眼看穿了她的心思，低下頭，渾身顫抖不已。

黃氏懶得理會她，逕自進了屋；寧櫻看了柔月兩眼。老夫人給寧靜芸的人都是容貌不俗的，即使哭著，臉蛋也精緻得很，叫人憐惜不已，揮手道：「妳回去吧，好生照顧五小姐。」

柔月如蒙大赦，又磕了兩個響頭，起身掉頭就走。大概是跪久了，雙腿有些發麻，腳步虛浮走了好一段路才端正姿勢。

望著她的背影，吳嬤嬤搖頭嘆息。「五小姐是個聰慧的，她身邊的人也不是傻子。」

如果黃氏在柔月跟前生氣，對寧靜芸更失望，下人們見風使舵，寧靜芸在落日院的日子估計不好過，不過對寧靜芸來說，過過那種日子也好，否則以為大家都欠了她什麼。

寧櫻在梧桐院坐了一會兒便回桃園了，她開始為薛怡做衣衫，用的心思多，不敢大手大腳，一針一線比平日要穩重且速度也更慢。

夜幕低垂，寧櫻感覺眼睛有些花了，收拾手裡的針線正準備上床睡覺，燈剛熄滅，金桂就從外面帶來一個令她震驚不已的消息。寧伯瑾在回梧桐院的路上遇到哭得梨花帶雨的柔月，一問得知了落日院的事，對寧靜芸失望不已。

寧伯瑾是個憐香惜玉的人，看柔月貌美如花便起了心思，和柔月成了事。

寧櫻已經躺下了，又翻身坐了起來，心裡疑惑。「父親回來應該是夜裡了，怎會遇到柔月？」

金桂心裡嗤之以鼻，看不起柔月狐媚子的做派，小聲道：「聽說是她去梧桐院的事情被五小姐知道了，五小姐動手打了她兩個耳光，半夜跑到小路上哭，自然而然就遇到三爺了。」

月黑風高，柔月若是單純氣不過，怎就湊巧遇到寧伯瑾了？估計早就存了飛上枝頭變鳳凰的心思。

寧櫻擔心黃氏，問道：「我娘可知道了？」

金桂嗯了一聲。實則不只是黃氏，府裡的人都知道了。寧伯瑾風流倜儻又升了官，府裡好些丫鬟都生出這種心思，明日寧伯瑾應該就會向黃氏提出納柔月為姨娘了。柔月也是個會打算的人，眼下跟著寧靜芸的確不好，且苟志身無功名，相較之下，寧伯瑾則好相處得多。

「夫人沒說什麼，倒是老爺知道後，將三爺叫去了書房。聽書房守門的丫鬟說，老爺發了一番火，屋裡還傳來三爺的哭聲呢！」

寧伯瑾性子柔弱，然而被寧國忠訓斥到哭還是第一次，說起來真是丟臉。

寧櫻不知曉還有這事。寧國忠做事穩妥，怕是打了寧伯瑾，沈思道：「我知道了，妳讓院子裡的人別亂說。」

之前柔月如果生出這個心思說不定就成事了，可這個關頭寧國忠不會答應的。寧伯瑾不再是遊手好閒的寧三爺，他需要名聲，作風不能差了，再夜夜笙歌、荒誕無度，丟臉的是寧府，寧國忠可以寵自己的小兒子，但絕對不是身居要職、被委以重任、象徵著寧府臉面的小兒子。

柔月，難逃一死。

和她想的差不多，第二天，聽說柔月因為誤食廚房殺老鼠的藥而身亡，府裡有人惋惜，有人事不關己，偌大的寧府，少了一個丫鬟，並沒有掀起風浪。

寧伯瑾整日去寧國忠的書房，待進入禮部倒沒犯什麼錯，只是人瘦得厲害，從衙門回來倒頭就睡，睡醒了去書房繼續聽寧國忠授課，回來後和黃氏絮絮叨叨說禮部的事情，言語間盡是驚恐害怕，黃氏在旁邊聽著，也不附和，寧伯瑾自己說得口乾舌燥才停下。

其間有寧伯瑾以前的狐朋狗友上門求見，寧國忠做主攔在門外，對方沒有法子，留了書信給寧伯瑾。寧伯瑾知道後心裡抱怨寧國忠太過嚴格，但嘴上卻不敢說什麼，他那幫朋友無非是叫他一起去踏春遊玩，又或者城裡哪兒開了好玩的鋪子叫他過去瞧瞧，他每天忙得不可開交，確實沒空閒，饒是如此，卻也耐心地回信解釋了近況，在寧伯瑾的書信中，他的生活怎一個慘字了得。

這些都是寧櫻聽金桂說的。寧伯瑾的回信被寧國忠看見了，免不了又挨了通訓斥，罵得寧伯瑾灰頭土臉，不過這種情形在下人眼中已經是習以為常的事情了。毫無意外，寧國忠撕了信，讓寧伯瑾重新寫，最後送出去的信上，寧伯瑾抱怨的話全部變成他在禮部如魚得水、盡忠職守的正事，信的最後還告知那群友人，讓他們收起玩心，好好報效朝廷，別讓手裡的筆桿對不起它的用處，用詞情真意摯，讓人不禁潸然淚下。

據說寧伯瑾的友人讀了信，立志要發憤圖強。寧櫻不知真相如何，只清楚，因為這樁事，早朝上皇上開口稱讚了寧伯瑾，寧府收到的帖子比往年多了許多，其中不乏有侯爵府、尚書府送來的各式各樣的帖子。

寧伯瑾，名聲有了，寧府的地位也高了……

第二十九章

日子不緊不慢過著，眼瞅著到了薛怡成親的日子。

薛府給寧府送了帖子，薛怡又單獨給寧櫻送了一份請帖。

薛府這些日子熱鬧許多，常有內務府的人進進出出，薛怡的屋裡擺滿了各式各樣的禮盒。

寧櫻進屋時，薛怡正愁眉不展地和桂嬤嬤說話，看見她，心裡一喜。「妳可來了，桂嬤嬤說妳這兩日會來，我以為她騙我的呢！瞧瞧我這屋子，亂糟糟的，妳別笑話我。」

寧櫻失笑。這兩日來府裡添妝的人多，薛府請了陸老夫人和陸夫人幫忙待客，陸大人是翰林院大學士，名聲顯赫，有陸老夫人和陸夫人在，出不了岔子。

寧櫻走上前，望著一身紅色緞面長裙的薛怡，妖冶的紅襯得她氣勢驚人，與平日的端莊不太一樣。「妳穿著這身，倒是和平常不太一樣。」

薛怡嘆了口氣。沒有法子，這是桂嬤嬤繡的，總不能拂了她的一番好意，而且好事將近，穿鮮豔些喜慶。她看寧櫻手裡捧著一個禮盒，有些大，上間用絲線捆著，不由得好奇起來。「妳也準備送我份禮物？」

走近了，寧櫻將盒子放在桌上，向桂嬤嬤頷首後在薛怡對面的四角圈椅上坐下，解釋道：「妳也清楚我的情形，貴重的東西是沒有的，便為妳做了兩身衣衫和兩雙鞋，希望妳不要嫌棄。」

「妳自己做的？」薛怡驚詫不已。雖說女紅是每個女子必須要學的，然而府裡有針線房，衣服、鞋子多是交給針線房，自己頂多繡個手帕之類，寧櫻竟然替她做了兩身衣衫。「拆開讓我瞧瞧，妳跟著桂嬤嬤學過刺繡，做出來的衣衫肯定好看。」

寧櫻羞澀一笑，謙虛道：「我哪敢和桂嬤嬤比，妳不嫌棄就好。」

薛怡讓桂嬤嬤拿剪刀將其拆開，待看清展開的衣衫後，愛不釋手地捧在手裡。「真的很好看，妳哪兒來的花樣子，這兩身衣衫我真的喜歡。」

鵝黃色的杭綢上繡滿白色的小花，沿著裙襬一圈又一圈，如水波蕩漾激起的漣漪；衣服下襬鑲了一圈金色，像是水波蕩漾的花紋，她喜不自勝。「這麼多花兒，花了不少時辰吧！」

她看得出來，繡法和她身上穿的這件同是蜀繡，展開另一件，更是令她睜大了眼，便是旁邊見多識廣的桂嬤嬤都瞇起了眼。

雙面花紋，一面是祥雲圖案，一面是富貴花開圖案，料子薄如蟬翼，細細看，好似有蝴蝶飛舞於花瓣上。

薛怡伸手認真摸了摸，沒有什麼稀奇之處，不由得問道：「妳從哪兒學來的？」

「早些時候父親帶我去外面逛了幾個鋪子，買了兩本書，書上面有記載，加上料子適合，想依著書上的法子試試，沒想到成功了。」

薛怡納悶。「應該是有蝴蝶的吧，怎麼細看又沒有了？」

寧櫻但笑不語，倒是桂嬤嬤在一旁解釋道：「蝴蝶不是繡上去的而是本就在的，刺繡之人拿針一針一針挑了料子上的絲線，生成蝴蝶的模樣，對吧，六小姐？」

「我就知道瞞不住桂嬤嬤，的確如此，挑出來的絲線再拿來在上面刺繡，絲線細軟，繡成雙面繡也不會覺得突兀。」寧櫻看薛怡喜歡，不由得歡喜起來。為了做這身衣衫，的確費了些工夫，弄壞了一些布疋，好在成功了。

「這兩件衣衫我真的很喜歡，妳有心了。」

「妳喜歡就好。」

桂嬤嬤看兩人有話說，輕輕退出了房門。

走廊上，探出半個腦袋的薛墨一直留意著桂嬤嬤的動靜，看她拐去了旁邊的拱門，才朝身後揮了揮手。

「咱們走吧，桂嬤嬤是皇上身邊的人，縱然我倆關係好，若讓她知道你要進我姊姊的院子，只怕不會允許。」

薛墨回京十多日了，本以為譚慎衍會找他的麻煩，結果是他想多了，問福昌，才知譚慎衍和寧櫻關係甚好，近水樓臺先得月，譚慎衍成竹在胸，連寧伯瑾都升官了，譚慎衍娶寧櫻的心思可想而知有多強烈。

譚慎衍往前走了兩步，他耳力好，聽見屋裡傳來低低絮語，步伐微頓。「算了，不去了，往後有得是機會，咱們先行離開吧，別壞了你姊姊的閨名。」

薛墨背對著譚慎衍，看不清他臉上的表情，調侃道：「你這會兒知道對我姊姊的名聲不好了？那方才一副我欠了你成千上萬兩銀子，不幫你就要還債的神色從何而來？桂嬤嬤走了，你進不進去？」

「不去了，你想進去？」

薛墨搖頭。他哪敢主動接近寧櫻，那可是譚慎衍心尖上的人，得罪譚慎衍的下場有多淒慘，看譚富堂就知道了，那可是他親爹，他下手仍毫不留情。譚富堂經營積累多年的錢財一文不剩全充了國庫不說，手裡頭的兵權也被奪了，他哪敢招惹寧櫻讓譚慎衍記恨上？

屋簷下的丫鬟看見薛墨，笑著上前施禮，譚慎衍站在牆外，丫鬟不知有外人在，福了福身，道：「寧六小姐來了，正和小姐在屋裡說話，少爺有什麼要與小姐說的，奴婢代為傳話。」

薛墨立即站起身，往前走一步，玉立身形，眉眼如畫，聲音不復方才對譚慎衍說話那般隨意，冷冰冰道：「無事，妳忙自己的事，我隨意走走，別打擾小姐和六小姐敘話。」

丫鬟心知薛墨的脾性，微微點了點頭，屈膝緩緩退了回去。

薛墨回眸看向不動聲色的譚慎衍。方才如果丫鬟往前多走一步就看見譚慎衍了，傳出去，對薛怡的名聲不好，他倒是不慌不亂。「你不想和六小姐說話，我們便去前院吧，今日朝堂來的人多，陸大人和我爹應付不過來。」

譚慎衍身形紋絲不動，靠著牆壁，負手而立，緩緩道：「見不著人，聽聽聲音也不錯。」

寧櫻聲音清脆，時而是吳儂軟語，時而帶著乾脆爽利，他能從她的聲音裡辨別出她的情緒。最初的時候他也不知自己光是聽聲音就能描繪出寧櫻的神色，寧櫻生病，不肯見他，每日他便在隔壁和她說話，隔著一堵牆，她的聲音時高時低，常常都是喉嚨壓抑著咳嗽發出的，也許就是那時候，他便能從她的聲音想像她臉上可能有的表情。

這會兒，她應該是開心的，上輩子她沒有待她真心的朋友，這輩子遇到薛怡，她心裡鐵定比什麼都珍惜。

薛墨打量著他的神色，上上下下掃了一眼，只覺得眼前的譚慎衍變得陌生起來。譚慎衍面冷心硬，做事雷厲風行、殺伐決斷，除了關心老侯爺，沒人能入他的眼，性子倨傲冷清如他，而今竟然淪落到聽聲音解心頭的相思苦，只覺得感情這玩意兒真是妙不可言，難怪有人為它生、為它死的，譚慎衍估計也做得出來。

想到這裡，薛墨不逼他，四下看了兩眼，提醒譚慎衍道：「你小心些，別被府裡的丫鬟發現，我去前院幫忙了。」

他沒忘記他姓薛，不能像譚慎衍一般什麼都丟給薛慶平，要知曉，薛慶平應付人的表現比他還不耐煩，薛慶平的原話是「有空天南地北地吹牛，不如去藥圃種藥多救些人」。

譚慎衍淡淡嗯了一聲。薛墨往前走兩步想到什麼又退回來，拍了拍譚慎衍肩膀。「你若那般喜歡，直接娶回家不就成了？六小姐十三歲了，老侯爺聽見說親這事，心裡也會歡喜不少。」

宮裡的太醫說老侯爺最多還有一年的壽命，老侯爺所有的希望都在譚慎衍身上，若仙逝之前，譚慎衍把親事訂下，也算了卻老侯爺一樁心願。

譚慎衍的目光晦澀不明。「我知道，你先去忙，下午為她把把脈。」

寧府的水深，他擔心寧櫻不小心著了道。他目前正在查毒害寧櫻和黃氏的毒藥從何而來？他心裡清楚寧府那位大夫有多少本事，疑難雜症他束手無策，那等平庸之輩哪會有那麼厲害的毒藥。寧老夫人出身佘家，早些年曾輝煌過，如今雖早已沒落，但若說毒藥是從佘家流出來的，也不是沒有可能，因他派出去的人打聽到佘家很多骯髒事，然而卻沒有關於毒藥這一塊，於是他問薛墨道：「毒藥的成分，你可研究出來了？」

薛墨搖頭。他聽說過那種毒藥，和薛慶平研究了整整一天一夜才配製出解藥，為此耗了不少貴重的藥材，且不敢確定是不是有效。譚慎衍不知道，給寧櫻吃藥的同時，他還給一位有同樣症狀的人吃藥，日日把脈留意著脈象，後來發現配出來的藥是對的，他和薛慶平才鬆了口氣。

譚慎衍不再多問，臉色變得沈重起來。如果佘家沒有消息，就只能從寧老夫人的身邊下手了。

下午，薛墨隨意胡謅了藉口為寧櫻診脈，診完脈象後，他面色微微一紅，寧櫻覺得奇怪。「是不是我身子出了什麼毛病？」

寧櫻和尚書府、陸府的小姐們在亭子裡說話，正好遇到陸小姐有些咳嗽，他才藉故為每個人把把脈。陸小姐偶感風寒，還有兩位腸胃不適，而寧櫻的身子，他不好說。

掩飾面上的尷尬，薛墨咳嗽兩聲。「並無不妥，只是六小姐睡眠不足，多多休息才是。」

在場的都是女兒家，他不敢將話說得太直白，而且，寧櫻真的是睡眠不足。

陸小姐看見寧櫻送給薛怡的禮物了，托腮道：「定是熬夜替薛姊姊做衣衫的關係。六小姐，妳真是個妙人呢，我娘常常拘著我叫我學刺繡，我僅會一二，卻是不精通。」

她們是千金大小姐，許多才藝、手藝都是給外人看的，好比刺繡，即使會了，她們也不用親力親為做衣衫，然而看見薛怡那兩身衣衫，卻令她對刺繡有了新的認識，陸小姐便拉著寧櫻討教起刺繡的事情來。

薛墨暗暗鬆了口氣，繼續給旁邊的小姐把脈。寧櫻的身體狀況，他有口難言，只有待會兒多叮囑她身邊的丫鬟兩句。

之後亭子裡又來了其他夫人、小姐，皆撩起衣袖要他診脈，他頓時覺得頭大，不住地朝一旁的小廝使眼色，後者意會，上前提醒道：「少爺，老爺找您有事情說，還在前面等著，您先過去瞧瞧，別讓老爺等久了。」

薛墨起身告辭。「往後有機會再說吧！」

他不喜與女人打交道，若非得到譚慎衍的叮囑，他才不會來這邊自討苦吃。想到寧櫻的情況，薛墨猶豫著要不要和譚慎衍說？不過牽扯到女兒家的事，即便譚慎衍聽了也沒法子吧！

前院來的人多，薛慶平臉上笑得嘴角都僵硬了，譚慎衍坐在他旁邊，臉上的笑從容客氣，和一群人談笑風生，惹來不少附和聲，見此，薛墨心下寬慰不少。譚慎衍總算還懂得知恩圖報，若是讓薛慶平自己待客，待會兒客人散了，他就該吃不完兜著走。

許多人藉故來給薛怡添妝，來了卻不肯走，興致勃勃聚在一起聊天，譚慎衍極有耐心，收起一臉陰沈，面色溫和，巧言如簧地說著話。他涉獵廣，文官、武將都能勝任，糊弄人不在話下，看氣氛還算不錯，薛墨才慢慢上前挨著譚慎衍坐了下來。

傍晚時分，太陽漸漸西沈，在西邊留下火紅的彩霞，譚慎衍幫著送走了賓客，薛慶平坐了一天，累得不輕，見門前的馬車全走了，欣慰地朝譚慎衍道：「還是你能說會道，換成小墨，早就將人得罪光了。」

「薛叔見笑了，我時常和那些罪犯打交道，清楚該說什麼會讓對方放鬆下來據實招供，墨之去過刑部大牢看我審問犯人，應該有所感悟。」譚慎衍收起臉上虛假敷衍的笑，沈靜如水地看著薛慶平。

薛墨身子一顫。他的感悟便是有生之年千萬別招惹譚慎衍，刑部大牢那種地方真不是人待的。

福昌在旁邊嘴角不住地抽動。今日來的都是朝堂有頭有臉的人物，譚慎衍竟然將人家當成刑部大牢裡的罪犯，不知那些大人聽到後作何感想？

薛慶平埋頭想了片刻，舉一反三道：「說得對，見微知著。細細想想，那些大人和藥圃裡的藥沒什麼不同，土壤適宜，氣候適宜，長勢自然喜人。」

這下，換譚慎衍嘴角動了動，笑著道：「還是薛叔厲害。」

薛墨沒怎麼吃東西，這會兒餓腸轆轆，拉著兩人道：「和人打交道是門學問，陸大人做得就挺好。」

陸大人在翰林院名氣大，待人平易近人，的確得感謝有他幫襯。

譚慎衍留在薛府用晚膳，命福昌將老侯爺和他準備的添妝送進來。

盒子小，看上去平平無奇，薛墨掃了一眼便抱怨道：「怎麼說我姊姊也是你姊姊，送這點東西不覺得寒磣嗎？」

譚慎衍默默不語，握著筷子慢條斯理地吃飯，薛慶平拿過盒子，將兩個盒子打開看了眼後目光一沈，心思複雜道：「禮物太過貴重。那是老侯爺畢生的心血了，回去告訴他，他疼怡兒的心意我心領了，東西不能要。」

薛墨不以為然，湊近身子瞅了眼，不由得面色大變。「慎之，這份禮的確太過了，你還是收回去吧！」

譚慎衍不以為意，雲淡風輕道：「不過幾張紙罷了，不礙事的，留給我也用不著，薛叔替薛姊姊收著。宮裡不比其他，我們都盼著薛姊姊平安，這些東西用不著最好，若有用得上的地方，可就是救命的了。」

想到女兒的安危以及宮裡的明爭暗鬥，薛慶平面色越發沈重，搭在盒子上的手有如千鈞重。「東西我會交給你薛姊姊的，放心，我會叮囑她，不到萬不得已的時候絕不能用。」

譚慎衍挾了一片酥肉，外脆內軟，不油膩，味道剛剛好。看薛慶平和薛墨繃著臉，如臨大敵似的，他輕笑道：「祖父把東西送給薛姊姊，無非想她平平安安的，薛叔客氣做什麼？若非有您和墨之，祖父的身子只怕……」

「你姨母活著的時候最是掛心你，你祖父待你好，他的病我義不容辭，而且，身為大夫，我只是盡到本分而已。」薛慶平蓋上蓋子，將盒子放入袖中，想到往事，不由得嘆了口氣。「罷了、罷了，吃飯，如今你們都好好的比什麼都強，你要記著，譚家是你的根，那是你的父親，不管發生什麼，他都生養了你，凡事別太過了。」

他不是不知曉譚慎衍在暗地做的事，總想著看在老侯爺的面子上，譚慎衍會留有餘地，誰知，老侯爺竟然出面幫他，連親兒子都不要了。

「姨父放心，我心裡記著呢！」

一聲久違的姨父讓薛慶平眼睛泛紅，端著旁邊的酒灌了口，站起身道：「你們慢慢吃，我去瞧瞧怡兒，順便將東西給她。」

薛墨看薛慶平面色有些不對勁，瞋怪地看了譚慎衍一眼。「做什麼叫他姨父，我爹心思都在藥圃上，你今晚一番話，又該叫他好些時日睡不著了。」

「薛叔什麼性子你還不懂？睡一覺，明日去太醫院又恢復正常了，薛叔心寬著。」譚慎衍臉色如常，只是握著杯子的手緊了緊，轉移話題道：「六小姐的身子如何？」

薛墨有些為難，手裡的筷子戳著盤子裡的宮保雞丁不肯動。看譚慎衍臉色微變，擔心譚慎衍想岔了，忙解釋道：「好著呢，只是觀她的脈象，再過兩、三日應該是要來月信了。」

「月信？」譚慎衍皺了皺眉，隨即眉頭舒展開來，擱下筷子，伸手等了片刻，接過福昌手裡的巾子擦了擦嘴角，神秘莫測道：「如此的話，甚好。」

高深晦澀的一句話，叫薛墨雞皮疙瘩掉了一地……

「你想做什麼？」薛墨凝視著譚慎衍揚著的唇角，總覺得他不懷好意。

寧伯瑾在禮部任由禮部尚書拿捏，而禮部尚書聽譚慎衍的，如果譚慎衍要做什麼，動動嘴皮子，透露出心思就成。

此時，薛墨心底有幾分同情寧櫻了，如花似玉的小姑娘，什麼都不懂便被一頭心思扭曲猙獰的餓狼給看上，以她的肉為食乃早晚的事。眼前閃過寧櫻若無其事、裝傻充愣的秀臉，他果斷地搖了搖頭。寧櫻也不是省油的燈，說不定是扮豬吃老虎呢！兩人狹路相逢，譚慎衍怕討不著好處，誰讓他先動了心思喜歡上人家呢？

先喜歡對方的人，付出的總要多些，而且，以譚慎衍目前癡戀入魔的情形來看，在寧櫻跟前絕對是有求必應的。

譚慎衍放下手裡的巾子，優雅地推開椅子，斜了薛墨一眼，不疾不徐道：「身為大夫，月信代表著什麼你比誰都清楚，我該準備上門求親的事宜了。」

薛墨噗哧一聲，擱下筷子，欲和譚慎衍好好說說求親的事，忽地又想到另一件事，話題一轉，好奇道：「你怎麼知曉女子會來月信？我是大夫要知道月信不難，你身邊連個伺候的丫鬟都沒有，你從何處得知的？」

月信是女子身體發育的象徵，來了月信的女子便不再是小姑娘了，身為大夫，眼裡沒有男女，因而知曉這些事，可譚慎衍從何得知？

薛墨上上下下打量著譚慎衍。不知該說譚慎衍運氣好還是寧櫻發育得快，前些日子還說他有孌童癖好，不等坐實他這個名稱，寧櫻就要來小日子了，如此一來，他就不能說譚慎衍孌童了。

譚慎衍側過身，俊逸的側顏泛著如沐春風的笑，本就是好看之人，笑起來更是讓人覺得美不勝收，看得薛墨嘖嘖讚嘆。他也是容貌昳麗之人，卻比不上譚慎衍英俊。

「刑部大牢扣押過女人，我想知道不難。」他勾著唇，往薛墨身邊一湊，嚇得薛墨以為他要打人，差點跳了起來，結果只聽譚慎衍問道：「過兩日我上門提親，今年能否將她娶進門？」

聽他不似玩笑話，薛墨抽了抽嘴角，坐直身子，掩著嘴咳嗽一聲，老氣道：「你提親的話沒人能攔得住，可娶親的話有些難。要知道，從求親到娶親過程繁冗複雜，納采、問名、納吉、納徵，請期再到親迎，步驟多，前提是她得喜歡你，否則，即使完成了步驟，你得到的不過是個憎惡你的仇人，依照六小姐的性子，捂熱她估計還要些光景，捂不熱就娶進門，難。」

而且，薛墨看得出來，寧府那位三夫人可是護犢子，不會勉強女兒嫁給一個自己不喜歡的人，寧櫻不肯的話，沒人逼得了她，想到這些，他伸手拍了拍譚慎衍肩膀，安慰道：「路漫漫其修遠兮，汝再接再厲。」

譚慎衍垂下眸子，目光一沈。寧櫻不想嫁給他，可能是上輩子經歷的那些事叫她退縮了，她心思簡單，身邊的親人好好活著就成，嫁人的事她或許想都沒想過，又或者，仍然想嫁給她中意的男子。漸漸，他眸子裡的光黯淡下來。

薛墨看他不說話，以為他感到挫敗了，寬慰道：「你別著急，距她出閣還有兩年，那時候再說親也成，只是，在那之前得確定她的心意，不讓人有機可乘。」

薛墨沒喜歡過人，可見得多了，說起這事來侃侃而談。

看譚慎衍目光發直地瞪著他，薛墨不明所以，動了動屁股，換了個姿勢，離譚慎衍遠些。每當譚慎衍用這副神色看他，準沒有好事。「怎麼了？」

「你說得對，若她的身邊只有我一人，遲早會看到我的好。你沒事別往寧府跑，需要你的時候，我會告訴你。」說完，譚慎衍眼裡熠熠生輝，起身拂了拂平順的衣袖，緩緩走了出去。

薛墨望著譚慎衍走出屋門的背影才會意過來。方才，譚慎衍是擔心寧櫻看上自己，讓自己避嫌？

天色黑暗，倦鳥歸巢，街道上掛起燈籠，照亮青石磚的小路，行人漸漸稀少的路上，誰都沒留意巷子口牆角下呼呼大睡的乞丐。京城繁華卻也不是沒有乞丐行乞，尤其在這片算不上富貴的地界，乞丐們不敢去達官貴人的住處擾了侍衛不滿，這處住得多是商人，沒有權勢，白天來這邊乞討的乞丐多。

過了許久，街道上的人越發少了，開張的酒肆、茶樓吆喝著打烊，靠著灰色牆壁睡覺的乞丐睜開了眼，目光幽幽地看向前方巷子，雙手無力地撐著地面，慢慢匍匐前行。他髮絲髒亂，許久沒有洗過了，上面黏著草屑、米飯，髮絲下的一張臉又黑又瘦，看不清真實的面目。此人衣衫襤褸，露出的手臂隱隱有疤痕，猙獰觸目，在燈光的映照下血跡斑斑。不長的路，他爬了許久，到一處掛著南瓜燈籠的門前他才停下，望著三級石階，他愣愣出神，然後一鼓作氣爬了上去。

爬到門邊，他翻過身子，手艱難地撐著地面坐起身，用力地拍著門，手軟弱無力，他拿頭撞門，一聲、兩聲……

好一會兒，裡面才傳來人的詢問，他舔了舔乾澀的唇，聲音沙啞。「是我，我找綠意。」

開門的是個老婆子，不耐煩地推開門，敲門的乞丐沒注意，撲在婆子的鞋面上，嚇得婆子大叫出聲。「哪兒來的乞丐，不知這是貴人住的地方？」

「我找綠意，就說她的金主來了。」乞丐雙手撐著地坐起來，撩開額前的頭髮，目光森然地望著婆子，婆子只覺得這雙眼有些熟悉，一時半刻想不起在哪兒見過，婆子往前踢他一腳，虛張聲勢道：「我告訴你，綠意姑娘可不是你想見就能見的，綠意姑娘背後有人撐腰，你膽敢破壞她的名聲，小心賠進去這條命，趕緊給我走開。」

乞丐有些累了，瞇了瞇眼，緩和一會兒才重新睜開眼，目光冷若玄冰，聲音發寒道：「叫綠意出來見我。」

綠意快生了，她肚子矜貴著，婆子哪敢讓她出來，心裡又忌憚乞丐，要錢的怕要命的，被這種豁出去不要命的乞丐纏上就慘了，她跺跺腳，裝作不肯讓步的樣子道：「不走是不是？我這就叫人來……」話完，咚的一聲關上門轉身跑了。

宅子小，她出來的時候驚動了其他人，其中一位年長的婆子道：「綠意姑娘睡不安穩，發生什麼事？」

說話的人是程老夫人身邊得力的婆子，藍嬤嬤。程雲潤消失後，她被派過來照顧綠意，起初知道綠意收買丫鬟瞞天過海時，老夫人怒不可遏，到了後面，府裡的下人一天天都沒有打聽到世子爺的消息，老夫人悲痛之餘又想起綠意的肚子來；世子爺有個三長兩短，這個孩子就是他唯一的血脈了，老夫人哪捨得讓孩子流落在外？只是綠意的身分登不上檯面，老夫人的意思是待孩子生下來就抱回侯府，綠意的話，看在她生了孩子的分上，贈一口體面的棺材。

去母留子，是大戶人家處置外室常有的法子。

婆子被訓斥，一臉悻悻然低下頭，小聲將乞丐的話說了，又補充道：「我懷疑有人心存不軌，故意找人敗壞綠意姑娘的名聲。」

藍嬤嬤眉頭一皺。一個乞丐為何會找綠意？因關係到侯府血脈，她不敢掉以輕心，若綠意和乞丐有一腿，這個孩子是不是世子爺的還不好說。心思轉念間，去旁邊屋子叫兩個小廝跟著，大步走向門口，推開門，見乞丐狼狽骯髒地望著自己，她心下不耐煩，待看清那雙因為面龐瘦削而顯得凹陷無神的眼時，她雙腿發軟，跪了下來。

「我的世子爺哦，這些日子您去哪兒了？老夫人哭過好多回了。」

藍嬤嬤跟著老夫人，程雲潤常常往老夫人院子裡跑，她當然認得出來。

程雲潤眼眶發紅，之前遭遇猶如惡夢一般。平白無故被當作刺客關押進刑部大牢，任由他們鞭打折磨，起初他不提自己的身分是不想南山寺的事情暴露，後來坦承了，刑部裡也沒人相信，更嘲笑他癡人說夢。他被丟到荒郊野外，身上傷口多，他雙腿使不上勁，在城外躺了不知多少時日，先是吃雪為生，雪融化了便吃草，手上有點力氣了，他才慢慢往城裡爬，靠路上那些人施捨的粥和饅頭一步一步支撐著爬了回來。

清寧侯府離城門遠，那邊住的都是達官貴人，有巡邏的官兵守著，乞丐不得接近，何況他也沒臉回去，走投無路才想起這處宅子，此時看到藍嬤嬤，動了動唇，哽咽得說不出一個字，埋頭失聲痛哭。

藍嬤嬤看出他遭了罪，扶著他起身，讓人去侯府通知老夫人和侯爺，世子爺有消息了。追過來的婆子聽見藍嬤嬤的話，面色煞白，滿臉難以置信。如果那個乞丐是世子爺，方才她豈不是抬腳踢了世子爺？她雙腿一軟，撲通一聲跪倒在地，連連求饒。藍嬤嬤沒有空理她，和小廝幫忙扶著程雲潤進屋，並吩咐丫鬟備水，讓小廝替程雲潤擦身子。

兩大桶水，抬出來時皆髒兮兮的，充斥著濃濃的一股血腥味，藍嬤嬤不忍看，摀住了眼。

程雲潤換上以前的衣衫，顯得空蕩單薄，不復往日的英俊，藍嬤嬤看得背過身偷偷抹淚，不敢問他這些日子遭遇了什麼。

程雲潤失蹤後，老夫人身子就不太好，夫人也像是抽乾了力氣，整日渾渾噩噩喊著程雲潤的小名，整個府裡死氣沈沈，沒人說話敢大聲，裡裡外外全靠侯爺一人撐著，總算，世子爺又回來了。

藍嬤嬤回過頭，替他掖了掖被角，輕聲道：「世子爺睡一會兒，待會兒老夫人和侯爺過來，我再叫您。」

躺在舒適的床上，程雲潤知曉所有的災難都過去了，但是回想過去的那些日子，仍然心有餘悸。「藍嬤嬤，妳守著我。」

藍嬤嬤眼角又落下淚來。在外面遭了多大的罪，才會弄成現在這副樣子啊！

「世子爺睡吧，藍嬤嬤守著，哪兒也不去。」藍嬤嬤認真地點了點頭，抬了小凳子靠在床前坐下，望著漆黑的夜色。

聽著這話，程雲潤才緩緩閉上了眼。

清寧侯府世子回府的消息在京城傳開了，暗中打聽的人不少，眾說紛紜，不知哪一種說法是真的？青岩侯府的下人也聽到許多種說法，因為府裡氣氛不好，大家也只敢私底下說說，不敢傳到譚富堂和胡氏耳朵裡。

譚富堂被皇上剝奪了兵權，心裡頭壓著火，侯府亂糟糟的，譚富堂看什麼都覺得不順，處置了好些下人，弄得人心惶惶，書房都不敢去，下人經過外面，皆不敢抬頭張望，怕惹來譚富堂不快。

胡氏的日子也不太好過。這些年，她藉著譚富堂的名聲在外面置辦的鋪子、田產，一夕之間全沒了，手裡頭的管事也不見蹤影，她派人出門打聽，說是被刑部的人拘押了，至於那些鋪子、田產全被充了公，由刑部移交至戶部，往後和她沒有關係。要知道，當初為了置辦那些東西，費了她不少心思，當年胡家送的嫁妝鋪子也全都沒了，肯定是背後有人作怪，她懷疑那人就是譚慎衍。

如今譚富堂往後的半輩子皆賦閒在家過了，往日貪污受賄的銀兩一半充入國庫，一半贈予那些鬧事的百姓。

「白鷺，妳去書房看看侯爺在不在，我有話和他說。」

白鷺是胡氏的陪嫁，做事穩重幹練，精明聰慧，到了年紀，胡氏捨不得將她嫁出去，便一直留在身邊，事實證明，白鷺的確是個能幹的人，幫了她許多忙，有些她想不到的事多虧有白鷺提醒。

白鷺正收拾著地上碎成渣的杯盞。這套是南方進貢的器皿，皇上送了兩套給譚富堂，一套放在老侯爺的院子，一套給了胡氏，平日胡氏甚是寶貝，卻不想方才說摔就摔了，聽著胡氏的叮囑，她緩緩抬起頭來，瞅了眼院子裡開得正豔的花兒，小聲道：「這幾日侯爺心情不好，夫人有什麼事，儘量別煩勞侯爺才是。」

皇上的指令剛下來，譚富堂將自己關在書房哪兒也不去，性情大變，性子越發難捉摸了。

胡氏知曉白鷺為了她好，隨即便歇了心思，伸手倒水喝時，驚覺杯子、水壺被她摔了，面色一怔，不適應地收回手，沈思道：「他心情不好，我心情又能好到哪兒去？父親好狠的心，侯爺可是他的親兒子，一點情面都不留，如果不是皇上網開一面，我們都要跟著遭殃。」

白鷺收拾好地上的碎渣，吩咐門口的丫鬟進屋，將青色雕花的瓷盆遞過去，小聲叮囑道：「別扔了，放庫房堆著。」

御賜之物，入了內務府的名單，哪是能說扔就扔的？即使碎了，也要留著。

丫鬟點頭，雙手接過瓷盆，輕輕退了出去。看人走了，白鷺才轉過身和胡氏說話。「白鷺進府的時間晚，也聽說過侯爺是老侯爺的命根子，老侯爺對侯爺甚是寵愛，生下來第二天，老侯爺便進宮為侯爺請封了世子，喜悅溢於言表。老侯爺看不慣侯爺的作風，前些年不也睜隻眼、閉隻眼嗎？奴婢瞧著，讓老侯爺趕盡殺絕的原因只怕另有隱情。聽說，清寧侯府的程世子被人關在刑部大牢，咱家世子爺鐵面無私，對他用了刑，侯爺和世子爺關係不好，如果清寧侯鬧到侯爺跟前，侯爺估計不會再姑息容忍世子爺，世子之位保不保得住都不好說，老侯爺從小就疼愛世子爺……」

話說到一半，她看胡氏露出恍然之色便不再多言。老侯爺時日無多，待他死了，侯爺勢必會收回譚慎衍的世子之位，誰知老侯爺深謀遠慮，先下手為強，親生兒子也不放過。

胡氏臉色一沈，氣得拍桌，咬牙道：「我就說父親早已不管朝堂之事，這次為何又改了性子？原來是為了那個小雜種；有他活著，慎平一輩子不會有出頭之日，只可恨讓他進了刑部，又有那個老東西護著，我的人想對付他都沒有法子。」

聽她言語多有冒犯老侯爺，白鷺打斷她的話，出聲提醒道：「夫人，小不忍則亂大謀，最近世子爺風頭勢不可當，您可別做出什麼糊塗事來。」

胡氏輕哼一聲，手握成拳，眼神射出陰冷的光，嘴唇發紫道：「這點眼力我都沒有的話哪有現在的好日子過？只恨同樣是孫子，那老匹夫對慎平不待見，對他卻寶貝得很，分明是打心裡瞧不起我。」

白鷺拽了拽她衣袖，左右瞥了兩眼，看沒人後才暗暗鬆了口氣。老侯爺活著一日，府裡所有的人都越不過他去，胡氏管家又如何？照樣拿老侯爺沒有法子，不然譚慎衍不可能平安無事長大。

胡氏心情極差。「那兩人可送去世子院子裡了？」

譚慎衍的院子不准閒雜人等進出，院子門口有人守著，誰若硬闖，會被折斷手腳。早兩年，她派丫鬟去伺候譚慎衍，結果被譚慎衍的人弄得人不人、鬼不鬼，她鬧到老侯爺跟前，老侯爺不責怪譚慎衍，反而訓斥她包藏禍心、居心叵測，害她丟盡了臉面；她一直都清楚，有老侯爺撐腰，誰敢忤逆譚慎衍就是和老侯爺過不去，即便是侯爺也只能背過身罵譚慎衍。

因此，這兩年平日她有事要通知譚慎衍，都讓下人們傳話別往裡走，站在院門口告知守門的人，請他們代為轉達。

白鷺點了點頭，湊到胡氏耳朵邊，笑了起來。「成了，那兩人住在西側的小院子裡了，聽說前晚世子去了那邊，想來是上癮了。」

窈窕淑女，君子好逑，以前譚慎衍不當回事是不懂其中的妙處，如今食髓知味，哪還離得開美人？尤其還是特意為他準備的美人。

聞言，胡氏臉上有了些笑，思忖片刻，附和道：「不著急處置，依照老匹夫的性子，這會兒說出來，肯定會偷偷處置，這樣子的話，咱的一番工夫就白費了，等他的親事訂下，鬧出有庶子、庶女的事情來，看他如何自處。」

胡氏嫁進侯府多年，一直不得老侯爺喜歡，偏偏她不敢做得過，還得裝作孝順大度，吃了虧也不敢抱怨，就怕惹得老侯爺不滿，好在一切就快要過去了。

且說程雲潤的事不到半日就傳得沸沸揚揚。清寧侯上朝時遇到很多人詢問，兒子遭受毒打，他心情極為不好，尤其他母親吵鬧著要他上門跟青岩侯老侯爺要個說法。

老侯爺年事已高，威望不減當年，這青岩侯府在民怨沸騰、滿朝文武百官唾棄中都能全身而退，皇上對老侯爺的敬重可想而知，老夫人上門不過自取其辱罷了；而且，程雲潤在南山寺做的那等事若被人挖出來，不只影響程雲潤往後的親事，侯府也會跟著受拖累。

程老爺一邊被老夫人催得厲害，一邊不得不向現實妥協，換成誰都開心不起來。而且，他細細想過，譚慎衍敢將程雲潤關在刑部大牢，必然是有了萬全之策，不然，程雲潤身上的配飾怎麼全沒了？那些配飾中，有一、兩件能證明程雲潤世子的身分，刑部的人不可能這點眼力都沒有，而刑部的人沒發現，要麼是裝傻看不見，要麼是有人從中動了手腳。

誰知，他勸不住老夫人，隔天上朝就有御史彈劾刑部侍郎關押程雲潤，私自動刑之事。他鬧得頭大，不說實話便成了御史心裡的小人，自己兒子都不關心。說實話，便是和譚慎衍交鋒，他暫時也不想和譚慎衍交惡，進退兩難。

「小兒頑劣，約莫是刑部錯抓了人……」

不等譚慎衍站出來，刑部尚書不滿了。「清寧侯此言差矣，刑部主審各類案件，這兩年朝堂風氣如何，大家有目共睹。天網恢恢，疏而不漏，刑部從來不冤枉好人，程世子的事情下官有所耳聞，還請清寧侯說話慎重，別把髒水潑到刑部頭上。」

刑部尚書眼瞅著要告老了，這兩年刑部在譚慎衍的管治下風氣好，做事效率高，堪稱六部之首，這是他功成身退的榮譽，可不容許有人詆毀。

話一出口，清寧侯就知道自己錯了，心底琢磨一番，將程雲潤頑劣的事說了，沒有牽扯刑部。他宣稱程雲潤和寧府退親後，意志消沈、茶飯不思，和友人出京遊歷遇到歹人，被搶了銀兩，滿身狼狽地回京。

這個說法雖然不太好聽，卻也避重就輕遮掩了許多事，而且，程雲潤後來遭遇的事的確是因為和寧府退親鬧的，他知曉是程雲潤自己做錯了事，怨不得寧府，只是心裡不太痛快，想著若寧府年後退親，說不定程雲潤不會鬧出這麼多事。

不到一個時辰，京城上上下下的人都知道清寧侯世子對寧府五小姐念念不忘，為此茶飯不思、心思鬱結難以紓解，逃離出京遇到歹人的事情；加上程老夫人讓身邊的人煽風點火引導輿論，說程雲潤身形消瘦、面色頹唐，皆乃捨不得這門親事，此話一傳開，京城更是炸開了鍋。

寧府和程府退親是雙方商量好的結果，誰知，大家將矛頭全對準寧府，罵寧靜芸不過空有幾分姿色，若非有程世子的這門親事，誰管她姓啥名啥，如今寧伯瑾入了禮部便過河拆橋，退親不認人，戲子無情，寧靜芸更甚。

想到寧靜芸如今的未婚夫婿是今年十拿九穩的一甲進士，有可能是狀元、探花，酸言酸語的人更是多，大有想靠著唾沫星子淹死寧靜芸的趨勢。

金桂繪聲繪色將外面人的嘴臉學給寧櫻看，心裡憤憤不平道：「寧府和清寧侯府退親是去年，三爺才升的官，哪就是一朝富貴，翻臉不認人了？」

她不是為寧靜芸抱不平，而是覺得外面的人太過分，還將黃氏和寧櫻牽扯進來，說的話難以入耳。

寧櫻笑笑，不多說什麼。外面的人捕風捉影，對事情的真相如何並不在意，聽聽就是了。

院子裡的花兒開了，寧櫻準備摘些放屋裡。金桂提著籃子，她小段小段折著枝杈，將折斷的枝杈遞給生氣不已的金桂，搖頭失笑道：「如果她們見妳是寧府的丫鬟向妳打聽，妳只告訴她們，她們小姐若是有能耐，也讓程世子對她牽腸掛肚，讓她爹娘找個乘龍快婿，吃不著葡萄說葡萄酸，妳和她們斤斤計較做什麼？」

金桂把花兒放進籃子裡，憤懣道：「奴婢只是氣她們說您罷了，您沒有說親，哪能任由她們壞了您的名聲？」

那些人口無遮攔說寧櫻和寧靜芸一樣，也是「朝秦暮楚、水性楊花」的人，這八個字對一個未出閣的小姐來說，已經是很嚴重的指責了。

「我不在意。」寧櫻踮起腳，手托著花枝，輕輕用力一扭，花枝折了，卻沒有斷開，她側目看向金桂。「回屋拿剪刀來，不好弄。」

金桂將籃子放在地上，小跑著走了。寧櫻抽回手，折騰一番，手有些痠軟了。這處是寧府的東北角，她能記得這處有花開，多虧上輩子她吃的苦頭。有次府裡宴客，來了許多小姐，那些人穿得光彩照人，說的話卻極為難聽，從內到外散發著一種優越感，曲意逢迎，捧高踩低，當時有人罵她是莊子裡出來的野物，嫌棄和她站在一塊兒，大家皆往旁邊走，避她如蛇蠍。那會兒，她心裡難受得厲害，各府的莊子要麼是懲治府裡做錯事的下人，要麼是供人避暑遊玩的地方，抑或是狩獵的地方，那些人罵她是野物，便是將她與山裡的獵物相提並論，暗指她是畜生。她睚眥必報，當即板著臉與那些人爭執起來，她聲音洪亮，說話速度快，鬧得對方面紅耳赤，連說話的機會都沒有。

最終，是寧靜芸出面打圓場轉移了話題。寧靜芸沒有責怪她，言語間多有維護之意，還端莊溫婉地讓婆子帶她下去休息，出了那裡，左右兩名婆子架著她往偏僻的地方走，最終將她帶來了這裡，她才知寧靜芸對她好是做給外人看的。婆子守著她，不准她再出去丟人現眼，之所以選這裡，也是她嗓門大的緣故，擔心她哭鬧不止，弄得更丟臉。那天，她在這裡待了一下午，直到傍晚寧府的客人全走了，婆子才放她出去。她沒找到回去的路，沿著走道、迴廊問了許多人，回到屋裡，才得知金桂、銀桂哭紅了眼，秋水亦慘白著臉到處找她，差點就叫人去河邊撈人了。

那次的事情後，她性子安分許多，再也不往人多的地方湊，也算是見識到寧靜芸的虛偽，若不是今日突然想起來，這件事她都記不住了。那時候黃氏病著，她不敢告訴黃氏，秋水知曉內情後，說了好些勸慰她的話讓她別在意，但是之後那幾日，秋水卻比她還難過……

正想著，寧櫻蹲下身，席地而坐，仰頭望著滿樹綻放的花兒，慢慢吸了兩口，香氣入鼻，人也放鬆下來，她索性躺了下去。草地三、四個月才有人打理一次，這會兒青草冒出頭，躺在上面倒是不覺得冷，花兒開得豔麗，她一朵一朵數了起來，從左邊到右邊，如同夏日躺在院子裡的躺椅上數著漫天繁星，哪怕花了眼，心裡也高興。

不一會兒，耳邊傳來輕微的腳步聲，她坐起身，笑著道：「還以為要一會兒呢！桃園離得遠，妳回去拿了嗎？」

春天正是萬物復甦生長之際，枝杈不易折斷，她來的時候沒有想到這點才害得金桂跑第二趟。

低頭整理身上的草屑，感覺腳步聲沒了，她覺得奇怪，抬起頭，看清來人後，面上一滯。

少女白皙的面頰泛著如花兒的笑，在看到他後卻轉為戒備，譚慎衍心裡有些不舒服。薛墨說得對，首先，她得先喜歡上他，她這副模樣，眼裡哪有半點愛慕的樣子？再往前一步，又想開了，她不喜歡不要緊，他可以等，等她慢慢感受到自己的真心。

寧櫻覺得自己反應有些過了，從最近的幾件事情看來，譚慎衍幫過她，不該將他當作敵人，她站起身，眉目溫和下來。「譚侍郎怎麼在這兒？」

這是寧府的院子，譚慎衍毫無聲息地出現在這裡，不管有何種藉口，都說不通，如此一想，又覺得自己方才的表情沒什麼不妥。青天白日，府裡來了外人，她不可能鎮定得若無其事。

譚侍郎指了指院牆，意思不言而喻，他是翻牆過來的。

「你來寧府有事？」寧櫻望著院牆，心下仍然不解。

譚慎衍沒急著回答。薛墨說寧櫻快來月信了，他準備了補品讓福昌送往寧府前院，馬車經過這邊巷子時，他看伸到院牆外的植株似曾相識，故而翻牆探個究竟，沒承想會遇到她。

對寧府的一花一草，他不比寧櫻陌生，他記得清楚，這株樹往後會種在寧府書房外的院子裡。參天樹木，象徵著百年府邸的氣度，寧國忠入了內閣，阿諛奉承的人多以這株參天樹木、百年不枯形容寧國忠勢不可當；殊不知沒一年，這株樹平白無故成了枯枝朽木，寧國忠的內閣輔臣也做到了盡頭，今日看見這株樹，勾起了他許多事，純屬好奇罷了。

「路過此地，看這樹枝繁葉茂，心下好奇進來看看，六小姐為何在此地？」他已看見地上的籃子，心下明瞭她是為摘花而來。她最喜歡的春天，怎麼會不做點什麼。

寧櫻看他目光落在身旁的花籃上，多看了他兩眼道：「好奇就能私闖人家的宅子？」

「我看這處位置偏僻，樹木高大，擔心夏季電閃雷鳴有人不小心在此喪命，身為刑部侍郎，若真有人無辜殞命在此，得告知刑部，儘早讓他們入土為安。」他一本正經，眉目間盡是浩然正氣。

「……」寧櫻狐疑地看他兩眼，不太信他的話。沒有規矩不成方圓，哪怕每年夏季，被雷電擊中喪命的人不少，也沒有貿然闖私宅的道理，傳出去，譚慎衍被彈劾降職都不為過，而且這處偏僻，沒事誰會願意來？

可看他眼神銳利，四處打量著，不像說謊的樣子，她只覺得奇了、怪了，刑部竟然是這種辦事風格。

「可找到什麼了？」她不知曉這處有沒有死過人，見他認真嚴肅，心跟著提了起來，再看腳下踩著的地方，彷彿那裡死過人似的，渾身哆嗦了一下。

「寧老爺治府嚴格，院子裡的下人不敢消極怠工，有人死在這的話早就被人發現了，是我冒昧打擾，這就離去。」對譚慎衍來說，他沒想到會遇到寧櫻，看見她便覺得足夠，至於其他，來日方長，他不敢表現得太過明目張膽，嚇著她了。

寧櫻心底鬆了口氣，看他走兩步又轉過身來，一顆心又提了起來。「可是還有事？」

「墨之替妳把脈的事我知曉了，他說有的事他不便多說，我覺得還是告訴妳一聲比較好。妳月信快來了，別吃冷食，對身體不好。」說完這句，他耳根微微發燙，不待寧櫻發現，他已縱身越出牆外。

寧櫻臉頰一紅，伸手探向自己身後，轉頭瞅了兩眼。關於月信的事，黃氏和她說過了，她若身子見血，別害怕，告知黃氏，會教她怎麼做。寧櫻有經驗，不過不敢明說，點頭應下，沒想到，薛墨連這個都能診出來……

事。

隨即一想覺得不對勁。她來月信的事情，薛墨告訴他做什麼？尤其還是這種難以啟齒的事。

金桂去就近的院子借了剪刀，折身回來卻看寧櫻提著花籃緩緩往回走，她心裡納悶，上前問道：「小姐不摘花了？」

看寧櫻面色時而紅、時而白，她擔心寧櫻身子不適，小心翼翼道：「是不是哪兒不舒服？」

「沒，我想著還有事，明天再來吧！」寧櫻心不在焉地應著，心裡繼續琢磨著自己的事。

第三十章

回到桃園，銀桂守在門口，看見她上前施禮，說了譚侍郎送補品來之事。

「管家沒有稟明大夫人，徑直送過來的，小姐您進屋瞧瞧吧！」

寧櫻的臉頰緋紅，抬起頭，目光瀲灩地看了銀桂一眼，暗暗思忖著譚慎衍送補品的意思。方才應該是他送補品來，順路經過東北角，院牆高，外面看不清裡面的情形，他不可能知道她在那裡，一切都是巧合？

薛墨醫術高明，下午她身下便見了血，她表現得還算鎮定，聞嬤嬤歡喜不已，吩咐金桂將早些準備的月事帶拿出來，歡喜道：「小姐往後便是大姑娘了呢！」說完，將譚慎衍送來的補品挑了兩樣讓翠翠拿到廚房。「東西貴重，妳寸步不離地守著知道嗎？」

翠翠頷首，接過東西，寶貝似地轉身走了，步子不大不小，甚是穩重，聞嬤嬤滿意地點了點頭，扶著寧櫻在床上躺下，又派人去梧桐院通知黃氏。

寧櫻睡意不重，耐不住躺在床上，不一會兒竟也睡了過去，想著明日薛怡出嫁，黃氏約莫不會讓她去了。

她想得差不多，翌日清晨，聞嬤嬤替她換被窩裡的暖手爐時，說起黃氏已經出門了，讓她好好養身子。

聞嬤嬤將換出來的暖手爐遞給門口的丫鬟，吩咐丫鬟打水服侍寧櫻洗漱，回來陪寧櫻說話。「金桂和銀桂去東北角的院子摘花了，說是您喜歡，兩人天不亮就走了，本想著在您醒來前放到桌上，誰知您這會兒就醒了。」

寧櫻恢復了清明，明豔的小臉泛起了笑。「金桂、銀桂想得周到，那些花兒開得好看，平日沒人經過，摘了不影響欣賞，我這才起了心思；可清晨天冷著，濕氣未散，她們會不會生病？」

她喜歡花不假，可比起花，金桂、銀桂的身體更重要。

聲音落下，翠翠端著鬥彩蓮花瓷盆進屋，聞嬤嬤示意她放在旁邊的架子，擰了巾子遞給寧櫻，回道：「待會兒她們回來，讓廚房給她們熬一碗薑湯喝，不礙事的。」

「嗯，別讓她們著涼了。」濕熱的巾子擦過臉頰，寧櫻越發清醒。洗了臉，她將巾子給聞嬤嬤，聞嬤嬤放盆裡搓了搓，又擰乾遞給她，寧櫻擦了手和脖子再遞回去。

翠翠站在旁邊，待聞嬤嬤將巾子放進盆裡，她上前端著木盆緩緩退了出去，不多話，舉止沈穩，頗有些上道了。

對寧櫻身邊的丫鬟，聞嬤嬤盯得緊，好在她們還算安分守己，沒有出過岔子，唯獨銀桂守夜的時候，時不時會睡過去，聽不到寧櫻的咳嗽。說起咳嗽，聞嬤嬤又擔憂起來。因為寧櫻來了小日子，昨晚她和金桂守在屋裡，聽著寧櫻的咳嗽聲，她的心跟著一抽一抽地難受。

「小姐夜裡是不是作什麼惡夢了？不如讓三爺請外面的風水大師過來瞧瞧，是不是屋子裡有髒東西？」

屋子布局擺設極有講究，她起初認為寧櫻之所以咳嗽是回京路上被髒東西纏住了，可南山寺去過幾次，不可能還有髒東西，薛墨又說寧櫻的身子沒有毛病，想來想去，問題可能和屋裡的東西有關。

寧櫻說是回京水土不服的緣故，但不該這麼久了一直沒有好轉，寧可信其有，不可信其無，她覺得還是請風水大師來看看比較好。

「我不適應京城的氣候而已，待天氣暖和些估計就好了，奶娘別擔心。算著日子，吳管事一家也快到京城了吧！」一年後，黃氏添了些銀兩替她在京城買了間鋪子，她暫時沒有想到做什麼用，打算等吳管事來京城，讓他們住在鋪子上，幫她打理那間鋪子，順便打聽外面的消息。有人在外面候著待命，出了事有幫忙的人，她才踏實。

看寧櫻看重他們，哪怕素昧平生，聞嬤嬤心裡也對吳管事一家頗有好感，緩緩道：「應該是快了，看見舊人，若是能治好小姐夜裡咳嗽的毛病，奶娘心裡感激他們，磕頭也願意。」

「奶娘說什麼呢，我這不是什麼大事，往後就好了，管事媳婦年紀比妳小，應該是她給妳行禮才是。」一想到吳娘子的性子，寧櫻輕笑出聲。秋水常說她嗓門大，約莫是受到管事媳婦影響。吳娘子和人說話就跟吵架似的，不熟知她性子的人不敢貿然上前招惹，她和吳娘子一樣嗓門洪亮，在莊子裡是出了名的。

因為有上輩子的記憶，回京後刻意控制，否則，她一開口會嚇著許多人。

聞嬤嬤搬了一張山水紋海棠式香几放床上，招呼外面的丫鬟傳膳，等寧櫻用過飯，才扶著寧櫻去後罩房換月事帶，捨不得假手於人。

身上縈繞著淡淡的血腥味，寧櫻不舒服地皺起了眉頭，和聞嬤嬤商量。「要不要擦擦身子？」

來月信這幾日不能洗澡，她只想擦擦身子，除去身上的血腥味。

「小姐忍忍，過了這幾日就好。」

寧櫻聽出來聞嬤嬤是不答應了，可能心理作祟，她鼻尖縈繞的血腥味又重了些，和聞嬤嬤說，聞嬤嬤哭也不是、笑也不是，去衣櫃裡找了一身乾淨的寢衣替她換上，出來時香几已被翠翠收拾乾淨了。

聞嬤嬤扶著寧櫻躺下，替她蓋上被子，語重心長道：「小姐忍忍，過幾日就好了。」

寧櫻點頭。來了月信，好似身子嬌貴許多，做什麼都要人哄著，想到這些，寧櫻的臉頰有點發燙。

聞嬤嬤坐在旁邊凳子上，繼續做手裡的針線。府裡為各位小姐準備了四件春衫，今年寧府收到的帖子多，寧櫻會常常出門參加宴會，四件春衫輪著穿有些寒磣了，她和秋水商量，秋水做鞋子，她做衣衫，故而這幾日，針線不離手。

寧櫻睜眼望著芙蓉花色的帳頂，數著芙蓉花的花瓣打發時辰，數著數著竟不知不覺又睡了過去，迷迷糊糊間聽見外面有人說話，她蹙眉醒了過來，因睡得久了，頭昏昏沈沈地不舒服，小肚子上熱熱的，暖手爐應該是剛換的。

看屋裡沒人，寧櫻穩著手爐，翻身坐了起來，忽然外面的聲音沒了，她立即豎起耳朵仔細聽，緊張不已地轉頭看向簾子。看簾子動了動，以為是聞嬤嬤回來了，趕緊縮回被子裡躺好，雙手蓋被子，身子往下拱。動作猛了，小腹上的暖手爐滑落在地，她仰起頭看向外面，入眼的是天青色祥雲紋圖案的長袍，腰帶上的紫玉晶瑩細潤，好似散發著紫色光芒。

寧櫻心口一顫，一個激靈坐了起來，難以置信地瞪大眼。「你怎麼來了？」

寧櫻懷疑是自己的錯覺，譚慎衍身分尊貴，哪會來她的閨房？

用力地揉揉眼，定睛一看，看清來人的確是譚慎衍後，她心情不太好，眼神也冷了下來。

將她眼底的冷意看在眼裡，譚慎衍溫和的眸色暗沈下去，兀自在床前的凳子上坐下，望著不甚高興的寧櫻道：「昨晚京城外二十里地的路上發生土匪搶劫，同行的馬車全遭了殃，其中一輛馬車上，是一對夫妻和他們的兒子，父子倆拚死頑抗護著馬車上不值錢的東西，據說他們是來京城投靠主家的。」

聽他嚴肅的口吻，寧櫻察覺中間還有其他事。一對夫妻和他們的兒子來京城投靠主家，想到什麼，她臉色一白。「然後呢？」

見她會意，不準備追究自己闖入她閨房之事，他徐徐一笑，緩緩道：「我今日過來便是和妳說這件事的。」

說話時，撿起地上的暖手爐，寧櫻順著他的動作看去，他的手掌寬厚，她抱著有些大的手爐在他手上顯得有些小了，略微滑稽，換作平時她或許會打趣他兩句，可她這會兒沒那心情，擔憂不已道：「是不是姓吳？」

譚慎衍掀開被子，拉出她的手，將手爐放了上去。寧櫻掛心吳管事一家的安危，沒察覺有什麼不妥，目光落在他臉上，紅唇微啟又問了一遍。

「是，受了點傷，不過沒有大礙，我得帶他們去刑部問話，估計要過些日子才能送他們回寧府。」她的手暖而柔滑，若不是克制著自己，他想放在手心握一會兒。

譚慎衍抽回手，隨意地搭在膝蓋上，解釋道：「京城不比其他地方，處處有官兵把守，我懷疑土匪的事情另有蹊蹺，事情沒有真相大白之前，他們不能回來。」

得知三人沒有性命之憂，寧櫻心底鬆了口氣。譚慎衍的話隱晦，她卻聽出不同尋常的意味來。土匪背後有人，吳管事他們如果出來，對方會殺人滅口，為了他們的安全著想，寧櫻自然希望譚慎衍護著他們，可她深想覺得事情不對勁，道：「吳管事是寧府的下人，三年五載難得來京一趟，土匪怎麼會打劫他們？」

吳管事一家身上盤纏不多，比不得進京的商人，土匪若衝著錢財去，該看得出來他們不是有錢人，若不是衝著錢去，無冤無仇，為何要針對吳管事他們？

譚慎衍摩挲著手，看她眼珠子一轉不轉地凝視著他，他目光一柔，放低了聲音道：「這件事暫不清楚，不過他們馬車上有很多蜀州特產，可能土匪以為是金子才動手的，但也不排除有其他目的。」

寧櫻覺得是後者，土匪哪會針對進京投奔主家的下人。她雙手撐著坐起身，靠在床頭，沈思道：「父親去禮部任職，近日關於府裡的流言多，看不慣寧府的人多著，會不會是有人故意為之？」

見她眉宇皺成了川字，白皙的臉頰透著淡淡的紅，如院中盛開的嬌花，妍麗而動人，譚慎衍抿了抿唇，沒有回答她，而是小聲提醒她道：「妳身子不舒服，好生躺著，我送來的補品可吃了？」

寧櫻心裡琢磨著土匪的事，猛地聽到這話，不自然地紅了臉，想到自己這會兒的樣子，髮髻散亂不說，身上穿的還是就寢的米白色寢衣，心下大臊，快速躺了回去，且身子往裡挪了挪，倒不是怕譚慎衍對她做什麼，而是她雖然換了衣衫，被子、褥子卻是沒有換的，怕譚慎衍聞到血腥味，難堪。

人做了心虛事，說話的嗓音難免會大些，寧櫻就是屬於這種，語氣也比方才軟和得多，轉移話題道：「你怎麼這會兒過來了？薛姊姊成親，你不用去薛府嗎？」

譚慎衍看著她疏遠的動作，目色深沈，移開眼說道：「刑部出了這事，薛府今日是去不了了，我來這邊一則是帶了吳管事的話，其次就是吳管事替妳捎的蜀州特產。眼下情形不便送過來，我替妳收著，待吳管事一家出來再名正言順送回來，其中有幾樣是蜀州特製的牛肉，妳要是嘴饞，待妳身子好些了，可以來侯府吃。」

蜀州有各式各樣口味的牛肉，香辣的、五香的、麻辣的、醬香的，每一種口味都帶著蜀州的道地風味，她和黃氏回京走得匆忙，沒來得及帶些回來，為此她還遺憾了好一陣子，這會兒聽譚慎衍說起牛肉，她便不由自主地嚥了嚥口水，蠢蠢欲動起來，話不經思考地脫口而出。「不如你偷偷送過來？」

聞言，被她疏遠的心情好了不少，譚慎衍勾了勾唇，如墨黑的眸子發出點點星光，輕聲道：「我覺得沒什麼，只是怕對妳名聲不好。」

每回夜裡他來，她都睡著了，如果她清醒著，陪他說說話，隨意聊兩句，應該是何等愜意，這般想著，俊美如玉的臉頰泛起了笑來。

寧櫻的原意是讓他像送尋常禮物似地送過來，寧國忠會過問兩句，卻也不會多說；聽譚慎衍的意思，明顯他會錯了意，男女有別，哪能讓他堂而皇之地進門？寧櫻歪著頭沈吟片刻，覺得讓譚慎衍像送補品那樣把牛肉送來也不好，譚慎衍沒有去過蜀州的莊子，送來蜀州的特產未免怪異，又在這當口，若是被那些人察覺到什麼，對吳管事和譚慎衍都不太好。

因而，她惋惜道：「暫時就算了吧，再想想其他法子。你覺得那些人什麼時候能抓到？」

譚慎衍辦事效率快，頂多十天就能把那幫人一網打盡，可十日於她有些久了，那種能看不能吃的滋味令她心裡極不舒服，又問道：「你身上可帶了些？」

譚慎衍失笑，眸子笑意更甚，伸手替寧櫻掖了掖被角，笑道：「妳這幾日不能亂吃東西，待妳身子好些了，我接妳去侯府，讓妳一飽口福，如何？」

寧櫻撇嘴。本就是她的東西，說得好像他請客似的。「算了，等你抓到人，吳管事他們出來就好了。」

上輩子，在那裡住了十年，一磚一瓦，一花一草，難過多過開心，她不太想回去了。

譚慎衍目光一暗，清楚她拒絕的緣由。那裡承載了她一生最狼狽、最不堪的歲月，她不願意面對無可厚非，只是心病還須心藥醫，成與不成，他都要試試。

譚慎衍低低解釋道：「不去也好，這會兒府裡正亂糟糟的，父親被皇上剝奪兵權後，變得疑神疑鬼，前幾日找了位風水大師來府裡看，說府裡好些院子的風水不好，要重新翻新修葺，大肆動土，妳不說我倒是忘記了。」

寧櫻沒聽說這事，不過古人信風水，譚富堂又遭遇人生最挫敗的事情，翻新動土乃常事，可惜的是，譚富堂再改造侯府的風水，之後他都沒能東山再起，一輩子做個閒散侯爺，侯府的昌盛衰敗與他再無關係。

想到老侯爺的魄力，寧櫻問道：「老侯爺身子可好些了？」

上輩子她和譚慎衍訂親時，老侯爺已經不在了，她沒目睹過老侯爺的尊容，不過能將自己兒子推向斷頭臺，戎馬一生的鐵血將軍，想來必是個威風凜凜的人物。

「最近身子不錯，他對妳好奇得很，叫我有機會請妳去侯府做客。」

他的話直白，寧櫻一怔，望著他，但看他眼裡的光深邃黑沈，正耐人尋味地望著自己，毫不掩飾眼裡的情愫。

她不自在地別開臉去。這種眼神她見得不多，但是月姨娘在寧伯瑾跟前卻表現得淋漓盡致。

眼裡閃著火，熊熊烈火。

她不知何時譚慎衍竟然用這種眼神望著她，心口顫動得厲害，說話的聲音也吞吞吐吐起來。「是嗎？老侯爺威風凜凜，拜見他是我的榮幸……」

「那過些日子，府裡翻新好了，我派人過來接妳。」

寧櫻喉嚨一噎。譚慎衍派人過來接她，傳出去她就該成為京中貴女嫉妒的對象了，而且依照寧國忠的心思，估計會把大房、二房的小姐全部喊上，浩浩蕩蕩的一群人，她不太喜歡，正猶豫著怎麼拒絕他，卻聽他道：「妳別擔心其他的事，我會處理好的。」

她顧忌的事情多，他都明白，會替她將事情考慮好。

「對了，刑部大牢陰暗潮濕，吳管事他們住那兒會不會不太好？」她多少明白些刑部的規矩，說是問話、瞭解情況，不知道怎麼對待人呢！

譚慎衍收起灼灼的目光，認真道：「下午會將他們送去一處宅子，待事情水落石出再說，不會住在刑部。」

刑部是關押犯人的地方，吳管事一家不是犯人。

寧櫻腦子裡有些亂，不得不說，方才譚慎衍的目光叫她有些失神，她也說不清為什麼，怎麼都無法集中心思。她沒想過和譚慎衍還會有交集，最初的想法是求薛墨救了黃氏，好好活著，手裡頭有點銀子，日子輕鬆自在，再挑門自己喜歡的親事；高門大戶她沒有想過，前世在胡氏手裡吃過太多虧，婆媳一團亂，不想再讓自己陷入水深火熱中，她想日子簡單些，對方沒有功名也不打緊，心裡真心實意有她就好。

一世一雙人，她羨慕了兩輩子的感情，總要想方設法叫自己如願，才不辜負重活一世的心願。

「妳在想什麼？」譚慎衍看她魂不守舍，便知方才的眼神嚇著她了，可是，他不能叫她一直躲著自己，否則什麼時候才能讓她喜歡上自己？福昌說，他該適當地表達，讓寧櫻知道他的心意，他對她好不是沒有目的。

世界上，從來沒有一個人死心塌地對你好是沒有目的的，而她便是他的目的。

寧櫻動了動唇，臉上的笑有些慌亂。「沒什麼，譚侍郎怎麼進來的？」

依照寧國忠對譚慎衍的熱情，譚慎衍一進府就會被寧國忠奉為上賓在書房說話才是，何況男女有別，譚慎衍即使要見她，也不該到自己的閨房來。

譚慎衍指了指外面，不疾不徐道：「遇到妳兩個丫鬟摘花回來，我便跟著她們到了這邊，恰巧有人找聞嬤嬤說話，我乘機就進來了。」

寧櫻想到方才她聽見有人說話，應該是找聞嬤嬤去了，不得不承認譚慎衍厲害，在寧府裡走了一圈竟然沒被人發現，幸虧她不是他的仇人，否則半夜怎麼被人抹脖子的都不知道。

接下來寧櫻不知說什麼，如扇的睫毛蓋住眼底的羞澀，手摳著暖手爐的邊緣，心神恍惚。

譚慎衍瞅了一眼外面天色，站起身道：「聞嬤嬤快回來了，我先走了。吳管事的事情如果有人問妳，妳不用刻意瞞著，散播出去，我有法子抽絲剝繭抓到背後之人，還有，過幾日我派馬車來接妳。」

最後一句話透著不容置疑的強勢。他問過薛墨，薛墨說女子的月信日子有長有短，有的三、五天就過去了，有的要等十天半個月，他不知道寧櫻會多久，不過多等兩日再讓她吃辣的，對她身子有好處。

寧櫻抬起頭，譚慎衍已走了，她腦子裡想著，他和老侯爺說起過她，也不知他說了什麼？細數兩人打交道的這幾次，除了南山寺那晚，並沒有什麼踰矩的行為，他能和老侯爺說什麼？

思來想去，聞嬤嬤什麼時候進來的她都不知道。

聞嬤嬤看她望著帳頂出神，以為她又在數上面的花瓣，並沒有出聲打擾她，坐下後，繼續做手裡的針線。門房說她兒子差人送了些吃食來，她心裡歡喜。算著日子，好幾個月沒見過她兒子了，她盡心盡力服侍寧櫻不是沒有原因的，她兒子做的是刀口上舔血的工作，隨時會沒命，她全心全意服侍寧櫻，指望著有朝一日兒子遇到麻煩，寧櫻看在她伺候的分上能伸出援手，後來，她發現寧櫻對她甚是依賴信任，她是真的心疼寧櫻，寧櫻吃自己的奶長大，她哪捨得不對她好？

傍晚，黃氏來桃園看寧櫻，見她心不在焉的，問道：「想什麼呢，是不是怪娘不帶妳一塊兒去？」

得知她來了月信，她最擔心她肚子痛，寧櫻小時候落水過，黃氏擔心她傷了身子，好在是她杞人憂天了。

寧櫻轉頭，那雙耀眼燦爛的眸子在腦子裡揮散不去，以至於看黃氏時，首先注意到她的目光。黃氏的雙眼算不上好看，望著自己的目光盡是擔憂和溫柔，給她的臉平添了和善柔軟的美；黃氏不注重保養，回京後在吳嬤嬤和秋水的念叨下稍微好了些，然而眼角的細紋仍然遮不住，說話時那些紋路便會細密地散開又聚攏，黃氏老了，身上淡藍色的蝶紋褙子穿在她身上黯淡許多，腰間細錦帶上的玉都有些混濁了。

想到這裡，寧櫻心底湧起淡淡的悵然。「我不怪娘，娘是為了我好。」

黃氏伸手揉了揉她的腦袋，欣慰道：「妳明白就好。」

「薛姊姊漂亮嗎？」都說新娘子是最好看的，薛怡今日肯定傾國傾城。

黃氏耐心回答她的問題。「美，小太醫揹著她出門，娘見了她一面，說往後進了宮，妳們見面的次數就少了，如果妳有話要和她說，可以寫信交給薛太醫，薛太醫會轉交的。」

男子不得入後宮，薛太醫身分不同，能見薛怡不足為奇。

寧櫻點了點頭。黃氏看寧櫻無精打采，陪著她說了一會兒的話，叮囑她好好休息才回梧桐院。

寧櫻在床上躺了三天，又連著喝了幾天的補湯，嘴裡淡得沒味，想到落入譚慎衍手裡的牛肉，心癢難耐，光是想著口水便在嘴裡蔓延開來，呈勢不可當的趨勢。她裝作不經意地向金桂打聽外面的事，誰知金桂沒有聽說京城外二十里地出了土匪的事，聽寧櫻問起，金桂眼神滿是詫異。

「奴婢沒有聽說有土匪搶劫傷人之事，小姐從何處得知的？」

寧櫻頓了頓。「我隨口亂說的，去年從蜀州回來的路上聽同行的人談過，就記住了。」

金桂知道吳管事的事情，以為寧櫻是擔心吳管事他們遭遇到不測，安慰道：「小姐放心吧，京城治安好，城外駐紮著將士，土匪不敢搶劫。」

寧櫻想，這件事應該是被人特意瞞住了，多半是關係重大，背後的人沒有揪出來之前是不會有風聲洩漏出來了。知道有牛肉卻吃不著，真是人生一大憾事。

為了解饞，她吩咐金桂讓廚房做香辣雞丁，卻怎麼都不是她想要的味道，越發無精打采，神情頹唐，暗暗數著日子，盼著譚慎衍早日將土匪抓到，把她的東西還回來。

重生回來，她第一次心裡想著譚慎衍，一日三餐地想。

可惜，他並不知道。

想起譚慎衍，寧櫻總不可避免想到那日他的眼神。他的目光常年是清淡冷漠的，甚少有溫和的時候，那日他眼裡的愛慕過於明顯，細細回想，她心裡一陣顫動，只因她發現一件事。譚慎衍對自己沒有惡意，甚至幫過她許多次，在南山寺的那回，如果不是他救了自己，後面不知會怎樣？兩輩子加起來，譚慎衍對她付出的心思全在這幾次了，好得叫她害怕。

她讓金桂打聽外面的消息，過了十天，仍然沒有吳管事的消息，她心裡著急起來。當日她思緒混亂，忘了問吳管事住的地方，不然她可以偷偷去看看他們，不至於什麼都做不了。見了吳管事，就能知土匪的目的。她心裡有個猜測，吳管事他們可能遭了無妄之災，隨行進京的可能有官員的家眷，今年官職變動大，官員升職回京先行一步，家眷在後，說不定有人想藉著土匪的名號作亂。

想到這個可能，寧櫻又靜下心來。牽扯到朝堂中的事，譚慎衍不會和她多說，她只有繼續等下去，也不敢貿然打聽，怕給譚慎衍招來麻煩；其間，聞嬤嬤倒是問過兩回吳管事一家的消息，吳嬤嬤說起這個也疑惑不已。

寧櫻說吳管事一家應該是在路上遇到什麼事耽擱了，沒有提土匪的事。府裡知曉她向寧國忠要了吳管事一家的人不在少數，若有人被收買一打聽便會露出馬腳，譚慎衍就能按圖索驥。

春光明媚，牆角的雜草瘋長，寧櫻吩咐丫鬟們除草，至於那些不知名的野花，寧櫻讓她們別動，丫鬟們除草，她便搬了椅子坐在樹下，渾身上下懶洋洋的，什麼都不想做，字荒廢了不說，也不怎麼去找夫子了。

她看得出來夫子待她懶散許多。夫子是柳氏請來的，之前柳氏來桃園為寧靜芳求情的消息傳到寧國忠耳朵裡，寧國忠將寧伯庸訓斥了一通，寧伯庸回去又訓斥了柳氏，新仇加上舊恨，柳氏心裡面惱著自己呢，哪會讓夫子盡心教自己。

她不想讓夫子難堪，這才不願意去，琢磨著找個機會和寧伯瑾說換個夫子，以免往後大家不對盤。

正想著，一雙竹青色細紋鞋面映入眼底，寧櫻抬起頭，看管家躬身給她施禮，態度拘謹，她先是嚇了一跳，反應過來擺手。「免禮吧，管家怎麼有空來了？」

「青岩侯府派了馬車過來接您，說是老侯爺找您有話說，老爺叫我過來通知您一聲。」老管家說話四平八穩，沒有聲調起伏。

柳氏管家，能明目張膽地動老夫人身邊的人，卻不敢動老管家下面的人，偌大的府邸，想要知道府裡發生了什麼事，各處都會安插自己的人，寧國忠也不例外。

老管家在，府裡幾乎沒有寧國忠不知道的事。

聽了老管家的話，寧櫻眉頭輕蹙，心撲通跳了起來，不知為何，莫名覺得緊張不安。譚慎衍說那話的時候，她不過借勢奉承兩句，雖是實話卻也並非真的想目睹老侯爺的風采。老侯爺戎馬一生，四處征戰，平定邊關，保得黎民百姓安居樂業，他的所作所為足使世人一輩子記著他的好。

如此德高望重的人要見自己，不怪她局促，她緩了緩情緒，面上卻裝作一派鎮定。

「好，煩勞管家告訴侯府的人一聲，我隨後就來。」

寧櫻回屋換衣衫，老管家又領著一個婦人過來，說是服侍她穿衣打扮的。寧櫻已換上一身淡色的拖地長裙，聞言，只得停下動作，喚金桂將人領進來。

婦人四十出頭的模樣，不苟言笑，裁剪得體的青蓮色錦緞裙襯得身形筆直，步履沈穩，從門口到內室，姿勢神色始終如一，臉上沒有多餘的情緒，穩如泰山，這種人一看就是府裡請的教養夫子，沒想到寧國忠如此重視，特意請夫子過來為她梳妝。

老侯爺位高權重，寧櫻信任婦人的眼光，便照著她的意思穿了一件暗紫色的交領襦裙，顏色沈重，不是寧櫻喜歡的，不過看起來端莊大氣，配著臉上的濃妝，沈穩得無可挑剔，望著鏡子裡略有些陌生的容顏，她怔了怔。聞嬤嬤小心翼翼地拿出之前薛墨贈的玉珮替寧櫻別在腰間，順著銅鏡看去，一時怔住了，倒不是寧櫻的妝容不好，而是得體過頭了，賢淑端莊得不像少女該有的樣子，反而像成親後的婦人，她轉過頭，朝為寧櫻盤髮的婦人道：「小姐的妝容會不會太濃了？」

「侯府不比寧府，更注重規矩、品行、修養，若穿得俏皮動人，反而讓老侯爺以為咱寧府修養不好。」婦人說完話，手裡的玉簪插入髮髻，她對著銅鏡理了理寧櫻的鬢角，朝聞嬤嬤伸手。

聞嬤嬤會意，立即將手裡的玉簪遞了過去，低下頭，不再多言。婦人是寧國忠請來的人，她哪敢得罪，低下頭，轉身為寧櫻拿披風，卻聽鏡前的寧櫻附和她道：「奶娘說得對，妝容太濃了，這身衣衫也不好，換了吧！」

話完，伸手解衣衫的鈕扣，婦人臉色微變，語氣低了幾分，帶著些許逼迫。「小姐莫使性子，老侯爺什麼人沒見過？莫要在老侯爺跟前鬧笑話，丟了寧府的臉面。」

寧櫻心下不快。她見過自己文雅富貴、儀態萬方的模樣，上輩子，為了迎合京中的婦人，她不就是這副樣子嗎？整日往臉上塗了一層又一層，舉手投足都學著那些婦人，久而久之，她都忘記自己最初長什麼樣子了。

她自制力不好，依從別人的目光越走越遠，驀然回首時，已經沒有給她找回初心的機會了，再次看見這副姿態，如何不叫她討厭？

婦人臉色不太好看，語氣有些重。「老侯爺軍功顯赫，受人敬重，小姐不該恣意貿然失了禮儀，叫人貽笑大方，老爺還在垂花廳等著小姐呢！」

言下之意是妝容不得體，代表對老侯爺不敬重；讓寧國忠久等，則是寧櫻的不孝順，話說得委婉，寧櫻還是聽得出來言語間的指責。

寧櫻眼神一凜，沈著臉，有些怒了，煩躁地瞪了婦人一眼，繼續解手裡的鈕扣，吩咐聞嬤嬤道：「奶娘幫我。」

聞嬤嬤踟躕不前。這會兒時辰不早了，若再換一身衣衫、重新梳妝又得用上許多時辰，讓侯府的人久等不好，但看這會兒寧櫻臉色不對，心下猶豫著該不該幫忙。

「六小姐。」婦人臉色陰沈，低聲呵斥道：「侯府的馬車還在外面候著，真要叫人看笑話您才滿意？」

寧靜芸和程雲潤的事情鬧得滿城皆知，眾說紛紜，寧櫻如果不懂收斂，傳出去，寧府所有小姐的名聲就壞了。

「奶娘。」寧櫻充耳不聞，兀自取下髮髻上的簪子，衣衫不用換，可她無論如何都接受不了這副妝容。

聞嬤嬤看寧櫻動怒，上前幫她的忙，一邊訕訕地給婦人陪著笑解釋。「小姐正是如花似月的年紀，結果硬要裝扮得老氣橫秋，的確不妥，衣衫不錯，換個清秀的妝容，如何？」

聞嬤嬤沒糊塗，婦人是寧國忠請來的，得罪她便是得罪寧國忠，傳到寧國忠耳裡，寧櫻沒有好果子吃，她忽然後悔自己多嘴那句了，否則不會鬧成這樣子。

「六小姐若一意孤行壞了寧府的名聲，那就隨您吧！」婦人不為所動，態度倨傲，背過身，轉頭就走，步履匆匆，挺直的脊梁如傲然的秀松，叫人不可輕言視之。

門口的丫鬟見此，不自覺挺直脊背，臉上的表情也凝重起來。

聽著腳步聲走遠了，聞嬤嬤才專心致志地為寧櫻拆髮髻上的珠翠，一邊勸寧櫻道：「看她穿著不是府裡的下人，到老爺跟前少不得添油加醋一番，這可如何是好？」

寧櫻不甚在意，重新在梳妝檯前落坐，將解開的鈕扣扣了起來，緩緩道：「祖父要訓斥我的話，我自然有一番話說，我不記得有這身衣服，哪兒來的？」

她的衣衫多是聞嬤嬤和秋水做的，皆不是厚重的顏色，暗紫色的海棠花綢底，不是她喜歡的花樣子，而且瞧著有些舊了。

「五小姐穿過的，夫人說您身材和五小姐前兩年差不多，向五小姐找來送您的。」

聞嬤嬤叮囑金桂她們打水給寧櫻洗臉，重新替她梳髮。

得知是寧靜芸穿過的，寧櫻心裡越發不喜，聞嬤嬤知曉她心中癥結所在，道：「改明日我與秋水給您做幾身類似的衣衫放著，往後想穿的時候不會手忙腳亂。」

婦人打開衣櫃直接選了這一件，她不好說什麼，若是告訴婦人這是寧靜芸的衣衫，婦人會更看不起寧櫻，多一事不如少一事，誰知，最後還是鬧成這樣子。

本以為婦人離開後寧國忠會派人來桃園催促，待寧櫻裝扮一新出門時，寧國忠身邊也沒有人來請她，聞嬤嬤心裡雖有疑惑卻暗暗鬆了口氣。寧國忠不追究比什麼都好，否則鬧起來，寧櫻脾氣上來，不去侯府了，豈不是讓侯府的人難堪？

寧櫻不是顧全大局的人，惹急了，真做得出來。

寧國忠之所以不追究，便是想到這點。寧櫻和府裡其他人不同，性子像極了黃氏年輕時，誰要給她不痛快，她保管不讓對方痛快，青岩侯府的馬車在外面候著，等了這麼久他十分過意不去，真把寧櫻惹惱了，她不去了怎麼辦？

兩相權衡，寧國忠決定暫時忍著。黃氏花十年的時間才懂得沈寂，寧櫻沒受過挫敗，爭強好勝，人總要在一點一點的磨鍊中壓下那股倔勁，寧櫻的性子，往後有苦等著她受。

寧國忠坐在黃花梨木的桌前，手裡一杯茶已經見底。他站起身，緩緩走了出去，金順不懂寧國忠來這邊等著，本是打算叮囑六小姐在青岩侯府謹言慎行，瞧他此時離開，是不準備叮囑六小姐了？

金順低頭屈膝地跟在寧國忠身後，萬里無雲的天忽然飄過幾朵烏雲，天色暗沈下來，他小聲提醒道：「六小姐這會兒還沒出來，老爺不等了？」

「由著她去吧，她應該不會亂來。」老侯爺不可能平白無故要見她，應該是發生了什麼事，望著陰沈沈的天，他意有所指道：「派人去查查六小姐何時見過老侯爺。」

老侯爺疾病纏身，多年不出門走動了，逢年過節，也不曾去宮裡的宴會，寧櫻應和他沒有交集才是，今日卻光明正大請人過來接寧櫻，不是以青岩侯夫人的名義下帖子，而是老侯爺他自己身邊的人，委實怪異。

金順躬著身，望著院中開得正豔的花，恭順回道：「老管家吩咐下去了，沒多久就有消息，老爺是去書房還是回榮溪園？」

寧國忠要指點寧伯瑾公務上的事，這些日子都歇在書房，好在寧伯瑾有長進，沒有出過岔子，寧國忠的一番苦心沒有白費，這會兒時辰不早不晚，他隨口問道：「老夫人怎麼樣了？」

「整日在祠堂吃齋唸佛，與在榮溪園的時候沒有什麼不同，只是祠堂陰暗潮濕，老夫人這幾日身子不適，張大夫開了兩帖藥，吃後不見效果，老奴見佟嬤嬤去廚房熬藥時都哭紅了眼。」寧國忠卸下官職，府裡有資格請太醫的人只有寧伯瑾，寧伯瑾早出晚歸，手忙腳亂，也沒人告訴他老夫人生病這事，張大夫醫術平庸，老夫人的病情沒有起色實屬正常。

金順在後宅多年，老夫人是真病還是假病，不難猜出來，不過，他還是得順著老夫人的意思，讓張大夫往祠堂去好幾回。他看得出來，寧國忠氣老夫人做事不計後果，不顧寧府的名聲扯了他的後腿，但還是掛心老夫人的，否則不會因為柳氏前往桃園這件小事拐著彎對柳氏發作；柳氏將老夫人身邊的人全部除了，表現得太過，往後老夫人從祠堂出來，手裡頭沒多少人能用，寧國忠是藉機斥責柳氏不給老夫人臉面。

夫妻多年，哪是沒有情分的？

寧國忠不知曉還有這事，步伐一頓，沈吟片刻，頓道：「傍晚老三回來，我問問他的意思。」

金順點了點頭。三爺從小就是孝順的人，哪怕婷姨娘沒了命，三爺心裡埋怨老夫人，當日老夫人被寧國忠罰去祠堂，三爺還不是幫著求情了？

若是依照三爺孝順的性子，老夫人約莫明日就能搬回榮溪園了

寧櫻綰了個垂雲髻，妝容清淡，這會兒穿著暗紫色的襦裙，像小孩子偷穿大人衣服，聞嬤嬤跟在她身後。今日去的是侯府，金桂、銀桂年紀小，聞嬤嬤擔心兩人不懂規矩衝撞了侯府的人，這才特意陪著。

院中百花齊放，奼紫嫣紅，一派生意盎然，寧櫻無心欣賞迴廊一旁的景致，心裡琢磨著

老侯爺有何話與她說？聯想起和譚慎衍相處的幾次經驗，她心裡湧上不安的念頭，隨即又覺得不太可能。她思緒凌亂，經過垂花廳時，不見裡面坐著人，想來寧國忠有事忙去了。

走出院門，黑紫相間的平頂馬車停在臺階下，後面跟著寧府的馬車，車伕是寧國忠指給她的人，想來是寧國忠派來監視她的，前面一輛馬車邊，小凳子安置在地上，算著時辰，約莫等她許久了，她心裡有些不好意思，提著裙襬，不疾不徐步下臺階。

馬車上的車伕見狀，立即跳下車，躬身施禮，寧櫻忙擺手，禮貌道：「免禮吧！」

車伕點頭，抬手撩起簾子，眉目恭順，垂目道：「六小姐慢些。」

寧櫻踩著小凳子上了馬車，抬眼才發現有一個人坐在裡面，男子一身紫黑色竹紋長袍，坐姿慵懶，正半閉著眼假寐。

聞嬤嬤看寧櫻不動了，心下覺得怪異，輕輕碰了碰還搭在她手掌上的手，示意寧櫻別停在簾子口，寧櫻回過神，臉上波瀾不驚，心裡卻將譚慎衍數落了一頓。車伕站在一旁，撩起的簾子恰巧擋住了譚慎衍的身形，否則叫聞嬤嬤她們看見，還以為她和譚慎衍有什麼。

寧櫻穩住思緒，聲音沈靜如水道：「奶娘，妳和金桂、銀桂坐後面……」

聞嬤嬤也看見後面那輛馬車了，本就是為她和金桂、銀桂準備的，不明白為何寧櫻單獨說起這話，沒有多想，稱是應下。

寧櫻這才進了馬車，車伕放下簾子，客氣地朝聞嬤嬤笑了笑，跳上去坐好，準備揮鞭驅馬。

譚慎衍坐在右側的墊子上，寧櫻下意識地選了左邊，螓首微抬，蹙眉望著譚慎衍，並未開口說話，聽見外面的腳步聲消失了，她緊繃的情緒才放鬆下來，不滿道：「你怎麼在這兒？」

不知為何，這兩次她看見譚慎衍總沒法控制自己的情緒，做不到像對薛墨那般溫和有禮，言語間不由自主地充斥著惡意。

「祖父不放心，叫我跟著，怎麼過了這麼久？」若不是清楚寧國忠的性子，他還以為寧櫻出事了。

寧櫻抿唇，理了理裙襬，緩緩道：「穿衣打扮要費些時辰的。」

譚慎衍上上下下打量她幾眼。寧櫻身上的衣衫顏色厚重，明顯不是她的，正欲說點什麼，視線掃到她腰間的玉珮，臉頓時沈了下來。

寧櫻順著他的目光瞧去，是薛墨送她的玉珮，因是皇上賞賜之物，寧國忠起初供奉在祠堂，後來才還給她，聞嬤嬤視若珍寶，為此專門去黃氏屋裡挑了個好看的盒子鎖著，平日不准人動，今日去侯府，聞嬤嬤才拿了出來。

「怎麼了？」寧櫻握著玉珮摩挲一番，不解地望著譚慎衍。

譚慎衍不言，氣氛有些凝滯，寧櫻別開臉，也不再自討無趣。馬車緩緩行駛，寧櫻雙手搭在膝蓋上，掀起一小角簾子打量著外面的景致，出神間，感覺身上一動，不等她反應過來，腰間束帶一緊，她低頭一瞧，一隻骨節分明的手正將薛墨送她的玉珮拽在手裡。

「你做什麼？」寧櫻皺眉，聲音陡然拔高。

譚慎衍摸了摸玉珮，質地好，確實是上乘玉，但他不喜歡，直言道：「這個玉珮顏色和妳的衣衫不搭，戴著彆扭，我給妳換一個。」

說著，解下自己腰間的玉珮遞了過去，寧櫻大驚，不知譚慎衍哪兒不對勁，伸手搶他手裡的玉珮。「我只要我的。」

「這是皇上賞賜給墨之的，說往後他有中意的姑娘便送給她，妳還想要嗎？」譚慎衍也不知為何自己找了這個藉口，話說出口，他定定地望著她，怕從她嘴裡聽到一個想字。

他不好，他願意改，前提是她要給他機會。

見她身子僵住，他呼出一口氣的同時，嘴角暗暗往上翹了翹。他不知薛怡想要寧櫻嫁給薛墨，薛墨那人和薛慶平差不多，心思都在醫術上，不是兒女情長的人，她卻看重感情，薛墨不適合她。

寧櫻收斂目光。她不知這塊玉珮還有這個來歷，否則想方設法也要還給薛墨。

譚慎衍收起玉珮，將手裡的玉珮別在她腰間。這塊玉珮是老侯爺送給他的，意義非凡，不過他不會嚇她。

「我的玉珮是打仗時從敵方軍營搶過來的，瞧著還不錯一直戴在身上，沒有其他意思，而且，紫色配妳的衣衫正好。」

寧櫻心裡不舒服，回過神，伸手道：「玉珮還給我，當初是小太醫送給我的，不管怎樣，都該我還給他才是。」

譚慎衍已經收好的東西哪會再拿出來。「我替妳收著，找機會幫妳還回去。妳今年十三了吧？男大女防，和他私下見面對妳的名聲不好。」

寧櫻動了動嘴角。這番話擺明只許州官放火，不許百姓點燈，她每次和薛墨見面，薛墨都循規蹈矩，反而是他不懂禮數，得寸進尺。

見她垂著眼，飽滿光潔的額頭下，新月眉微微蹙著，鼻梁精緻小巧，紅唇翹了起來，小姑娘明顯不高興了，應該是生他的氣。毫無緣由，他心情大好，寧櫻遇事冷靜、能屈能伸，在外人眼中，她是不好對付的人，甚少露出這般小女兒模樣。

譚慎衍心頭一軟，坐過去挨著她，冷淡俊逸的面龐浮起柔和的笑來。「為了妳的名聲著想，往後我也不能常常見妳了，妳若遇到什麼解決不了的麻煩，可以找我。」

寧櫻往旁邊挪了挪。身後多個靠山沒什麼不好，她不會拒絕這等好事，便欣然地點了點頭，問起土匪的事情來。「刑部辦事效率乃六部之首，為何還沒有動靜？」

譚慎衍大年二十九，還領著刑部一眾大人在監牢審訊一宿的犯人，過年都在忙公務，也難怪刑部一幫人叫苦不迭。

「事情有眉目了，今日我來便是要和妳說這事。那些土匪是南方來的災民，聽說京城官兵多，大街小巷有官兵巡邏，他們不敢進城，餓得受不了才搶劫。」譚慎衍靠在車壁上，鋒利的眼神斂下冷漠，渾身散發著淡淡溫和。

寧櫻細細琢磨一番。這種情況是有的，在南方人眼中，京城寸土寸金，處處都是達官貴人，她甚至聽過一個說法，在京城的大街上吐口痰、弄髒地面都要入獄，更別說是南方的災民了。她心思一轉，濃密漆黑的睫毛翹了起來，雙眼散發著光華。「吳管事一家能回來了？」

譚慎衍知曉她是想到那些特產了，唇角笑意更甚。「能了，不過吳管事受了點傷，在外面院子養著，下午我派人過去接他們過來。」

寧櫻點了點頭，臉上總算露出少許笑意。

第三十一章

青岩侯府門口矗立著兩座石獅子，高大威武，氣勢恢宏，她擔心和譚慎衍一塊兒下馬車被門口的人瞧見，心下遲疑著如何開口。

好在譚慎衍沒為難她，識趣道：「待會兒妳先下車，我去馬房轉一圈再回來。」

寧櫻鬆了口氣。

站在侯府門口，她腦子裡自動描繪出侯府院中的景致，心口刺痛了一下。她和聞嬤嬤一塊兒往裡走，入門是一面長方形的影壁，影壁上繪製著侯府的地形，縱橫交錯的小路，匠心獨具的抄手遊廊，遊廊旁有亭子、閣樓、假山、水榭……俱在影壁上表現得活靈活現。

穿過垂花廳時，她目光一滯停了下來，難以置信地望著周遭景色。她記得這處有座池子，裡面養著錦鯉，還栽種了應景的荷花，如今池子被填起來了，周圍栽種的植株大變了樣。

「院子剛翻新過，六小姐小心腳下，別弄髒了鞋子。」

一道溫潤如玉的聲音從身後傳來，寧櫻轉過頭，譚慎衍站在抄手遊廊的拐角，紫黑色的長袍襯得他眉目陰冷，難以接近，整個人不復在馬車裡的溫和，若非聲音帶著善意，寧櫻還以為他不歡迎自己。

譚慎衍信步而來，去年到現在她好似又長了點個頭，只是胸前還平平的，毫不起眼。他斂下目光，走到寧櫻跟前。

丫鬟看見譚慎衍，低頭屈膝行禮，不敢抬頭，連呼吸都放輕了。前些日子，院子裡大肆動土，侯爺和夫人不明所以，鬧到老侯爺跟前罵世子不孝，不過問他們的意思便擅自改造院子，不把他們放在眼裡。

侯爺性子暴戾，賦閒在家後窩著火沒處撒，拿世子開刀，結果被老侯爺訓斥一通，灰頭土臉地走了。不過，匠人們刨土挖樹，侯爺卻待在旁邊不肯走，鬧得匠人們難做，傳到世子爺耳裡，二話不說就讓人將侯爺架走了，絲毫不把侯爺放在眼裡。為此，侯爺鬧了一場，氣得暈過去了，即使如此，世子爺仍然無動於衷，吩咐匠人們日夜動工，以最快的速度竣工。

前幾日，侯爺鬧得府裡烏煙瘴氣的，不過因為這件事，下人們對這個陰晴不定的世子爺越發忌憚了，侯爺的話他都不聽，誰忤逆他，下場可想而知。

譚慎衍的目光落在寧櫻身上，不耐煩地朝丫鬟擺手。「祖父的客人，我送她過去，妳忙自己的事。」

丫鬟不敢逗留，再次屈膝施禮，小步退出去，直到退得很遠後，才敢微微抬眼望向相對而立的兩人。兩人紫色的衣衫相得益彰，男俊女美，她心底竟然生出他們是天作之合的感覺來。

寧櫻嘴角的笑有些僵。四周的景色都變了，叫她覺得陌生，心底湧上一股落寞的情愫來。她極力擺脫的人事物都和上輩子不太一樣了，她不知是哪兒出了錯，喉嚨有些乾澀。

「看影壁上的地形似乎不太一樣，這就是你之前說的翻新？」

譚慎衍故作不懂她臉上的情緒，小聲道：「妳心裡知道就好，父親費了不少心力，累得生病了。走吧，我們去祖父院子裡。」

她不想踏進這兒，哪怕景致大變也一樣，有些不好的記憶仍然留在她腦子裡。

隨行的是聞嬤嬤、金桂和銀桂，沒有侯府的下人，故而也沒府裡的人聽到譚慎衍的話。要知道，侯爺的確生病了，不是累得，而是給氣得。

兩人並肩而行，院中的景致大不相同，迴廊、甬道迂迴蜿蜒，亭子還在，不過因為周圍種植的植株，氛圍不同以往，使侯府變得陌生了。

老侯爺住在青山院，拱門外栽種了大片的長青樹，樹木蔥翠，一叢一叢的綠色深淺不一，別有番風情。老侯爺坐在正屋裡，後背靠著墊子，老驥伏櫪，志在千里。他滿頭白髮，臉色雖病弱，一雙眼卻蘊藏著無限神采，風采不減當年。

寧櫻緊了緊手裡的帕子，有些緊張，中規中矩地屈膝跪地，磕了三個響頭。不管前世還是今生，她都該給老侯爺磕頭。

老侯爺捋著鬍鬚，高興不已。前些日子，孫子說有空會把他中意的女孩帶回來給他過目，他便一直惦記至今；之前孫子說侯府戾氣重，恐會嚇著她，必須改建院子，他也認了，他知曉自己沒有一年可活了，孫子如果能在他走之前把親事訂下，也算了卻他一樁心願。

「是寧家小六吧？抬起頭我瞧瞧。」

寧櫻略微緊張，抬起頭，臉上掛著得體的笑。她忽然明白過來，可能譚慎衍本不是冷酷殘暴、沈默寡言之人，約莫是身邊最親的人沒了，他封閉起自己的心思，漸漸變得不易接近。

對侯府的事，她知之甚少，不過能逼著譚慎衍對付自己的父親，背後的心酸可想而知。

老侯爺打量幾眼，幾不可察地蹙了蹙眉，望了旁邊的孫子一眼。這年紀，有些小啊，成親得等到什麼時候？

譚慎衍臉上泛著如沐春風的笑，適當地提醒老侯爺道：「祖父，前幾日得來的一車蜀州特產便是六小姐的。」

收到孫子的暗示，老侯爺笑了起來。難得有個孫子中意的人，年紀小就年紀小吧，聊勝於無，不管怎麼說，他到了地下，遇到老婆子和兒媳婦，也算有個交代了。

「小六快起來，坐吧！之前慎衍從外面帶了一車特產回來，放在我院子裡，聞著味道挺香的，一問才知是別人的。」

老侯爺上了年紀，說話的速度有些慢，咬字也有些模糊了，不過寧櫻卻聽得清楚，臉上輕鬆地笑了笑。「老侯爺若是喜歡，可以嚐嚐，是莊子上管事媳婦自己醃製的牛肉，什麼口味都有，軟硬適中，在莊子的時候我便很是喜歡。」

在她眼中，老侯爺是威風凜凜、威嚴肅穆之人，沒想到，竟是個愛吃的人，這點，與她想像的大不一樣。

譚慎衍將話題引到那車吃食上算起了好頭，老侯爺年輕時去過的地方多，說起蜀州的情形面色和藹，寧櫻越聽越放鬆。老侯爺一說到主街上的鋪子、熟悉的宅子，她回想一番後，附和兩句提出其中不同來，像是城東的麵館不是鰥夫開的，而是一對年輕夫妻，說是祖上的手藝；西邊的空地蓋了許多房屋，逢年過節十分熱鬧；蜀州城牆破舊不堪，是有一任巡撫大人做主保留下來，在城牆外重新修葺了新的城牆，巡撫大人希望蜀州百姓不要忘了在那片城牆下戰死的將士，是他們用身軀創造了蜀州之後的安寧。

寧櫻是女子，沒有建功立業、報效朝廷的心思，然而說到那片城牆時，仍不可避免心潮澎湃，語調哽咽。

人，總要在經歷過生離死別後才懂得珍惜一些東西。

老侯爺聽得熱血沸騰，激動道：「那位巡撫大人可是個有雄心壯志的人。」

寧櫻點頭。朝廷重文輕武，巡撫大人能為死去的將士留下一片他們奮鬥努力的戰牆，的確是個有雄心壯志的人。

兩人你一言、我一語，氣氛熱絡。譚慎衍站在老侯爺身後，輕輕捏著老侯爺肩膀，好久都沒看見祖父這般高興，他望著紅唇一張一合的寧櫻，眼裡充滿了柔情。

晌午時，陰沈沈的天下起雨來，青山院樹木蔥郁，枝葉繁茂，雨啪嗒地拍打著枝葉，像婉轉的小調，讓人心平氣和。

老侯爺面露倦色，瞅著屋簷下的雨滴，笑著和寧櫻道：「妳和慎衍在青山院用膳，我這會兒精力不濟，回屋休息一會兒，待我醒來，妳再與我說說蜀州的事。幾十年的光景過去了，蜀州變了不少樣子啊……」

寧櫻本是想回寧府了，聽了這話，沒來由地點頭應下。

譚慎衍扶著老侯爺起身送他回屋，卻被老侯爺推開了。「我讓羅平扶我，來者是客，你好好招待小六，別怠慢了人家。」

他一生見識過形形色色的人，寧櫻說話嗓門大，這種人做事不拘小節，是個有主見的人，而且他感受得到寧櫻對他的欽佩，這種欽佩不是裝作小心翼翼、屈意奉承他說的話，而是從心底敬重他，這點，他只在手下的將士以及宮裡那兩位身上看到過，不由得讓他生出許多感慨來。

羅平上前，譚慎衍將老侯爺的手放到羅平手裡，回眸瞅了眼寧櫻，見她態度謙卑，目光一直凝視著老侯爺，面色一軟，退回去和她說話。

老侯爺身體不適，青山院有小廚房，送上來的都是些家常菜，其中一樣吸引了寧櫻的目光，掐絲琺瑯黃底紅花的碟子裡堆著顏色不一的牛肉，擺放得跟花兒似地好看，她握著筷子，眼珠子轉了轉。「是吳管事捎來的牛肉？」

譚慎衍替她挾了一塊放她碗裡，笑道：「知道妳惦記著，方才讓人拿了些出來給妳解解饞，傍晚妳全帶回去。」

譚慎衍用的是他自己的筷子，寧櫻臉不自在地紅了下。有的事情她能感受到，只是他不說破，她便不好拒絕，她總不能拉著譚慎衍說，我這輩子不會嫁給你了，你喜歡別的姑娘吧！萬一自作多情了怎麼辦？往後她都沒臉抬頭做人了。

故作沒看見碗裡的牛肉，她自己往盤子裡挾了一塊，誰知，譚慎衍卻道：「先吃五香味的，麻辣的刺激腸胃會不舒服，循序漸進，等腸胃適應後再說。」

寧櫻撇嘴，筷子一轉落在五香味牛肉上。不管怎麼說，她都不肯動碗裡譚慎衍挾過來的肉，譚慎衍也不生氣，問起寧櫻蜀州的事情。「許久沒見祖父像今日這般開心過，我有個不情之請，不知六小姐能否答應？」

寧櫻下意識地想要搖頭，但看譚慎衍眉眼認真，其間縈繞著淡淡的擔憂，她舌頭打結，低下頭，漫不經心道：「我能耐有限，你說出來，不太出格的話，我琢磨琢磨。」

她不是糊塗之人，坐在青岩侯府的屋子裡，直截了當拒絕他不太好，於是，她的話有所保留，能力範圍外的，她不會逞強應下。

看她心軟，譚慎衍又笑了起來。她或許都沒意識到她如今對他並非那般排斥，在南山寺的時候他就發現了，換個人，她一定不會同意人進屋，她知道自己不會傷害她，才願意讓他進屋，她心裡都明白好壞，哪怕她心軟的目的是在想如何拒絕他。

「往後，若妳得空了，能不能常常過來陪祖父說說話？」他說這話的時候沒有私心，是真的想寧櫻陪陪老侯爺，讓他過得開心些；老侯爺上了年紀，喜歡說年輕時候的事，他從小聽到大，老侯爺和他說的時候沒有那種面對外人的新鮮感，寧櫻不同，她對老侯爺敬重，更瞭解蜀州的風俗，許多方面，和老侯爺有共鳴。

薛叔說祖父活不過年底，祖父一生最大的心願便是讓青岩侯府繁榮昌盛，他能娶妻生子，寧櫻十三歲了，祖父再支撐兩年便夠了。

寧櫻面色怔忡，握著筷子的手放了下來，她想起黃氏快死的時候。其實，譚慎衍用不著娶她，卻還是應下，應該是不想讓黃氏死不瞑目。黃氏最疼女兒，沒看見她找到靠山，哪捨得走？

投桃報李，如今換成老侯爺，她有什麼理由拒絕？

「府裡我祖父和父親怕是會過問，你想法子搪塞他們。」她若能為老侯爺做些什麼，不過是舉手之勞，沒理由拒絕。

譚慎衍聽她爽快應承下來，如遠山的眉挑了挑，道：「我會想法子，妳過來時，我讓福昌去寧府接妳。」

寧櫻想說不用，隨即想到什麼，沒有吭聲，算是應下。

雨不見停，老侯爺睡了一覺，又喝了湯藥，臉色好了許多。外面下著雨，風涼，譚慎衍怕老侯爺身子受不了，和他說送寧櫻回去了，改日再讓寧櫻過來看他。老侯爺眉頭一皺，不高興道：「這會兒時辰還早，天又還下著雨，小六出門淋雨著涼怎麼辦？扶我出去，我和小六還有要緊事沒說。」

譚慎衍以為他還想問蜀州之事，出去關上窗戶後讓羅平扶老侯爺出來，誰知，老侯爺開門見山卻問：「在南山寺，慎衍可是跑到妳屋裡去了？」

寧櫻頓時面紅耳赤，看譚慎衍轉過頭，也不太好意思的樣子。

「妳別怕，侯府的規矩還在，我讓他娶妳。他做出這等事，哪能當什麼都沒發生過？」老侯爺坐在圈椅上，眉目含怒地朝譚慎衍道：「若不是福昌說起，我還不知你竟然做出這等有辱門風的事情來。小六是個小姑娘不懂，你一大把年紀了不知曉其中利害？改明日我親自到寧府為你提親。」

聽到前面，譚慎衍手緊了緊，目光冷冽地瞥過門口。

福昌欲哭無淚。老侯爺保證不說，還沒兩句就把自己供了出來，他戰戰兢兢抬起頭看向屋內，見譚慎衍低著頭，面色微沈，腦子裡定是在想如何折磨他，不由得虎軀一震，哀號不已。

譚慎衍不動聲色，聽完最後一句，他抬了抬眉，嘴角浮起一絲若有還無的笑，再看向門口時，笑容如寒冬雲層裡的暖陽，暖融人心，虛無縹緲，這是福昌從未見過的，所以，他是躲過一劫了，功大於過？

他也是逼不得已。譚慎衍向老侯爺透露有中意的女子，老侯爺不擇手段套他的話，他年紀小哪是老侯爺的對手，沒有法子，說了一點點，誰知老侯爺不滿足，問他更多，他招架不住，說了些老侯爺愛聽的。老侯爺最想抱曾孫，他摸透老侯爺的這個心思才說了譚慎衍夜闖寧櫻屋子的事，不過沒提及寧櫻年齡，有的事情，浮想聯翩更美妙，沒承想，老侯爺將他出賣了……

和譚慎衍的喜悅不同，寧櫻臉色發白，雙手無措地抓著衣角，心亂如麻。「誤會一場，那晚南山寺不太平，譚侍郎為了我的安危著想，並未有什麼冒犯的舉動，老侯爺別放在心上。」

她的聲音輕輕顫著，唇色都變白了，好似視他為洪水猛獸，見她這樣，譚慎衍的心頓時痛了一下。他扶著老侯爺，輕聲道：「祖父，您別聽福昌亂說，他見風使舵，最愛花言巧語，那是騙您的，當晚我抓人，在窗戶下和六小姐說了幾句話，並未進屋，薛小姐住隔壁，我也去問過的，您不信，下回薛小姐來府裡，您問她便知。」

老侯爺沒想到寧櫻反應這般大，看孫子臉色不太好，約莫知道自己心急辦了壞事，咳嗽兩聲道：「哎，見到小六我太過喜歡，總想著能將她接到府裡來，小六，妳不會怪我吧？」

寧櫻笑著搖了搖頭，看得出來，笑得極為蒼白。

老侯爺心裡很納悶。譚慎衍相貌堂堂、英氣風發，喜歡他的人數不勝數，怎麼寧櫻就看不上了？難道嫌棄譚慎衍年紀大？

說了幾句話，寧櫻不顧還下著雨，隨意找了藉口要離去，老侯爺心底有些難受，讓譚慎衍送寧櫻出門，和一旁的羅平道：「那六小姐是不是看不上慎衍？平日就讓慎衍待人溫和些，別不給人留情面，這下好了……」

羅平是老侯爺從戰場上帶回來的孤兒，為了報恩，老侯爺病後他一直伺候老侯爺，瞭解老侯爺的心思。「我看著六小姐是個心思通透的人，聽說之前薛府的小太醫和她走得近，會不會是有人捷足先登了？」

老侯爺看了羅平兩眼，堅定不移地搖搖頭。「朋友妻，不可欺，若真是小墨看中的姑娘，慎衍不會和我說那些，那六小姐難道是怕富堂的事牽扯到她？」

羅平覺得不太可能，不等他開口，老侯爺便道：「他從小含著金湯匙長大，哪怕他碌碌無為，一輩子都是外人敬重的侯爺，結果做出那等欺師滅祖的事情來，你去把侯爺給我叫過來……」

羅平瞅了眼淅淅瀝瀝的雨，替老侯爺順背，勸道：「侯爺病了，在床上躺著，不如待他好了再說。世子爺認定的事情十匹馬都拉不回來，依我看，六小姐早晚都是您孫媳婦，別著急。」

聽著這話，老侯爺心裡熨帖了些，話鋒一轉，道：「小六性子好，進退有度，往後你在旁邊多提點慎衍兩句，小姑娘嘛，都喜歡甜言蜜語，別整日板著臉看人跟看刑部牢裡一群罪犯似的，好好哄，別嚇著人家了……」

羅平連連點頭。譚慎衍的性子的確過於冷淡，譚富堂的事情如果不是他察覺到苗頭，最後譚慎衍就該揹上弒父的名聲了，這種人，一輩子都要活在世人的譴責中。

然而，他聽著老侯爺的話又覺得好笑。譚慎衍性子隨老侯爺，如今老侯爺卻反過來教譚慎衍哄小姑娘。

另一廂，譚慎衍本想送寧櫻回府，看她走得快，扶著聞嬤嬤的手上了馬車，可以說是落荒而逃，見此，他不忍再追上去。只要她身邊沒有其他人，她便是他的，若有了其他人，他也有法子。

吳管事一家是在傍晚來的，半年不見，吳管事和記憶裡的模樣差不多，依舊笑意盈盈、平易近人，身子偏瘦，稀疏的眉毛下，單眼皮的眼睛微微垂著，竹青色的麻布長衣半新不舊，個子矮，還不如他身旁的吳琅高，白皙的皮膚略有憔悴之色，和他旁邊精神奕奕的媳婦截然不同。吳娘子與吳管事差不多高，身材豐腴，雙眼明亮，睜著一雙眼，眼神明亮地盯著寧櫻，彷彿不認識了似的。

寧櫻眨了眨眼，對她調皮地笑了笑，吳娘子便咧著嘴，露出滿口白牙，笑得合不攏嘴。「真是我家櫻娘呢！」

吳娘子一開口說話，門口的丫鬟皆探頭張望，以為出了什麼事，好奇不已地望著裡面，都是大嗓門招惹得。

「櫻娘啊，半年不見，妳好像長高了，跟莊子上不太一樣呢！快讓吳娘子我瞧瞧。」吳娘子嗓門大，聲音洪亮，別說屋裡，院子裡估計都能聽到她的聲音了。

身旁的吳管事扯了扯她袖子，小聲提醒她道：「妳小點聲，府裡不比莊子，別給小姐丟臉。」

吳娘子是道道地地的蜀州人，沒來過京城，路上吳管事雖說過寧府是大戶人家，大戶人家的規矩數不勝數，要她小心些，別衝撞了貴人，可她看見寧櫻就激動，將吳管事的叮囑早拋在腦後了，這會兒聽吳管事提起，她悻悻然地撇了撇嘴，不太樂意，拽著自己新買的衣衫，轉過了頭。

寧櫻失笑。「吳管事，沒事的，院子裡沒有外人，吳娘子憋著不說話，一會兒準難受。」

吳娘子眼神一亮，朝寧櫻豎起大拇指，得意地挑了挑眉，嫌棄地斜吳管事一眼道：「跟著你這麼多年吃苦受累的，到頭來還沒櫻娘懂我，一邊去。」

蜀州女子能頂半邊天，性子潑悍隨興，吳管事平日有些懼內，聽見這話，立即訕訕不說話了。

寧櫻問起他們在路上遇匪之事，吳娘子便氣呼呼地撩起吳管事的袖子給寧櫻看。「對方人高馬大，他們哪是對手，這不就受傷了？」說到這裡，她想起什麼，微張的嘴嘖嘖兩下。「幸虧沒有大礙，否則，我也不要活了。」

那人說別和寧櫻說太多，怕嚇著她，吳娘子這點還是拎得清的，看對方穿著打扮就知是京中的貴人，她開罪不起，何況不是什麼開心事，寧櫻不知道更好，故而沒有多說。

聞嬤嬤在院子裡聽著呼天搶地的一聲「我不要活了」心存疑惑，撐著傘小跑著上了臺階，問門口的丫鬟才知是吳管事一家來了，便沒進屋；她站在屋簷下，將裡面的對話聽得一清二楚，心裡暗暗搖頭。這嘹亮的嗓門，往後桃園應該是熱鬧了。

等了一會兒，裡面的聲音停了，聞嬤嬤抬頭望去，見一對夫妻和一個半大的少年走出來，應該是吳管事一家三口無疑。

聞嬤嬤慈眉善目地寒暄道：「是吳管事一家吧？小姐念叨好幾回了。」

吳娘子看聞嬤嬤穿了一身時新的襦裙，髮髻上簪子金燦燦的，她心裡犯怵，點頭道：「是是是，是我家那口子，沒什麼事的話我們先去給夫人請安了……」

離得近了，聞嬤嬤被吳娘子的聲音震得耳鳴，她臉上笑意不減，待三人撐著傘走了才進屋，清楚聽到吳娘子抱怨寧櫻身邊的人文謅謅的，穿著華麗，身子瘦弱得很，護不住寧櫻。

聞嬤嬤嘴角微顫，低頭瞅了一眼自己的身材，覺得吳管事一家和她想得不太一樣。

撩開簾子進屋，寧櫻坐在玲瓏雕花窗戶下，雙手撐著下巴，側顏姣好柔美，正望著外面出神。從侯府回來後寧櫻便不對勁，聞嬤嬤不清楚發生了什麼，只是看譚慎衍行為舉止沒有不當，不像是寧櫻在侯府受了委屈的樣子。

「風大，小姐莫吹久了。老奴去前院吩咐過了，吳管事他們住在前面，等雨停了再做安排，從侯府拉回來的特產，給榮溪園那邊送去了。」聞嬤嬤站在旁邊，順著寧櫻的目光瞧去，園中的花兒被雨打得花枝亂顫，東倒西歪，像隨著節奏起舞似的，竟透著一股歡喜勁。

聞嬤嬤從榮溪園回來時，見寧伯瑾和苟志同行。苟志生得眉目周正，威風凜凜，渾身上下帶著股傲然正氣，這種人起於泥壞，行於微土，志存蒼穹，展翅高飛，扶搖直上乃遲早的事，寧靜芸眼皮子淺，只看到眼前的富貴，若能安心接受這門親事，往後和苟志舉案齊眉，夫妻琴瑟和諧，待苟家飛黃騰達之時，她便是受人景仰的苟夫人，誰都不敢小瞧她。

偏偏，寧靜芸不滿於現狀，趁著去薛府做客和程世子又牽扯到一塊兒了，不知其中利害，她湊上前小聲和寧櫻說起苟志上門的事。

程雲潤和寧靜芸的退親之事越傳越厲害，寧靜芸聲名狼藉，黃氏擔心苟家那邊對寧靜芸不滿，之前已請苟志來府裡解釋了緣由，寧府和清寧侯府家世懸殊，換作其他貪慕虛榮的人，不會毅然退親，他佩服寧府的做法，也向黃氏堅定自己娶寧靜芸的決心，不會讓流言左右他的心智。

黃氏對這點很是滿意，然而，卻不想寧靜芸自己做下那等事情來。「夫人還不知這事，老奴看三爺臉色不太好，讓五小姐去榮溪園問話呢！」

寧靜芸私底下和禮部尚書長子書信往來，言語曖昧，丟盡了臉面；結果程世子的事情爆出來後，寧靜芸又變了心思，將主意重新打到程雲潤身上，說是寧做富貴妾，不做貧賤妻。

寧櫻眼神微詫，狐疑地看了聞嬤嬤一眼。「妳從哪兒聽來的？」

「府裡有人在說，薛小姐成親那日，五小姐跟著三夫人去了，約莫是宴會上又和程世子說上話了。」

寧櫻默然無聲，站起身，讓聞嬤嬤關上窗戶，理了理縐褶的衣衫，緩緩朝外面走，聞嬤嬤關上窗戶跟在她身後，說起寧靜芸貪慕虛榮的原因。「五小姐養尊處優、好面子，從小和她玩得好的那幾位小姐嫁得不錯，都是富貴人家，她怕被她們看不起才會出此下策的吧！小姐可別跟著學。富貴有眼前的，有將來的，變數大著呢！不管如何，對方品行好比什麼都強，京城是在天子腳下，百年世家沒落的不少，後起之秀也多。」

黃氏離開京城後，聞嬤嬤輾轉去了許多府邸，每進一家府邸都是想著如何將黃氏從苦寒之地弄回京城，每一次都鎩羽而歸，換的地方多了，府裡的骯髒事她見得也比旁人多，為了寧櫻好，才想說這些提醒她，寧櫻不懂人情世故，最怕有樣學樣。

寧櫻思忖著點了點頭，沒有想到寧靜芸做得出這等事情來。

富貴妾？她真以為自己的臉能迷住男人一輩子？

枝頭的花兒被風吹落，在樹枝周圍散了一地，平白增添了些許蕭瑟，冷風吹過，寧櫻不由自主哆嗦了一下，讓銀桂去廚房傳膳，又招金桂過來在她耳邊嘀咕幾句，金桂點頭，屈膝稱是走了。

雨越下越大，彷彿要將一春的雨水都在這幾日傾洩下來似的。

梧桐院，黃氏靠在美人榻上，細細聽吳管事說起莊子上的事，中間沒有插嘴一句話，待吳管事說完，她才站了起來，心底冷笑。

那件事她本就有所懷疑，才會派熊大、熊二探察究竟，可熊大、熊二是老夫人的人，自然不會告知她實情。

吳娘子性子大大咧咧，這會兒看黃氏神色不對勁，也不敢多言，倒是吳管事心細，小聲道：「沒有證據，事情鬧大不太好，夫人多為兩位小姐考慮才是。」

他們一家的賣身契在黃氏手裡，萬事自然盼著黃氏好。

十年前，黃氏剛搬去莊子，馬房的兩個小廝生重病而死，他們的病狀先是掉頭髮，繼而是咳嗽。莊子上條件不好，請過兩次大夫，大夫說是尋常的風寒，吃了幾帖藥不見好便放棄了，人拖著拖著，給拖沒了。

若不是那人叮囑他們怎麼說，吳管事也不敢相信，那兩人是死於中毒……

黃氏垂目，眼裡閃過濃濃的戾氣。她原本就沒打算大事化小、小事化無，不過眼下有所顧忌罷了，再過兩年，等兩個女兒成了親，她該討的，一分一毫不會放過。

「我心裡清楚，這事你們口風緊些，京城治安好，哪會有難民？應該是有心人故意為之，櫻娘有心讓你們幫忙打理一間鋪子，往後你們住在鋪子上，有事再過來。」

老夫人一計不成還會施二計，她得想法子打消老夫人的心思才行。

吳管事聽這話放下心，得知事情真相他惶惶不安。得罪老夫人哪有活命的機會，好在寧國忠將他們的賣身契給了黃氏，否則他們進寧府便是死路一條。

吳管事拉著兒子給黃氏磕頭，黃氏笑了起來。「免了，櫻娘記著你們，你們就好好幫她管好鋪子，下去歇息吧，明早我讓大夫給你們看看。」

莊子的人是她一手調教出來的，她放心將人交給寧櫻；熊大、熊二若非有熊伯那層關係在，她不會被他們蒙蔽了雙眼，兩人如今不在了，她便不再追究。

吳管事和吳娘子點頭，這才轉身跟著吳嬤嬤走了。

秋水站在旁邊，聽了吳管事的話渾身哆嗦。老夫人蛇蠍心腸，竟想要黃氏死，幸虧黃氏福大命大。她深吸兩口氣，平復了呼吸，上前扶著黃氏起身，慘白著臉道：「六小姐是她嫡親的孫女，她怎麼下得了手？」

黃氏倒是覺得沒什麼。老夫人恨她壓著寧伯瑾，對她恨之入骨，下毒算什麼？老夫人也不想想當年若不是她逼著寧伯瑾考取功名，寧伯瑾哪有現在？

「咱只當什麼都沒發生過，櫻娘那邊妳瞞緊了。」

寧櫻知道了只會壞事，她希望她的女兒手上乾乾淨淨的，一輩子無憂無慮，若真有什麼，她擔著便是。

「奴婢記著。」

薛墨一而再、再而三給她診脈，她就察覺到和後宅陰私有關，薛墨不便說破才沒告知她實情，黃氏緊了緊手裡的絹子，沿著迴廊漫無目的地走著。她需要平心靜氣，靜下心，才有更好的法子。

拐過抄手遊廊，看寧伯瑾怒氣衝衝而來，風雨中，他精緻的眉眼略微狼狽，卻氣勢凌人，讓黃氏想到他得知婷姨娘死的時候的模樣，目光發怔。

秋水也想到了，下意識擋在黃氏前面，握緊了手裡的傘。

「父親讓妳去榮溪園一趟，說說靜芸的事。」寧伯瑾注意到秋水的動作，沒有深想，他這會兒腦子亂得很，哪有心思猜測秋水動作背後的涵義。

黃氏不解，寧靜芸好好地在屋裡繡嫁衣，什麼事牽扯到她？

寧伯瑾眉梢慍怒，看黃氏被瞞在骨子裡，心下不快，他不能像指責竹姨娘帶壞寧靜蘭那般指責黃氏。寧靜芸養在老夫人膝下，品行不好是老夫人教養不當，怪不到黃氏身上，即使如此，他面上仍極為不豫。

「荀志也來了，妳去聽聽靜芸做了什麼事吧！」

黃氏派人守著寧靜芸，她掀不起風浪，因而沒有多想，接過秋水手裡的傘遞給寧伯瑾，從容自若道：「什麼事慢慢說，荀志向我承諾過會待寧靜芸好，他不會生出其他心思。」

雨漸漸大了，樹枝啪啪作響，寧伯瑾身上都濕了，他抹了抹臉上的雨水，鄭重其事道：「他志向遠大，說出的話不會食言，可靜芸做的事太過分了，怪不得他今日上門來。」

他轉過頭，言簡意賅說了寧靜芸做的事。程雲潤帶著人上門打斷了荀志二伯的腿，由不得讓荀志不上門要個說法。

黃氏臉色微變，腳步停了下來，蹙眉道：「你說靜芸和程世子有聯繫？」

寧伯瑾點頭，見她確實不知，語氣緩和了些，道：「何止還有聯繫，聽荀志說，程世子對靜芸志在必得，是他不知好歹，奪人心頭好。殿試在即，整日有這些事鬧心，他靜不下心來，故而才走此一遭；靜芸也是個不知分寸的，這門親事……哎，妳去榮溪園瞧瞧吧！」

老夫人在祠堂不管事了，寧靜芸的親事不可能交給柳氏，他素來沒有主見，只有叫黃氏自己拿主意。

黃氏面露沈思，到了榮溪園，遠遠地就聽到寧靜芸撕心裂肺的喊叫聲，那句「寧做富貴妾，不做貧賤妻」格外刺耳，她沈著臉，越過寧伯瑾徑直走了進去。

寧靜芸跪在正屋中央，妝容凌亂，神色猙獰，雙眼憤恨地瞪著苟志，哪有半分嫡小姐的儀容？

黃氏臉色微沈，大步上前，搧了寧靜芸一耳光，訓斥道：「妳發什麼瘋！還嫌拖累的人不夠多是不是？想做妾等下輩子，別投在我肚子裡，隨妳給誰做妾去。」

黃氏下手重，打得寧靜芸措手不及，寧靜芸跪坐在地上，怔怔望著黃氏，好似失了心魂。

苟志沒料到黃氏會打人，立即從椅子上站起來，上前勸道：「三夫人不必如此，我苟志出身貧賤，卻也知強扭的瓜不甜，五小姐看不起苟志，親事便作罷吧！只是程世子不學無術，腳跛了，恐不是五小姐的良人……」

聽到這裡，寧靜芸抬起頭來，捂著紅腫的臉。「作罷便作罷，哪怕有朝一日你加官晉爵，我都不羨慕。」

聽她這會兒還不知悔改，黃氏氣得身子有些發抖，招手叫來門口的丫鬟，冷聲道：「把五小姐帶回去，沒有我的命令不准她踏出房門半步。」

荀志是她看中的女婿，品學性情都是上乘，她哪會由著寧靜芸亂來。

丫鬟看黃氏盛怒，不敢耽誤，低著頭進屋，左右架著寧靜芸快速走了。

出了門，還能聽到寧靜芸嘴裡的罵聲，黃氏頭痛地皺了皺眉，朝荀志道：「靜芸以前不是這樣的性情，約莫是被髒東西迷了眼，你別放在心上，我再勸勸她。」

荀志拱手作揖，欲言又止。他出身不好，強人所難逼著寧靜芸嫁給他亦不是他所願，但看黃氏眼神堅定，他點了點頭，沒有多說什麼。

有種感情叫一見鍾情，他承認他喜歡上寧靜芸了。

寧櫻聽說這事已經是第二天，雨淅淅瀝瀝下著，哪兒也去不了，聞嬤嬤去庫房找了兩疋顏色厚重的布料出來為寧櫻裁剪衣裳，順便說起榮溪園發生的事。

嫌貧愛富，貪慕虛榮，這便是寧靜芸。寧櫻覺得可惜了荀志，那樣內斂低調的青年，被寧靜芸口無遮攔地輕賤。

「我娘傷透了腦筋吧？」

在黃氏眼中，寧靜芸賢淑穩重，性子雖被老夫人養歪了，然而還總認為寧靜芸本性是好的，很多時候黃氏擔心她丟臉，卻不擔心寧靜芸，總提醒她好好跟著寧靜芸，誰知寧靜芸鬧出這等事情來。

聞嬤嬤站在桌前，一隻手壓著錦緞，一隻手握著剪刀，下手乾淨俐落，嘆息道：「三夫人難受是真的，五小姐也不知被什麼迷住了，竟說出那種話，傳出去，她名聲盡毀不說，府裡所有的少爺、小姐都要受到牽扯。」

秦氏著手給寧成昭、寧成德說親，鬧出這等事，好人家的姑娘誰願意嫁進來？而且，看寧靜芸那股執拗，這事估計沒完。

沒承想，聞嬤嬤一語成讖，府裡半夜真出了事，寧靜芸跑了。

寧伯瑾帶人出去找了一宿都沒找到，淅淅瀝瀝的雨下了一晚，寧伯瑾剛回來就暈了過去，迷迷糊糊地發起燒來。

寧伯瑾的病一半是淋雨所致，再者就是擔心御史臺彈劾他。寧國忠和黃氏責怪他，子不教，父之過，他難辭其咎，各種情緒交織才病倒了。

寧國忠得知此事勃然大怒，叫黃氏去正廳，語氣不甚好地道：「靜芸的事，妳打算怎麼做？」

深閨中的小姐，半夜離家出走，傳出去，外人的唾沫星子能讓寧府一輩子抬不起頭做人，寧國忠懷疑寧靜芸和程世子私奔了，但是無憑無據，若光明正大去清寧侯府要人，他拉不下這個臉，而且清寧侯未必會給他這個面子。

黃氏提心弔膽一晚上，這會兒精力不濟。「由著她吧，煩勞父親出面，對外就說她病重，得送去蜀州莊子養著，苟家那邊我和三爺親自去說。苟志不是說三道四的人，不會亂說的。」

眼下看來，為了保全寧府的名聲只有這樣做了。程世子回府後雙腿受了傷，養好後走路一瘸一跛的，侯夫人為他說親，好些人家都不肯，老夫人便將主意打到懷恩侯府的小姐身上，卻被懷恩侯夫人委婉拒絕了。懷恩侯與清寧侯關係交好，為了兒女的親事，兩人不如以前親近了；而清寧侯又和承恩侯府走近了，沒有永遠的朋友，只有永遠的利益，朝堂皆如此。

看黃氏心力交瘁，寧國忠還得處理接下來的事情，便起身離開了。對寧靜芸，他感情不深厚，不能換取利益，棄了便棄了。

當天清晨，一輛馬車從寧府緩緩駛出城門，朝著蜀州的方向奔去，說是寧府五小姐病重要去莊子養一段時間……

就在消息慢慢傳開的同時，一輛毫不起眼的轎子進了清寧侯府。

寧靜芸，往後就是富貴人家的妾了。

第三十二章

寧靜芸的事情給黃氏打擊很大，寧伯瑾又病著，半個月後，黃氏身形消瘦得不成樣子，看上去老了十歲，健康的膚色瞧著都有些蠟黃了。

寧櫻每日都去梧桐院陪她，或陪她靜坐著，或陪她說說話。黃氏不愛開口，常常沈默許久才回她一句，多是風馬牛不相及的話。寧櫻心底反思過，若她知道寧靜芸利慾薰心到如此地步，當初還會不會攔著她不讓她嫁給程雲潤？那時候的寧靜芸，原本是可以嫁去清寧侯府做世子夫人的，而不是小妾；不過如今程雲潤的世子之位，保不保得住還不好說，清寧侯膝下不只程雲潤一個嫡子，而程雲潤如今的模樣，繼承侯爵會被京城上下奚落，程雲潤的世子之位，遲早會被摘了，寧靜芸的算盤也算落空。

她心下有些不安。重生後她盡力避免不好的事發生，引著命運往好的方向發展，她心裡不喜寧靜芸嫁得好，為荀志感到惋惜，卻也沒有害寧靜芸的意思，結果卻讓寧靜芸做了程雲潤的妾。

壞的事情變好了，好事卻變成了壞事，那她往後該何去何從？

譚慎衍對她的好，她感受得到，之前刻意忽視是她不敢想，可是寧靜芸和程雲潤的事令她心頭蒙上淡淡的失落，她發現，那種失落是和譚慎衍有關的。

她想，她現在遇到的譚慎衍才是真實的他，最疼他的老侯爺還活著，他沒有對付他的親生父親，不是讓人聞風喪膽、殺人不眨眼的刑部尚書……

從溫和有禮到冷酷無情，他經歷的事情或許不比自己少，懷著這種情緒，她竟然生出惺惺相惜的感情來。

天氣漸漸暖和，黃氏心情一日不如一日，寧櫻心底難受，一五一十將破壞寧靜芸和程雲潤親事的事情說了。

黃氏望著她，眼角發紅，哽咽道：「吳嬤嬤和我說過了，我知道妳是為了娘著想。程世子非良配，親事又是妳祖母應下的，妳不出手，娘也不會讓她進侯府，只是沒想到，她這般固執。」

說到這裡，黃氏眼角流下兩滴淚，她心裡對寧靜芸的愧疚更重了，當年她誓死都該帶著她離開的，否則寧靜芸一定不會做出離家出走的事情來。

寧櫻掏出懷裡的手帕，輕輕替黃氏擦去眼角的淚，安慰道：「娘別想多了，一切是她自願的，怨不得我們，我瞧著苟家哥哥就很好。」

黃氏吸了吸鼻子，消瘦的臉頰浮現幾分遺憾和惋惜，繼而說起其他事情來。「娘尋思著為妳說親了，早些時候相看，可以多多打探對方的品行，妳覺得如何？」

寧櫻不知黃氏話題轉得如此快，想起當日老侯爺的一番話，她腦子亂糟糟的，又看黃氏定定望著她，若能分散黃氏的注意力，倒不是不成，她輕輕點了點頭應下。

寧伯瑾在屋裡養了一個月病情才見好，病來如山倒，病去如抽絲，寧伯瑾跟著憔悴了一圈。程世子納妾的消息在京城沒有傳開，先傳出的是程世子外室生下庶子的消息，之前對寧靜芸酸言酸語的人全轉了風向，都說程世子沒有成親就先有了庶子，可見是個品行敗壞的人，加上程世子落下殘疾，那些為他說好話的人不由得重新審視起程世子來，罵他自作孽。

自始至終，寧府沒人出面，在退親的事情上隻字不提，低調得很，世人皆同情弱者，想到寧靜芸生病被送去莊子的事，不由得重新稱讚寧府坦蕩，哪怕被清寧侯府逼到那個分上都沒開口說清寧侯府一句壞話，反而是清寧侯府的下人到處煽風點火，輿論一時將清寧侯府推向了風口浪尖。

「當初老奴還納悶為何外面謠言滿天飛，府裡都沒人站出去為五小姐說句話，原來是等著呢！聽說早朝皇上批評清寧侯治家不嚴，表揚了三爺，連帶著，大爺也要升官了。」

寧府在整件事情上表現得可圈可點，入了皇上的眼。

寧櫻不想提這件事，問起黃氏的身體來，聞嬤嬤搖頭。「夫人一時半刻想不開，過些日子就好了，據說清寧侯府在五小姐不見的第二天有轎子入府，老奴猜測應該是五小姐無疑。小姐萬事要記著，夫人不會害您，不管發生什麼事，和夫人說，千萬別和夫人生分了。」

懷胎十月忍著劇痛生下來的孩子，哪會不盼著她好？寧靜芸看不透，入了歧途。

寧伯瑾病好後繼續在禮部任職，周圍的人待他態度大轉變，他溫文儒雅，臉上時常掛著笑，一來二去，倒是結交了幾個朋友。

黃氏心情好了許多，不過瘦下去的身子一時半刻補不回來，寧櫻記得譚慎衍送了許多補品，交給吳嬤嬤，讓她燉湯給黃氏補身子。

這些日子，寧櫻兩頭跑，身子清瘦，吳嬤嬤拿了一些補品，剩下的讓她自己留著。寧靜芸走得乾脆，沒有為她背後的人想過，只有真正擔心她的人才會為她茶飯不思，祠堂那位整日吃齋唸佛，有事、沒事讓佟嬤嬤在三爺跟前哭訴祠堂日子不好過、身子不適，哪裡關心她的死活？

吳嬤嬤忍不住向寧櫻嘀咕了兩句，寧櫻扯了扯嘴角，整理著鵝黃色鑲金邊的長裙。「父親孝順，過些日子祖母就能搬回榮溪園了，只是妳說佟嬤嬤找過父親好幾次了，父親為何還沒表態？」

吳嬤嬤搖頭，她也覺得怪異，瞅了瞅外面的日頭，嘆氣道：「三爺約莫是擔心老爺不答應吧！小姐回屋休息，老奴也回去了。」

寧櫻覺得也是，回到內室，發現不知何時桌前坐著一個人，她瞅了眼西邊的窗戶，緊閉的窗戶這會兒敞開著，知道他是翻窗戶進來的。那次之後，她再也沒見過他，這會兒猛地看他坐在自己屋裡，不安地朝外面瞅了兩眼，待會兒若是聞嬤嬤和金桂進屋，鐵定會被嚇著，她遲疑了下，朝門口道：「我休息一會兒，別讓人打擾。」

丫鬟探頭，稱是應下，隨後將房門關上。

寧櫻走到桌前，視線落在他玉冠上。「譚侍郎又來府裡辦什麼事？」

第一次他說擔心府裡有死人，第二次是為了吳管事遇匪，這次又是什麼？

「緊要事。」譚慎衍聽說寧靜芸的事，看寧櫻身子單薄了些，對寧靜芸越發不喜，拉開旁邊的椅子，示意寧櫻坐。「我聽說了妳姊姊的事，她在清寧侯府如魚得水，想必不久就會被扶為正室吧！」

但凡譚慎衍想知道，沒有他打聽不出來的事，寧櫻撫過長裙坐下，想到黃氏為寧靜芸日漸消瘦，不由得冷笑起來。「做了正室又如何？你也說是『扶』了，不是光明正大嫁進去的。」

譚慎衍倒了一杯茶遞到她手上，緩緩道：「侯夫人的意思讓侯爺改立世子，老夫人壓著不肯。程世子落下殘疾，再沒了世子頭銜，往後的日子可想而知；妳姊姊和老夫人做了交易，若扶她為正室，她會想法子護住程雲潤的世子之位，老夫人答應了。」

寧櫻對寧靜芸的事不感興趣，目光不善地瞪著譚慎衍。「可還有其他事？」

「那日我祖父說話多有冒犯，妳別放在心上。」

寧櫻心裡希望譚慎衍能將這件事說開，可真聽見譚慎衍的話後，心裡總不得勁，說得好像她配不上他似的，怎麼聽都像是他嫌棄自己，語氣當即不好起來。「你不說我都忘記這事了，沒事的話就回去吧，往後也別來了。」

她也不知她急躁什麼，推開椅子站了起來，做出攆人的手勢，神色不耐煩。

譚慎衍見她變了臉色，心裡歡喜起來。這些日子他想了許多，她心裡埋怨他，所以儘量和他疏遠，卻不曾像對寧靜芸那般仇視自己；而且他細細想過，他沒有做過對她不好的事，沒有強求過她，言行舉止皆有護著她的意思，她不可能感受不到，她素來最是重情重義、有恩必報，沒理由這會兒不耐煩。

想到某種可能，他嘴角揚了起來，又道：「我沒有別的意思，我會想娶妳從來都是因為我喜歡妳，而不是因為其他，祖父說我壞了妳的名聲，這點我不認。櫻娘，妳要記住，若不是我心甘情願，哪怕刀架在我脖子上，我也不會妥協。」

這是他放在心裡了兩輩子的話。上輩子寧櫻以為黃氏設計他娶了她，實則不然，若不是他的默認，他有千萬種法子賴掉親事，可能他真的不擅言辭，叫她到死都以為自己當初娶她是不情願，迫於無奈。

看寧櫻傻愣愣站在那兒，請人離開的手勢僵直不動，他才知上輩子他是叫她多難受，朝夕相對，她連自己的情意都體會不到，不怪福昌和薛墨說他。

寧櫻望著這個比記憶中溫和的男子，半晌沒回過神來。他說若不是他心甘情願，沒人能逼迫他，上輩子他不是落入黃氏的圈套，最後娶了自己嗎？

他的話一遍一遍在耳朵邊迴盪，叫她分不清夢境和現實，愣怔間，僵硬的身子落入一個溫暖的懷抱，她有些不敢確認，張了張嘴，又不知該說什麼。

「第一眼，我便想將妳娶進門，我是個冷酷之人，不擅言辭，可是，我想讓妳知道，我眼中的夫妻沒有尊卑、無來貴賤，不是非得誰壓著誰一頭，而是凡事有商有量，相互遷就妥協，靠一方一味地順從退讓，那不是夫妻，是主僕……」說完這番話，譚慎衍彎下腰，視線與她齊平，只見寧櫻神色愣怔地望著他，白皙的臉頰透著不自然的緋紅，似是懵懵懂懂，又似是明白了什麼，迷糊的眸子水光盈盈，在她明亮的眼珠上映著他的臉龐。

譚慎衍目光一軟，緩緩道：「祖父說的話有些不妥，然而，娶妳，我是真心的。」

聽見這話，寧櫻臉頰一紅。他的話有些踰矩，她該生氣才是，卻不知為何生出一股欣喜來，好似滿山青蔥的草地瞬間開滿了鮮花，叫人喜不自勝。捫心自問，這種感覺是以前不曾有過的，有點竊喜，有點興奮，還有濃濃的喜悅。

回過神，她凝視著譚慎衍深邃的五官，若這是不曾被生活磨鍊成冷酷無情的他，她願意試著接受，在他們都還沒有經歷過那些不堪的痛苦之前。

見她嘴角泛起淺淺的笑，午後的日光襯得她兩頰粉嫩紅潤，譚慎衍鬆了一口氣的同時，緩緩彎起嘴角，她聰慧過人，定然是想清楚了。

「我知道了，譚侍郎的話說完就回去吧！」她願意接受他，不代表他可以青天白日闖進自己的閨房，兩者不可相提並論，其中利害她還分得清。

譚慎衍挑了挑眉，他已明白她的心思，抬起手，搭在她肩頭上，見她身子往後縮了下，他沒有強迫她，意有所指道：「好好養著身子，過些日子我再來看妳。」

目光不由自主地落在她胸前。桃紅牡丹花纏枝的襦裙下，胸部毫不起眼，上輩子，她身段發育得算不錯，身形曼妙，凹凸有致，可惜常常穿著厚重端莊的服飾，掩飾住她姣好的身形。

譚慎衍又道：「過兩日，我再讓人送些補品來，妳長身子的時候多補補，別省著，侯府多得是。」

上輩子黃氏病重，後來她又為黃氏守孝，身子虧損都能發育成那般模樣，若一開始就好好養著，往後該是何等嬌美絕色？

寧櫻瞥了一眼自己胸口，沒好氣地瞪他一眼，看他眼裡閃過促狹，抬起腳，不解氣地踢向他小腿，惱怒道：「趕緊走。」

守門的丫鬟妳看看我、我看看妳，回眸望著屋裡，試探地問道：「小姐可是有什麼吩咐？」

嚇得寧櫻搗著嘴，一顆心差點跳出嗓子眼，頓了頓，清脆著聲音道：「沒事。」

前後變化快得咂舌，譚慎衍悶悶一笑，手伸至她鬢角，小心翼翼替她順了順那幾綹飄揚的髮絲，一本正經道：「養好了身子，秀髮就不會毛毛躁躁的了。」

說完之後，他闊步走向西窗，日光在他身上投下一抹濃烈的暖色，似要融化人的心似的，寧櫻心裡的氣就這樣沒了。

譚慎衍雙手撐著窗臺，輕輕一躍便跳了出去，站在窗外，轉頭望著她，見她朱唇粉面，眉目精緻如畫，竟生出些許不捨，他朝她招手，想再和她說說話。

寧櫻卻是不肯了。兩人磨磨蹭蹭，不知要到什麼時候，依照譚慎衍的性子，他真要來，誰也攔不住，擺手催促道：「快走吧，別被人發現了，告到皇上跟前有你好果子吃。」

私闖民宅是大罪，譚慎衍自己在刑部任職，知法犯法，罪加一等，她也是提醒譚慎衍謹言慎行。

譚慎衍當她關心自己，咧著嘴輕輕一笑，不再遲疑地轉身離開。再待下去，他約莫真的捨不得走了。

見窗外沒了人，寧櫻才慢慢走過去，雙手扶著窗臺，探出半邊身子瞧去，已不見譚慎衍身影，她不由得撇嘴。他還真是乾脆俐落，說走就走，女人多口是心非，他不懂？

收回目光，幽幽嘆了口氣，隨手關上了窗戶。她不是矯情的人，人走了便算了，便和衣躺下，準備睡一會兒午覺，然而腦子裡盡是譚慎衍揮之不去的身影，輾轉反側許久才有了睏意；可是不等她進入夢鄉，西窗邊傳來小聲的敲打聲，她豎著耳朵，對聲音格外敏感，對方敲兩下、停兩下，極有規律，她坐起身，心撲通跳得厲害，推開一小角，看清是譚慎衍，眼裡有些許詫異。她以為他走了。

譚慎衍的確是走了，不過又回來了，福昌嫌棄他離別太過匆忙，真正喜歡彼此的人，每一次分別都應該是依依不捨的，他若太乾脆，容易叫人覺得他是個無情之人。他覺得不對勁，又折身回來，伸出手，將剛折下來的芙蓉花塞到寧櫻手裡，咕噥道：「猜著妳會喜歡，摘來給妳。」

說完，仔細觀察著寧櫻的表情，見她面上波瀾不驚，微微眯起的雙眼卻透著一股歡喜，他暗暗想回來一遭是對的。

兩人靠在窗戶邊，又聊了幾句，寧櫻瞧著時辰不早了，不敢耽擱他。「快走吧，金桂、銀桂該進屋了。」

聲音一落，門口傳來咯吱的推門聲，譚慎衍不敢再久留，小聲告辭後，毫不遲疑地走了，背影如松，轉眼沒了身影。寧櫻關上窗戶，深吸兩口氣，心撲通撲通跳得厲害。

金桂進屋，看寧櫻醒了，手裡多了一朵花兒，沒有多想，只當是哪個丫鬟為寧櫻摘的。寧櫻喜歡花在桃園不是什麼秘密，偶爾她們看到開得豔的花也會摘回來送寧櫻，見花就摘，都快養成習慣了。

金桂伺候寧櫻洗漱，一邊告訴寧櫻另一件事。「大爺升官，晚上去榮溪園用膳；老夫人從祠堂搬出來了，說是大爺求的情，老夫人病情反反覆覆不見好，繼續住祠堂身子受不了，老爺答應了。」

老夫人搬回榮溪園的動靜小，柳氏和秦氏皆沒過去幫忙和請安，靜悄悄的，沒有掀起一點風浪來，這點和老夫人平日的做派不太一樣。

寧櫻不甚在意，低頭盯著手裡的芙蓉花，眉眼泛起了笑，金桂擰巾子給她擦手她都捨不得放下，金桂多看了花兒兩眼，道：「這花兒開得嬌豔，要不要拿水養著？」

「不用，水養著便不能拿在手裡玩了。」寧櫻蔥白般的手指撫過花瓣，輕輕的，帶著憐惜，金桂覺得寧櫻看花兒的眼神不對勁，怎麼跟珍寶似地捧著了？

「小姐喜歡芙蓉花，待會兒我與銀桂多摘些回來。」
寧櫻臉色一僵，故作輕鬆道：「好啊，最近就這花兒入我的眼了。」
寧伯庸升官，全府喜氣洋洋，一掃之前的抑鬱。黃氏因為寧靜芸的事精神不太好，見寧櫻生得亭亭玉立，乖巧懂事，心下寬慰許多，挽著寧櫻的手，小聲問道：「妳小日子來的時候，可有不舒服的地方？」
她心思鬱結，寧櫻整日守在她跟前，她都忘記寧櫻小日子之事了，還是吳嬤嬤抱著補品回來告知她，她才恍然，心裡過意不去，愧疚道：「娘沒用，出了事還要妳來照顧娘，妳姊姊的事由著她吧，只當沒有她這個女兒。」
寧櫻安慰黃氏兩句，看她面色憔悴，很快轉移了話題。院子裡奼紫嫣紅，一些花兒長至鵝卵石鋪成的小路上，寧櫻托著花兒給黃氏瞧，黃氏笑著道：「妳啊，長得比花兒好看多了，待會兒我與管家說說，將一些枝杈折了，別晚上嚇著人。」
聽她語氣還算輕快，寧櫻鬆開手，挽著黃氏拐入抄手遊廊，欣賞起寧府的景致來。
寧伯庸任戶部郎中，在官職上不如寧伯瑾，可戶部管著國庫，手握實權，也算出頭了。今年府裡兩位升官，雙喜臨門，不只榮溪園熱鬧，大房也熱鬧著，聽說柳氏打賞了所有下人，人人臉上都笑嘻嘻的。
老夫人是下午搬出祠堂的，有些日子不見，身子消瘦了些，厚厚的脂粉已蓋不住臉上深深的皺紋，看見黃氏和寧櫻笑得一派和藹，儼然收斂了性子。

佟嬤嬤站在一旁端茶遞水。以前做這些事的人，要麼是寧靜芸，要麼是柳氏，如今都交給了下人。柳氏手腕好，以迅雷不及掩耳之勢將老夫人安插的人全部換成她的，整個寧府都在她的掌控之中，柳氏不用再看老夫人臉色，自然不願意再往老夫人跟前湊了。

人都是有利可圖的，老夫人使喚不動柳氏，又不好越過柳氏使喚秦氏和黃氏，所以，只得交給佟嬤嬤打理。老夫人現在變得不愛說話，除了最初叫她們不用行禮，之後竟是一句話都沒再說過，有人說她便聽著，無人說她便抿唇笑，不知情的人看著，會以為她是再好相處不過的人。

然而事實並非如此。老夫人習慣了大家的逢迎和擁戴，永遠以為她自己高高在上、受人敬重，哪會放下身段和大家談笑風生，估計還有後招。

可是，等用膳時，老夫人依然端得慈眉善目、和藹可親，寧櫻不著痕跡看了好幾眼都沒明白老夫人打什麼主意。

男女分桌，寧國忠領著寧伯庸他們坐在外側，把酒言歡的同時，不忘告誡他們謹言慎行，別做出丟臉的事，寧伯瑾應得嘹亮，寧伯信應得慎重，寧伯庸應得從容。

從對寧國忠的態度，便知兄弟三人的性子，寧伯瑾是最怕寧國忠的。

飯桌上，寧靜彤挨著寧櫻坐，大了一歲，比以前懂規矩，話也少了，年後月姨娘哄著寧伯瑾給寧靜彤請了位夫子啟蒙，寧靜彤找她的時間少了，不過時不時會遇到月姨娘去梧桐院請安，從她嘴裡聽來寧靜彤的一些事。

有月姨娘在旁邊引導，寧靜彤的性子壞不到哪兒去，寧櫻不時給寧靜彤挾菜，照顧她，寧靜彤眉開眼笑，拉著她低頭，小聲道：「六姊姊不找我玩，這些日子愁死我了，夫子與姨娘不和，兩人要我評理，我也不知說什麼。」

姨娘不肯讓她找寧櫻玩，說寧靜芸跟人跑了，夫人傷心，寧櫻要陪夫人，她不能添麻煩，故而一直忍著，這會兒看見寧櫻，有些話真的憋不住了，湊到寧櫻耳朵邊，說起這幾個月院子裡發生的事情來。

月姨娘全部的心思都在寧伯瑾身上，只懂如何哄男人歡心，而夫子教導寧靜彤的是作為小姐該學的，和月姨娘那套自然不同，兩相衝撞，依照月姨娘的性子肯定不服了。

她們小聲說著話，而對面的秦氏嗓門大了起來，有壓著大家一頭的意思，寧櫻朝寧靜彤搖頭，示意她聽秦氏說。

寧成昭中了二甲進士，名次不在前面卻也躋進去了，不久就要入翰林院編修；寧成德也中了舉人，兩個兒子有出息，秦氏滿心得意，這些日子，秦氏為寧成昭說親挑花了眼，朝黃氏道：「三弟妹看人眼光好，成昭的親事，妳得幫我看看。」

苟志高中狀元，聲名鵲起，想要拉攏他的人數不勝數，上門說親的人更是踩破了門檻，還有兩位德高望重的尚書大人想收他為徒，前途不可限量。

誰知，苟志對京中一眾人置若罔聞，金鑾殿上主動向皇上申請離京，從七品縣令做起，去的還是最清苦的昆州，朝野譁然；換作旁人，入六部磨礪兩年升遷，平步青雲妥妥的，他不留在這繁華的京都，竟嚮往那等苦寒之地，不得不叫人為之惋惜。

秦氏知道些寧靜芸的事，荀志估計是心灰意冷，想離開傷心地才下此決定。要她說，怪只怪寧靜芸眼瘸，品行好的荀志不選，偏偏挑中殘疾的清寧侯世子，眼下的富貴是有了，往後呢？秦氏沒有女兒，她理解黃氏的心情，真心為女兒好的母親，不會隨意挑中個門第好的就把女兒嫁進去，想當初寧靜雅的親事，柳氏可是斟酌又斟酌，考慮了很久呢！

荀志任昆州縣令，昆州乃邊塞之地，民風剽悍，交通閉塞，來回京城最快都要三個月，昆州縣令年年上書朝廷的都不是什麼好事，自古以來，去那種地方做縣令，和貶官沒什麼區別，荀志年紀輕輕，主動申請去昆州任職，那些想將女兒嫁給他的也不敢再上門了。

昆州，誰都不看好。

黃氏淡淡嗯了一聲，秦氏看有戲，笑得花枝亂顫。「我就當妳應下了，成昭如今入了翰林院，三年後便能在六部謀份差事，要我看還是從六部眾多大人中尋一位，三弟在禮部混得風生水起，叫他幫忙打聽打聽。」

物以類聚，人以群分，秦氏看不上之前的寧伯瑾，可此一時、彼一時，寧伯瑾得到過兩次聖上稱讚了，這次寧伯庸能升官都是因為寧伯瑾的緣故，秦氏不敢再小瞧寧伯瑾，趁早巴結再說。

「待會兒我與三爺說說吧，二嫂想給成昭找個什麼樣的媳婦？」黃氏慢條斯理吃著飯，話完，想到什麼似的，看向上首坐著的老夫人，頓了頓，道：「吳管事一家回來有些時日了，因為在路上遇到匪徒受了點傷，兒媳忘記叫他們來給您磕頭了，明日便讓他們過來。」

老夫人並不怎麼動筷子，聽見這話，身子僵了僵，狀似不經意地問道：「他們的賣身契給了妳，往後便是小六的人，我近日身子不適，便不見他們了，只是好好的，路上怎就遇到匪徒了？沒什麼大礙吧，需不需要請張大夫瞧瞧？」

「好得差不多了，吳管事說南方的難民為了搶吃的才動手行搶。」黃氏語氣平靜，一筆帶過，繼而說起幾樁蜀州的趣事。大多是吳娘子說的，老夫人斂聲屏氣，聽得聚精會神，秦氏聽得樂呵呵的，跟著說了好幾件趣事。

飯桌上氣氛融融，秦氏說話妙語連珠，逗得老夫人歡心不已，一頓飯下來，屬秦氏笑得最開心，臨走時，還拉著黃氏約好下次出門的時辰。天氣暖和，各府下的帖子多，黃氏一個多月沒出門，外面大變了樣；至於清寧侯世子，外室死了，庶子養在侯老夫人膝下，一時之間，清寧侯府受盡世人指責。之前寧府受寧靜芸連累，好些人家對秦氏指指點點，得知她為寧成昭說親，那些夫人們退避三舍，如今真相大白，貼上來的人便多了。

秦氏不傻，眾人前後反應截然相反，對那種見風使舵的人，她不會給好臉色，寧成昭進了翰林院，何愁沒有好前程？她們看不起她，她還看不起她們呢！

夜色漸漸昏暗，花團錦簇的庭院內，一盞盞燈籠亮了起來，黃氏和寧櫻走在路上，聽到身後有人叫她，轉過頭，卻是秦氏揮著手站在岔路口。「三弟妹，我忽然想起來，明日劉家辦宴會，妳別忘記了。」

劉家是京城有名的皇商，商人地位低賤，秦氏打心裡瞧不上，可劉老爺膝下只有一個嫡女，揚言陪嫁千畝良田，還有無數金銀細軟、綾羅綢緞，寧成昭往後用銀子的時候多，現在是柳氏管家，想從柳氏手裡拿銀子出來為寧成昭走動不太容易，寧伯信能直接從帳房支取銀兩，偏生寧伯信為人死板不懂變通，指望不上，思來想去，如果劉家肯在背後支持寧成昭，何愁寧成昭沒有錢花？在秦氏看來，二房不缺權勢，缺的是銀兩。

本來不甚在意的寧櫻聽見這話停了下來，摩挲著手裡的芙蓉花，定定看著花兒在她手裡變換著形狀。暈黃的光影下，她的眸色諱莫如深，回想起前生她纏綿病榻時，金桂偶爾會揀些外面的事情和她說，其中就有一件牽扯到寧府和青岩侯府的事。御史臺彈劾寧國忠以權謀私，和皇商勾結，以次充好，從中牟取暴利，寧伯庸等人賄賂官員、買賣官職，此乃十惡不赦的大罪，皇上大怒，命刑部徹查此事，身為刑部尚書的譚慎衍對此事卻輕描淡寫地揭過不提，外面的人說譚慎衍是看在她的面子上護著寧府。

對女子而言，除了夫家強勢興盛外，最重要的便是娘家了，她隱約猜測譚慎衍是看在她病重的分上不和寧府追究，她最在意旁人的眼光，縱使對寧府沒有感情，可寧府若真的被滿門抄家，她也會跟著受世人唾棄嘲笑。

她拖累了他許多，她記得沒錯的話，和寧府勾結的便是劉家。劉家是世世代代的皇商，子孫不得出仕，劉家想方設法結交權勢提高自己地位，卻屢屢被京中官家夫人排斥，最後不知怎麼和秦氏搭上了線，有了往來。

看似你情我願的事，背後卻是有心人故意為之。寧櫻知道，劉家這門親事是老夫人故意栽給秦氏的，上輩子秦氏與柳氏管家，兩人明爭暗鬥、互不相讓，偏生在一件事上極有默契，那便是對付老夫人安插在各處的眼線，妳對付一個，我收拾一個，且讓老夫人揪不到錯處，老夫人心氣不順，使手段讓寧成昭娶了一個登不上檯面的商人之女，而柳氏長子寧成志親事也不盡如人意。

柳氏懷疑老夫人作祟找不著證據，而秦氏壓根兒沒有懷疑兒子娶一個商人之女對名聲會有怎樣的影響，又或者她心裡明白，不過在金錢面前低了頭。

老夫人從來都是自私自利的人，誰讓她不痛快，她便加倍還回去，哪怕是自己的親孫子、親孫女，也絲毫不會手下留情。

這會兒聽秦氏說起劉家，寧櫻皺了皺眉，心裡覺得奇怪，老夫人今日才從祠堂搬出來，怎麼這麼快就有動靜？還是很早的時候就有這個心思了，時間湊巧而已？若是這樣子的話，老夫人還真是深藏不露。

黃氏點了點頭。京城劉姓人家的大戶多，她沒有聯想到皇商那邊，側目看寧櫻，發現她臉色有些白，黃氏擔憂道：「是不是哪兒不舒服？」

小路兩旁的花兒開得正豔，清香味撲鼻而來，朦朧的光暈下，寧櫻抿著唇，默默不語，朝著秦氏的方向走了幾步，低頭思索著要不要把老夫人的目的告訴秦氏？照理說，比起秦氏，柳氏做的事更觸怒老夫人，為何老夫人要先對付秦氏，敲山震虎？

寧櫻抬起頭，見秦氏的身影有些模糊了，轉身看著黃氏，道：「娘明日別去了吧，二伯母為堂哥說親，您別吃力不討好招致埋怨。」

秦氏不是心胸寬廣之人，一句話也會被她記仇許久，府裡的人都清楚她的性子，如果黃氏在寧成昭的事情上，說了一句不符秦氏心意的話，依照秦氏的性子，會記恨一輩子。

秦氏不是壞人，只是有些不容人說她不好。

「娘心裡有數，明日娘要出門替妳打探打探周圍的鋪子，想想妳的鋪子往後賣什麼，之後得去找貨源，等把鋪子的事情確定下來再說其他吧！」黃氏面露愧疚，望著女兒如月般柔美的面龐，和寧櫻並肩而行，問起寧櫻對鋪子的打算。她萎靡不振了一個多月，也該打起精神來了。

寧櫻沒有做過生意，因買了鋪子，手裡銀子不多，緩緩道：「我與娘一道去看看。」

做生意她不在行，但管帳她倒頗為拿手，多虧了前世譚慎衍請回來的管帳先生。

鋪子座落於朱雀幹道的一條小巷子，周圍多是賣胭脂水粉、布疋，生意不錯，寧櫻和黃氏一家一家地看，比較各個鋪子貨物的質量和價格。寧櫻注意到，隨行逛街的有男有女，穿著錦衣紈褲，氣質不俗，挑選東西的是女客，男子要麼陪同入內，要麼等在外面的馬車上，這條街沒有酒肆、茶館，連坐的地方都沒有，而一間一間的鋪子小，後面連著民宅，不可能供男客休息，所以鋪子前才會站著一些男子，神色不耐煩地候著。

看到這些，寧櫻腦子裡冒出一個想法，不過還有些疑慮。吳管事他們回京不久，不瞭解京中的情形，她讓吳管事找來一個乞丐，給了他二兩銀子，看見銀子，乞丐兩眼發光，知無不言，言無不盡。

這韶顏胡同多是賣女兒家用的東西，這條街賣的是胭脂水粉，旁邊幾條街賣的都是些金銀首飾，算得上是這片最熱鬧的地方了，周圍住的多是些五品以下的官員，比不得達官貴人闊綽，日子也算殷實。

心思一轉，寧櫻心裡有了主意，不過不著急付諸行動，天色已不早，一時半刻打探不清楚，只有明日再說。

第三十三章

回到府裡，她讓聞嬤嬤去前院將吳管事叫過來。

在寧櫻記憶裡，吳管事沒有與人爭得臉紅耳赤過，哪怕吳娘子無理取鬧，他也多陪笑安慰，久而久之落下懼內的名聲；不過懼內在蜀州來說算不得丟臉的事，蜀州男子大多沒有主見，靠婦人撐著門楣，若遇到一位強勢的男子，誰家都捨不得閨女嫁過去，在蜀州人眼中，懼內是好事，這樣子男子不敢在外花天酒地、尋歡作樂，因而，蜀州男子三妻四妾得少，這倒成了蜀州最有趣的民風。

寧櫻坐在桌前，手裡的勺子慢慢攪著碗裡的燕窩。聞嬤嬤不知從哪兒聽來的，說是早晚喝一碗燕窩對身子好，她小日子前後，燕窩更是早晚不斷，可能晚膳吃得有些多，她這會兒有些吃不下了。

吳管事來得快，換了一身青色的衣衫，是寧府最末等奴才的衣衫顏色。吳管事是三房的人，黃氏想著他們不會長久住在府裡，故而沒有讓柳氏給吳管事安排差事，這身衣衫是黃氏暫時讓吳管事穿著的，以便在府裡走動。不只寧府，各府的規矩都是這樣的。

看見寧櫻，吳管事忙躬身施禮。「小姐這會兒叫老奴過來可是有事吩咐？」

寧櫻在莊子上就是個有主意的人，如今回了京城，身分地位不可同日而語，吳管事低下頭，低頭屈膝，不敢如在莊子裡時那般不懂規矩。

「吳管事別與櫻娘客氣才是，在莊子上如何，以後還是如何。」

回京後，秋水和吳嬤嬤生怕被人抓到把柄，行事頗為謹慎，小姐前、小姐後，再拘謹不過。她們都是看著她長大的人，在寧櫻眼中，她們和自己的親人無異，太見外反而顯得生分了。

何況，往後吳管事會替她管鋪子，算她娘家人不為過，她一年有多少營利，都靠吳管事他們了。她鬆開手裡的勺子，指了指旁邊的凳子。「吳管事坐下吧，我想與你說說鋪子的事，今天轉了一圈，吳管事可發現了什麼？」

吳管事聽寧櫻考他，頓時坐直了身體，回想片刻，斟酌道：「老奴瞧著鋪子的位置不錯，周圍鋪子的生意好，不管咱鋪子賣什麼，經過的人不少，這是好事。」

說到這裡，吳管事沈默了一會兒，沈吟片刻，又道：「老奴還發現一件事，那片多是女子逛的首飾、脂粉鋪子，供男子消遣的字畫鋪子少。」

吳管事識些簡單的字，唸書識字對他來說可是光宗耀祖的事，因此對字畫鋪子、筆墨紙硯鋪子關注多些。

能讓男子消遣的可不只有字畫鋪，她思忖道：「比起字畫鋪，我覺得茶水鋪更掙錢。明日你打探打探周圍的茶水鋪子離咱的鋪子有多遠，供的茶水有哪些、價格如何，打探清楚了回來與我說。」

那片供女客逛的鋪子多，供男子逛的鋪子卻是少之又少，物以稀為貴，做男子的生意應該更容易。若賣筆墨紙硯或者字畫的話，還得去找貨源，而有名的字畫難求，找起來費事，不如茶水鋪子省事。

吳管事八面玲瓏，經寧櫻提醒立即就想到鋪子前流連的男子多，要麼陪家裡的姊妹，要麼陪妻子、女兒，抑或陪長輩逛街，如果能提供一個供他們打發時間的地方，生意肯定好。

「還是小姐聰慧，老奴倒是忘記這點了，明日便去打探一番。」

寧櫻好笑。「待會兒我讓聞嬤嬤給你四十兩銀子，出門需要打點的地方多，別吃了虧。」

吳管事常年住在蜀州，說話帶著蜀州口音，她也是有的，只因多活了一世故意將其遮掩過去罷了，吳管事一開口，別人就知曉他是外地來的，會心生戒備，不利於辦事。

吳管事會意。有錢能使鬼推磨，他明白這個道理，然而他也清楚，這筆銀子是寧櫻四個月的月例，他若揮霍沒了，便是對不起寧櫻的託付，心想著如何避免花錢而將消息打聽清楚。

「吳管事，鋪子確定做何營生後，你做掌櫃的，再請個管帳先生吧！」

吳管事點了點頭。那間鋪子三十尺寬的樣子，做茶水鋪子的話，客人一撥一撥地來，他會算帳不假，可速度慢，且生意好的時候，總不能叫客人久等，有帳房先生，他能幫忙端茶遞水，不用忙得手忙腳亂，只是他不知寧櫻話裡的深意。

寧櫻舀了一勺燕窩放進嘴裡，頓時滿口香甜，她連著吃了兩勺才不緊不慢道：「不是不信任你們，而是吳琅我另有安排。吳琅跟著你，你能教他，但鋪子忙起來的時候，你哪有時間？我打算請個會識字的帳房先生，讓吳琅跟著他學習，往後待吳琅有經驗了，再讓他打理其他的鋪子，如何？」

眼下她只有一個鋪子，將來肯定不止一個，有個有能耐的掌櫃，她才能高枕無憂，吳琅和她一起長大，什麼性子她再清楚不過，往後府外的事情全部交給他，她不會擔心他背叛自己。

吳管事聽著這話激動地站了起來，雙腿屈膝跪倒在地，朝寧櫻磕頭道：「多謝小姐栽培之恩，回去後我定督促他好好跟著帳房先生學，不辜負您的心思。」

寧櫻失笑。「是他擔得起我的信任，你回去吧，先別告訴吳娘子，待鋪子的事情確定下來，再讓她高興高興。」

吳管事點頭。他媳婦說話嗓門大，府裡隔牆有耳，容易洩漏出去，不告訴她是好的。

寧櫻將碗裡剩下的燕窩吃完，喚聞嬤嬤進屋拿銀兩給吳管事，又叮囑了吳管事幾句，和人打交道的門路多，彎彎繞繞也多，她也是自己慢慢摸索來的，告訴吳管事，可以讓他少走些彎路。

明面上她是讓吳管事打聽周圍是否有茶水鋪子，實則是要打探各鋪子背後的靠山。跑在前面的能掙錢，可周圍的人不是傻子，看她掙了錢少不得會紅眼，第二間、第三間茶水鋪子很快就會開張，而她還要考慮，如何在越來越多的茶水鋪子中突顯自己的特別，這點才是最難的。

而打探清楚各間鋪子的底細，她才能想出應對之策，和有權勢的人比涵養，和有錢的人比才華，揚長避短才是生存之道。

夜幕低垂，吳管事走出桃園時已是酉時過半，天上無風無月，走廊一側的燈籠零星亮著，他沿著來時路往外走，經過二門時，被門口一抹暗色身影吸引，吳管事的心突突跳了一下，停了下來，在對方望過來之前，又佯裝鎮定地上前，到了跟前，他拱手給佟嬤嬤見禮，臉上掛著適宜的詫異。「佟嬤嬤怎麼來這邊了？」

佟嬤嬤提著盞蓮花燈，火快燃至盡頭，光漸漸轉弱，襯得她神色半明半暗。「老夫人有事找大少爺，我跑跑腿。吳管事從桃園出來？六小姐是三爺的掌上明珠，你可得好好為六小姐辦事，才不辜負六小姐提攜你們一家三口的心。」

循循善誘的語氣聽得吳管事連連點頭稱是，順其自然表達自己對寧櫻的忠心。

佟嬤嬤聽得滿意，繼而岔開話，狀似不經意地問起遇匪之事。吳管事心知和這事有關，拿出早就準備好的說詞，鉅細靡遺地描繪了當日的情景，佟嬤嬤聽這內容和黃氏說的沒什麼出入，想來難民的說法應該是真的了。她又多看吳管事兩眼，見他生得老實憨厚，身子瘦弱，不像會說謊的人，今日老夫人派人試探了吳娘子，吳娘子說得則含糊多了，估計是嚇破膽子記憶不好，如此一想，佟嬤嬤心裡稍微鬆了口氣，提著燈籠慢慢回去了。

人走了，吳管事衣衫下緊握成拳的手才慢慢鬆開，一會兒的工夫，額頭滲出了薄薄汗意，他知道，往後老夫人不會找他們一家的麻煩了。

寧櫻不知佟嬤嬤試探吳管事之事，翌日一早，她去梧桐院找黃氏談鋪子的事情，遠遠地就聽到屋裡傳出秦氏的聲音，聲音慷慨激昂。

寧櫻皺起了眉頭，步上臺階，吳嬤嬤給她使眼色道：「二夫人來了，昨日去劉家，二夫人對劉家小姐滿意得很，想把親事訂下，又怕二爺和老爺不同意，來找夫人拿個主意。」

婚姻乃父母之命，媒妁之言，黃氏哪管得著？秦氏找錯了人。

吳嬤嬤不喜秦氏的貪慕虛榮，讓寧櫻別進屋，別被秦氏髒了耳朵。

寧櫻在門口等了一會兒，低頭玩著手裡的花兒，過了一宿，花蕊顏色稍變，不如昨日新鮮，可她喜歡得很，早上吃飯的時候都捏在手裡。

又等了一會兒，秦氏的聲音仍然慷慨激昂，寧櫻嘆道：「罷了，二伯母和娘說話，我陪著不太好，先回去了。」

吳嬤嬤慈祥一笑，送寧櫻出門，中途想起一件事來，見四下無人，湊到寧櫻耳朵邊道：「九小姐惹了事，被三爺勒令搬出來住了，那位和她姨娘一樣都是暗地使壞的人，您可得避著她。」

寧櫻不知還有這事，不過能讓寧伯瑾生氣，想來寧靜蘭又去招惹寧靜彤或是月姨娘了，她點頭應下，笑嘻嘻地回桃園了。

就在寧靜蘭搬去靜思院的當天，薛府派人送了好些補品來，說是六皇妃贈給寧櫻的，寧國忠不敢怠慢，徑直讓人送來桃園。寧櫻記得譚慎衍提過這事，心有懷疑，因而在帶頭的嬤嬤將一個小小的四方盒子遞給她時，她沒有拒絕，待人走了，才揮退丫鬟，獨自在屋裡偷偷打開。

是一封信，信上的字跡灑脫奔放，內容甚是簡單，寧櫻覺得根本是浪費紙和這麼好看的盒子。

白色宣紙上，只寫了簡短的三個字：我贈的。

譚慎衍是怕她吃水忘了挖井人？

寧櫻不敢把信留著，取出火摺子點燃燭火，想將紙燒了，然而灰燼沒法處理，思來想去，最後只得撕碎了和她寫廢的紙張揉成一團扔了。

又過了半個月，吳管事將韶顏胡同那一片的鋪子打聽得清清楚楚，那兒的鋪子多是陪嫁，屬於祖上基業得少，沒有茶水鋪子另有原因。

「早兩年周圍是有茶水鋪子的，不過鬧出一些事情就關門了。老奴仔細問過，聽說是茶水鋪子死了人，賠了銀子不說，還引來牢獄之災，那件事情後，周圍的茶水鋪子都關了門，再開張便做起其他生意。」

茶水鋪子中間的彎彎繞繞多，從茶葉到水都容易被人下毒，何況那些多是陪嫁的嫁妝鋪子，女子不好過多拋頭露面，多是得過且過，然而，這麼好的商機要她白白浪費，她又捨不得，問道：「可打聽清楚發生了什麼？」

打聽這些事花了不少時日，吳管事就是怕寧櫻問他細節，故而全部查出來了才來稟明。「那間茶水鋪子在咱鋪子的斜對面，有兩層樓，是工部周大人妻子的鋪子，死了人後，京兆尹派人封了鋪子，查到問題出在茶葉上；那一年流行昆州的毛峰，茶色清澈透明，味香而醇爽，京裡的騷人墨客及官家夫人、小姐甚是推崇。死的是當時戶部葉大人的次子，葉大人狀告周大人蓄意謀殺，戶部管著銀兩，不肯撥款給工部，葉大人認定周大人懷恨在心，後來事情提交到刑部和大理寺，原來是茶葉從昆州運到京城的途中受潮，又和客棧的老鼠藥堆放在一起，沾染了老鼠藥的毒性，這才害死人。為此，那一年私下販賣毛峰茶的商人生意大跌，而那些夫人們為了防止再有這類事情發生，不再開茶水鋪，那片胡同，不說茶水鋪，連糕點鋪子都很少。」

寧櫻覺得這和「一朝被蛇咬，三年怕井繩」沒什麼區別，對方若真有心陷害你，哪怕你閉門不出，也能要你的命，哪是你躲就躲得過去的？

如此一想，她決定開茶水鋪。吳管事看她神色堅定，便知她心有謀劃，又說起各鋪子背後的勢力來，雖說是嫁妝鋪子，牽扯到生意就有所謂的利害關係，寧櫻聽得仔細。

半晌，才將其中的關係理清楚了，寧櫻沈思一會兒，道：「我明白了，過兩日我再去看看。」

鋪子開門做生意，裡面得重新裝修一番，吳管事沒有門路，寧櫻已經想好，裝潢的事得向寧伯瑾要兩個匠人以及銀錢。

寧靜蘭搬到靜思院後老實許多，每日清晨都去梧桐院給黃氏請安，晨昏定省，比誰都規矩。

黃氏表現得不冷不熱，話也不和她多說，寧櫻遇到過寧靜蘭幾回，寧靜蘭在黃氏面前唯唯諾諾、小心翼翼，在她面前卻極為倨傲怠慢。

她找機會問月姨娘，月姨娘哼了一聲。「她是覺得妳和靜彤沒有兄弟當靠山，以後要巴結她哥哥呢！」

這話讓寧櫻有了思量。黃氏不可能和寧伯瑾和離，夫妻之間的罅隙也算清楚了，情分沒了，可以再培養，寧伯瑾算不上良人，可也不是大奸大惡之人，比上不足，比下有餘，黃氏該為自己打算才是，有個親生兒子總比抱養過來得強；再者，膝下有兒子，待黃氏上了年紀才沒有後顧之憂。

這般想著，她希望黃氏能給她生個弟弟。

她與黃氏說起此事，黃氏怔了許久，女兒都看得明白的事情，她如何會看不透？不過，時過境遷，物是人非，她對寧伯瑾已沒了當初望夫成龍的心境，且眼下的寧伯瑾也不需要了。

她沒有立即回答寧櫻。生孩子的事，早先寧伯瑾也提過，她不為了寧伯瑾，也該為寧櫻考慮，女兒沒有強大的母族，嫁了人如何是好？

沈默半晌，黃氏緩緩道：「娘想想，孩子不是想要就有的，還得靠緣分。」見黃氏眼神若有所思，臉上露出迷茫以及痛苦之色，寧櫻忽然有些於心不忍了。黃氏眼裡沒有一絲對寧伯瑾的愛慕，和一個不喜歡的人生孩子，寧櫻不清楚那種感覺，不過不亞於不能為喜歡的人生個孩子吧！

後者那種心情她經歷過，說是痛徹心腑也不為過。「娘……」

「娘沒事，妳別擔心。」

孩子的事，除了緣分還要時機。若懷胎十月生下來護不住他安危，何苦叫他來人世間受苦？

母女倆說了一會兒話，寧櫻沒再提孩子的事，黃氏見她眉梢縈繞著愁緒，知她還想著這事，主動道：「不著急，等妳手裡頭的鋪子安頓好，娘也要忙著替妳說親了，之後要準備妳的嫁妝，這兩年都沒空，待妳出嫁後再說吧！」

寧櫻面色一紅。「娘怎麼說起這個了？其實，沒有弟弟也無所謂，娘好好的就成，櫻娘會孝順您的。」

「傻丫頭。」黃氏暗暗嘆了一口氣，不由自主想起寧靜芸來。寧靜芸手裡頭銀兩多，田莊、鋪子的地契也一併帶走了，然而哪能和三媒六聘嫁進去的夫人比？世子夫人沒有進門，程世子凡事都由著她，待正經的夫人進門，再受寵的姨娘不過是個奴婢，任由主母打殺；寧靜芸從小錦衣玉食、知書達禮，其中的道理不可能不懂，卻仍舊毅然決然地選擇去那樣的府邸。

寧櫻看黃氏精神恍惚，知道她又想起寧靜芸了。十月懷胎生下來的孩子，哪是口頭說句不認就不認的，她打聽不到清寧侯府的消息，不知寧靜芸過得怎麼樣了？她心思一動，想到譚慎衍消息靈通，可譚慎衍這些日子都沒有來，她不知道怎麼聯繫他。

太陽西沈，整個院子籠罩在一層紅光中，吃過晚飯，寧櫻說起鋪子的事。寧伯瑾出手闊綽，給了她五百兩，若花光了再開口要。買鋪子她出了一千七百兩，其中五百兩是寧伯瑾過年給的，如今又給她五百兩，對寧伯瑾來說沒什麼，她心裡卻小有震撼。

見她感動，寧伯瑾溫和一笑。他心裡對這個女兒是有虧欠的，若錢能讓她開心，多給些又何妨？想著，手在懷裡掏了兩下。

寧櫻以為他還要給自己銀子，雙眼亮了起來。

寧伯瑾被看得不好意思，他確實想再給，但是沒有了，道：「明日爹再給妳一張，鋪子的事情，我幫妳打聽打聽，茶水鋪子的話生意不好做，妳心裡得有準備。」

寧伯瑾不知鋪子的位置，不過寧櫻開心，賣什麼由著她便是。

寧櫻點頭。她不是和錢過不去的主兒，何況寧伯瑾手裡的銀子是從帳房支取的，往後分家，那些都是大房的，拿大房的錢發家致富，她心裡歡喜。

得了銀子，寧櫻心情大好，走路的步伐都輕快許多，進屋時，看簾子晃動一下，旁邊露出一束花來，她步伐微頓，腦子裡有什麼一閃而過，吩咐道：「我回屋休息一會兒再洗漱，金桂忙妳的事情去，待會兒我喚妳。」

金桂轉頭看了看外面天色，滿院紅彤彤的，如天邊起了火似的，洗漱、睡覺有些早了，頓了頓，道：「是。」

寧櫻是主子，吩咐什麼她照做就是了，她施禮後慢慢退了出去，問寧櫻關不關門，寧櫻臉上帶著不自然的緋紅，心虛道：「不用了。」

再關門，就真的是此地無銀三百兩了。

她撩簾子的手有些顫抖，回眸瞅了眼，看門口沒有丫鬟偷偷打探後才撩開簾子快速走了進去，放簾子的速度快得令人嘖嘖。

見譚慎衍靠牆而立，目光狡黠地望著她，寧櫻沒好氣，上前奪過他手裡的花兒，語氣不甚好。「你這會兒來做什麼？」

「來看看妳。」他夜裡來過幾次，不敢驚醒她，聽到她咳嗽完了就走，只是她不知道罷了。

寧櫻瞋他一眼，心裡的氣消了大半，拿過花湊到鼻尖聞了聞，香味淡，不用擔心在屋裡留下味道來，問譚慎衍道：「在哪兒摘的？」

「書閣外的院子裡，多得很。」有些日子沒見，但看她眉眼越發精緻，譚慎衍欣慰。

「送來的補品，妳可有好好吃？」

那些多是他打仗搶回來，又或者抄家得來的，在外面千金難求。

寧櫻輕輕點了點頭。不知為何，如此見面總叫她生出私會的感覺來。想起什麼，她拉著譚慎衍往西窗邊走，揚手讓他出去。

看見她的欣喜頓時沒了，譚慎衍臉色一沈，身子文風不動，眸色沈沈地打量著寧櫻，但看她紅著臉，眉眼嬌羞，不像攆他走的樣子，他頓時明白過來，眼裡有笑泛開，道：「妳想得周全。」

他站在窗外，若有人進屋，他身子一閃就不怕被人發現，可在屋裡，有人進屋，他速度再快都會鬧出動靜。

落日的餘暉在他身上染上一層金，身形玉立，風姿綽約，而她也站在這片餘暉中，雙眼熠熠生揮地抬眉望著他。

「你怎麼有空過來了？」寧櫻撥弄著手裡的花兒，總覺得有些許不自在。

譚慎衍沒做過這種事，若不是太想和她說話，也不會穿著一身官服就來了，生平還沒卑躬屈膝討好過人，和她相處，卻總捨不得硬氣，軟著聲音解釋道：「今日刑部沒什麼事便過來轉轉，聽說妳這些日子在忙韶顏胡同鋪子的事？」

寧櫻沒有問他聽誰說的，問了他也不會說實話，寧櫻不瞞他，將自己的打算說了。譚慎衍在刑部，寧櫻便問起茶水鋪子死人的事情來，忌諱的人多，也不知生意好不好做。

「那片胡同賣茶水鋪子是個商機，鋪子裡面裝潢和桌椅、板凳布置可安排好了？」譚慎衍聲音輕，雙手撐著窗臺，前傾著身子，目光柔和。

寧櫻不敢和他對視，如實道：「父親說會幫我打聽打聽……」

不待她說完就被譚慎衍打斷。「禮部的事情多，轉眼他就給忘了，明日我讓福昌給妳弄幾個人，至於茶葉，妳可想好賣什麼茶？」

他聲音溫潤，不由自主令人沈醉其間，寧櫻便沒有隱瞞，將自己的計畫一五一十和他說了，從裝潢、茶水鋪子的名字，以及茶葉的種類等。

聽到不妥的地方，他會補充簡短的一、兩句，往往說到重點上。

天際的紅色褪去，一輪殘月升了上來，院子慢慢陷入昏暗。

寧櫻瞧著天色，適時止住話題。她與金桂說進屋看一會兒書，不知不覺竟然過了半個多時辰，站得久了，雙腿有些麻。

譚慎衍會意，開口道：「我先走了，明日妳去鋪子，我帶匠人過去瞧瞧。」

福昌找寧櫻名不正、言不順，不如他親自出馬。

「不用，我自己能應付。」那是她自己的鋪子，不想過多的人干預，便是黃氏都沒管那麼多。

迄今為止，能和譚慎衍討價還價的人屈指可數，譚慎衍當沒聽到她的話似的。「明早我先去，不會叫人發現的。」

說了許久的話，寧櫻口乾舌燥，瞅著譚慎衍離開後她才轉過身子，屋裡沒有掌燈，只能藉著窗外走廊的光辨識屋裡的擺設。她手裡握著譚慎衍送的花兒，青翠的綠葉上，含苞待放的花朵顏色暗淡了些，她行至桌邊，將其隨手插入桌上的花瓶裡，給自己倒了杯茶。

日子彷彿回到他們剛成親的時候，她有說不完的話，雞毛蒜皮的小事都想和他分享，也不管他是否喜歡，開了話匣子便關不住，每每總是旁邊的金桂提醒她，她抬眉瞧去，見他微垂著眼，抿唇不語，一言不發，約莫是有些不耐煩了。

像方才那般你一言、我一語聊天的場景，只有在她病重的時候。想著，她端起茶杯，呷了一口茶，精神又有些恍惚起來。

一杯茶下肚，人清醒了些。許多事情都和上輩子不同了，她又何須耿耿於懷？抬眉看向簾子，輕輕喚金桂進屋伺候她洗漱，鋪子的事情剛開始，接下來有忙的時候，她的心思該放在鋪子上才是，過往種種，不該繼續想了。

金桂掀開簾子，看桌前坐著一個人嚇了一跳，反應過來是寧櫻後才將卡在喉嚨的驚呼吞了下去，隨口問道：「小姐是不是睡著了？」

寧櫻一震，心虛地抬手摀著嘴，睡眼惺忪地打了個哈欠，聲音帶著些許迷茫道：「撐著桌子睡了一會兒，誰知竟這個時辰了。」

金桂沒有多想，手托著床前的燈罩子，踮腳點燃燈，瞬間屋裡明亮起來，她放下燈罩，收起手裡的火摺子，看桌上的花瓶裡多了束花，她輕輕笑了起來。「是不是吳嬤嬤送來的？

得知小姐喜歡花，吳嬤嬤費了不少心思呢！」

前些日子，吳嬤嬤和秋茄摘著院子裡的花，恰好被柳氏身邊的秀嬤嬤遇到了，含沙射影損了一番，告到柳氏跟前，柳氏沒訓斥什麼，只是那臉色好似吳嬤嬤她們是一群鄉下來的無知婦人，多少叫人不痛快。

吳嬤嬤稍微收斂了性子，摘花的時候多找牆角茂密的枝杈，抑或趁著沒人的時候，為了討寧櫻高興，吳嬤嬤和秋茄這些日子摘的花都能湊成一樹了。

想到吳嬤嬤看見花兒雙眼發光的神色，且寧櫻沒有否認，金桂便認定花兒是吳嬤嬤摘回來的，服侍寧櫻洗漱時，還好奇吳嬤嬤從哪兒摘回來的花兒，這個時節院子裡的花漸漸少了。

寧櫻裝作沒聽到，盯著手裡的花，也疑惑起來，鼻尖湊過去聞了聞，香味入鼻，使人精神振奮。

很快，門口的丫鬟說水備好了，寧櫻轉去後罩房，出來時身上已換上寢衣，心頭湧上濃濃睏意，靠在床頭，拿了一本書隨意翻著。

金桂去廚房端燕窩，回來時，見寧櫻閉眼睡著了，手邊的書掉落在地，身上的被子滑落下去，寧櫻毫無察覺。她心裡納悶，小姐睡過一會兒，怎麼這會兒又睡了？金桂低頭瞅了眼黑色托盤上的瓷碗，燕窩是六皇妃送的，珍貴得很，然而這會兒也沒法再吃了，站了一會兒，不見寧櫻有轉醒的跡象，這才緩緩退了出去。

翌日一早，寧櫻和黃氏說了去鋪子著手裝潢的事，因為是寧櫻的第一個鋪子，黃氏沒有過多插手，有意讓她自己摸索，不懂的她再提點一二。孩子大了，該學算帳、管家了，黃氏不敢再像以前那般慣著她，因此只叮囑她幾句，沒有跟著去。

寧櫻出門時遇到寧靜蘭過來給黃氏請安。搬去靜思院後，寧靜蘭規矩很多，不哭不鬧，安分得很，應該是竹姨娘和她說過什麼，不敢再掀起什麼風浪。

看見寧櫻，寧靜蘭臉上的表情有一瞬的僵硬，手裡的手帕緊了緊，再與她對視時，面上已換上笑容。「六姊姊也來給母親請安啊！」

寧櫻頷首，不願意和寧靜蘭打交道，錯開身時，聽寧靜蘭叫住她道：「六姊姊，以前的事情是我不對，爹爹訓斥過我了，往後我不敢再犯，妳能不能原諒我？」

寧櫻側目，盯著她腰間淡紫色的細錦帶，若有所思道：「九妹妹言重了，我整日事多，過去發生的事好些都記不得了，妳用不著與我道歉。」

竹姨娘心機深沈，教出來的女兒哪是良善之人。她不願意和寧靜蘭有過多往來，倒是寧靜蘭咬著下唇，一副被冷落、受了委屈的模樣，紅唇微張好似有很多話要說，寧櫻裝作沒看見，提著裙襬，緩緩往外面走。

快到二門時，身後傳來一道細柔尖銳的聲音，寧櫻皺了皺眉，心下不喜。寧靜蘭也不知哪兒不對，今天是賴上她了？

寧櫻面色不耐煩地轉過身，看寧靜蘭牽著寧靜彤剛轉過拐角，寧靜蘭一身淡粉色百花綯褶長裙，顏色明亮，寧靜彤則是穿著一身天藍色褙子，唇紅齒白，粉裝玉琢。見到寧靜彤，寧櫻臉上的情緒稍微好看了些。

寧靜彤卻不太高興，與其說她是被寧靜蘭牽著，不如是被寧靜蘭強勢拖著。寧靜彤和月姨娘一起去梧桐院給黃氏請安，遇到寧靜蘭，說要帶她去找寧櫻。

月姨娘起初不肯答應，怕寧靜蘭轉過身對付她。竹姨娘猶如強弩之末，如今難走出房屋半步，加上寧櫻提醒過她，月姨娘不敢讓寧靜彤跟著寧靜蘭，誰知，寧靜蘭說寧櫻要出門，晚了就追不上了。

月姨娘一猶豫，寧靜蘭便牽著寧靜彤走了。寧靜彤心裡想的是和寧櫻一起出門玩，起初便由寧靜蘭牽著，可一背對月姨娘，寧靜蘭對她態度惡劣許多，手用力掐著她，她喊疼寧靜蘭也不肯鬆開。

這會兒看寧櫻在不遠處，寧靜彤頓時委屈起來，掙開寧靜蘭跑了過去，告狀似地將寧靜蘭的惡行說了，撩起袖子，白嫩的手臂上一片青色，深的地方已轉成青紫色，她眼眶一紅，忍著淚快哭出來似的。

寧櫻替她揉了揉，蹙眉看向寧靜蘭。「不知九妹妹有何事？」

寧靜蘭臉上一派無辜，愧疚地看著寧靜彤。「對不起，彤妹妹，我也是擔心妳追不上六姊姊，這才拉著妳走得急了，不是有心傷了妳，妳能不生我的氣嗎？」

寧靜彤撇撇嘴，沒有說話，而是問寧櫻道：「六姊姊要出門玩嗎？靜彤也想出去玩，好些日子沒有出門了，難得夫子有事，這幾日才得空。」
寧櫻揉了揉了她雙丫髻上的簪花，耐人尋味地瞅了一眼旁邊的寧靜蘭，若有所思道：「九妹妹也想一起？」
寧靜蘭臉色一紅，不好意思地低下頭，垂著眼蓋住了眼底的暗芒，她認為寧櫻出門是去找小太醫。前些日子，六皇妃送來好些補品和藥材，揚言全部是給寧櫻的，府裡上上下下都看得明白，六皇妃是因為小太醫的關係才對寧櫻另眼相待，小太醫中意寧櫻，寧櫻若不喜歡小太醫，又怎會收下那些東西？
寧櫻得到東西一定會想方設法當面道謝，她暗暗派人留意著寧櫻的動靜，沒想到會是今天。小太醫相貌堂堂、風姿瀟灑，又有最受寵的六皇子當姊夫，風光無限；寧櫻雖長得好看，可她哪有大家閨秀的樣子？一言不合便罵人、動手打架，這種人如何配得上小太醫？
竹姨娘叮囑她別輕舉妄動，寧伯瑾厭棄了她們，如果她再不討喜，她們都沒有好日子過。她忍辱負重，就是為了有朝一日能騎在寧櫻頭上，而小太醫就是她唯一的機會，想清楚了，寧靜蘭硬著頭皮道：「我許久沒有出門了，六姊姊可否讓我也跟著？」
寧櫻昨晚和譚慎衍約好，寧靜彤跟著的話沒什麼，寧靜彤不是多話的性子，而寧靜蘭別有居心，添油加醋敗壞她名聲不說，勢必會鬧得人盡皆知。
寧櫻不會自作自受帶個麻煩在身邊，直言拒絕寧靜蘭道：「我出門辦事，並非遊玩，妳許久沒出門的話可以和二伯母一起，這些時日她到處參加宴會，熱鬧得很，我派人和二伯母說一聲，叫她帶著妳。」

秦氏目光短淺，挑中了劉府做親家，可寧伯信和寧國忠都不答應。寧府今時不同往日，哪會讓嫡子娶一個商戶之女？哪怕是皇商，追根究柢也是商人，寧國忠不會答應的。

秦氏不敢以卵擊石，劉府誘惑再大，秦氏也只有偶爾作作美夢，暗中抱怨寧國忠和寧伯信兩句，不得不重新為寧成昭說親。這些日子秦氏到處參加宴會，挑中了戶部大人的嫡長女，對方官職高，秦氏擔心人家看不起寧成昭，讓寧伯瑾從中牽線，秦氏有事相求，如果寧櫻讓秦氏參加宴會帶上寧靜蘭，秦氏就算不願意也不會拒絕。

寧靜蘭沒想到寧櫻當著眾人的面不給她面子，聽了這話，臉頰火辣辣地滾燙，然而她沒有其他法子，想要接近小太醫，只有巴結寧櫻，她深吸兩口氣，眼角流出兩滴晶瑩的淚來，甚是楚楚可憐的樣子。「六姊姊是不是還記恨我？二伯母雖好，比不上六姊姊親近，彤妹妹能去，為什麼我就不能去？妳是不是擔心我惹麻煩？」

寧櫻最是討厭這種哭哭啼啼的性子，心下不喜，語氣也冷了下來。「妳這招數對付五姊姊還成，對我沒用。想出門，和二伯母或大伯母一塊兒。」

寧櫻牽起寧靜彤，不再搭理寧靜蘭。寧靜蘭滿肚子壞水，她管不著，別招惹她就行。

寧靜蘭追了兩步，看寧櫻下定決心不搭理自己，只覺得自己跟著也是討人嫌，說不定寧櫻還會在小太醫跟前胡亂編排她，兩相比較，她停了下來，絞著手裡的帕子，氣得跺腳，望著寧櫻過了垂花廳才收回視線。與方才的諂媚不同，雙眼滿是怨毒和憤懣，轉身離去時，沒注意腳下，被一旁長出的花枝絆著差點摔了一跤，她抬腳重重踩在枝杈上，猶如那是寧櫻的臉，任由她踩踏。

丫鬟跟在後面不敢多話，這時候的寧靜蘭，能不招惹就別招惹。

寧靜蘭發洩一番，轉過頭，看丫鬟站在三步遠的位置，好似她會吃人似的，越發沒好氣。「怕我吃了妳是不是？」

丫鬟唯唯諾諾搖頭，往前走了兩小步，低下頭，不敢多言。

第三十四章

馬車駛入韶顏胡同，寧靜彤臉上充滿歡喜。月姨娘是個愛打扮的人，寧靜彤耳濡目染也知道些，這會兒見滿街鋪子都是賣胭脂水粉，小臉上掛滿了笑容，透過車簾都能感覺到她想買東西的慾望。

小孩子好哄，寧櫻眉梢一挑，笑了起來。「待會兒讓金桂領著妳轉轉，六姊姊忙鋪子的事。」

寧靜彤歡欣鼓舞地點了點頭，下了馬車，把手交給金桂，急著去逛。寧櫻身上還有些碎銀子，是吳管事辦事剩下的，吳管事節省，一趟下來只花了十兩銀子，說是給京兆尹的官差買酒喝的，茶水鋪子的事情雖鬧大，許多人對此事卻諱莫如深，問京兆尹府的官差的確是捷徑。

金桂牽著寧靜彤走了，寧櫻沒讓銀桂跟著去，有個人在身邊，萬一有什麼事，也有使喚的人。

在門口站定，她左右望了兩眼，並沒看到譚慎衍的人影，讓銀桂抬手敲門。

這時候，一旁傳來男子格格的笑聲，聲音肆無忌憚地含著嘲弄，寧櫻轉頭，聽男子意猶未盡道：「胸軟得很，可惜容貌不出色，否則爺能做主納了她……」

聲音落下的同時，他的手又伸向迎面而來的小姐，準確無誤地搭在對方的胸口上，看對方嚇得花容失色，他哈哈大笑，那位小姐吃了虧，不敢大聲嚷嚷，提著裙襬，掩面往前跑，男子越發高興，笑彎了腰。

男子長得尖嘴猴腮，面目猥瑣，一看就知是京城紈袴子弟，仗著家世好，最愛做些調戲婦人的勾當。寧櫻不悅地蹙了蹙眉，視線一轉，落到他旁邊的少年身上。少年皮膚白皙、髮戴玉冠、文質彬彬，容貌一等一出挑，和他身旁滿嘴髒話的男子截然不同，很難相信，他會和那等人做朋友。

她記憶裡，譚慎平不過遊手好閒、愛賭，何時與這種紈袴子弟做了朋友？

她的目光太過熾熱，譚慎平想不注意都難。他抬起頭，一臉迷茫地望著眼前的少女，少女眉目清秀，膚若凝脂，雙瞳翦水，明媚動人。叫他唸書識字，他過目就忘，可如果是曾見過的美人胚子，他打死都忘不了，他篤定他不認識眼前之人，不過不影響他上前和寧櫻寒暄；他走向寧櫻的時候，眼睛看向旁邊的馬車，藏藍色綢底的馬車車頭掛著一塊圓形的牌子，上面寫著寧府兩字。

譚慎平皺了皺眉。他對家裡的事不太上心，卻也聽說之前老侯爺接見一位寧府小姐的事情，胡氏以為老侯爺在為譚慎衍挑媳婦，派人將寧府的情形打聽得一清二楚，就等老侯爺開口了，誰知之後老侯爺當沒發生過似的，胡氏不知老侯爺心底的想法，只得按兵不動。

胡氏有意讓譚慎衍娶胡家的小姐，老侯爺卻那邊不肯，胡氏覺得委屈，沒少在他耳朵邊念叨，無非是叫他勤學苦讀，考取功名，將來繼承青岩侯府云云，譚慎平不喜歡聽，每每胡氏念叨的時候都會找藉口開溜。今早也是，胡氏不知哪根筋不對，一覺醒來突然說要給譚慎衍找個門當戶對的小姐，這在之前是沒發生過的事，胡氏恨不得譚慎衍死了才好，之前挑得也多是些寒門小戶，猛地轉換性子令他極為不習慣，他多問了一句，胡氏不肯多說繼而念叨起他的學業來，沒有法子，便胡謅個藉口跑了出來。

沒想到會遇到寧府的人，他上下端詳寧櫻兩眼，寒暄道：「這位可是寧府的六小姐？在下譚慎平。」

譚慎平拱手作揖，另一名男子見狀走上前，看寧櫻長得不錯，眼神極為輕佻，望著寧櫻的目光像要扒了她身上的衣衫似的，寧櫻想到男子喜歡動手動腳，微微後退了一步。

這時，吳管事把門打開了，寧櫻朝譚慎平疏離地頷首，欲進門，不願和他們有所牽扯。她之所以注意到譚慎平，是因為胡氏為了捧他當世子，費盡心思，譚慎平不肯，逃離出府，等譚富堂死了，譚慎衍襲爵後他才大搖大擺出現。寧櫻起初懷疑是譚慎衍動了什麼手腳，後來發現一切都是譚慎平自己的主意，他不想當世子、不想襲爵，只愛泡在場子裡賭錢。

胡氏恨鐵不成鋼，將一切怪在譚慎衍身上，可譚慎衍整日早出晚歸，胡氏鞭長莫及，只好把矛頭對準她，婆媳倆刀光劍影、明爭暗鬥，寧櫻吃過虧，胡氏也沒討著半分好處，只是想到自己最後的下場，終究是胡氏贏了，她死了，胡氏又拿回了管家的權力。

過往種種，又襲上心頭。譚慎平膽子小，沒有害人的心思，她曾在他身上看到寧伯瑾的影子，那種胸無抱負、得過且過的心態，這會兒瞧見譚慎平，令她對寧伯瑾有了新的認識。寧伯瑾遊手好閒、無所事事，可是他不賭錢、不作奸犯科，而譚慎平近朱者赤、近墨者黑，從他的朋友身上多少能看出他的為人。

寧櫻不欲理會他們，抬腳往鋪子裡走，忽然一雙手拉住她，寧櫻重心不穩，往後倒了下去，若非銀桂眼明手快地拉住自己，寧櫻就摔下去了。

穩住身子，寧櫻臉色微變，惡狠狠抬起頭，朝始作俑者看去。方才調戲過路小姐的男子正賊眉鼠眼地望著她，令人心下作嘔，她當即沈下臉去。

「不好意思啊，這位小姐，我這人沒別的毛病，遇到長得漂亮的女子就想動手摸摸，不過看小姐這身材，應該是沒有吃虧才是。」說完，他咧著嘴，露出滿口黃牙，不懷好意地舉起手給寧櫻瞧，以示他說得不假，他只碰了寧櫻手臂，沒有碰其他地方。

寧櫻沒見過這般無禮之人，氣得臉色鐵青，眼裡都起了水霧。銀桂扶著寧櫻，頭一回遇到這樣的情形，臉色煞白，不知所措地望著對面的男子。

吳管事會意過來，跑出來直直朝男子衝了過去，手裡還拿著掃地的掃帚，揮起掃帚朝男子臉上打。「敢欺負我家小姐，看我不打花你的臉。」

打人、打臉是跟吳娘子學得，他得罪了吳娘子，吳娘子就會嚷著打他，手專朝臉上打，說是叫他往後沒臉見人，久而久之，吳娘子與他吵架時的口頭禪就成了「信不信我打得你沒臉見人」，這會兒看對方穿著錦衣紈褲，行為卻和地痞沒什麼兩樣，他毫不給對方臉面，當奴才的護得住主子才行。

男子反應不及，臉上挨了一掃帚，隨後急忙轉身，低下頭，雙手抱著頭，嘴裡不住地放狠話。「你知道爺是誰嗎？敢打爺，爺派人將你的破鋪子給砸了，信不信？」

寧櫻知曉此事不宜鬧大，然而叫她吞下這個暗虧，心裡不痛快，便沒攔著吳管事，看男子連續往後退，開口叫人，她才叫住吳管事。

「吳管事，先回來。」她身邊沒有人，吳管事一家都住在鋪子裡，人手有限，跑得了和尚跑不了廟，這件事，她不會善罷甘休。

聽到寧櫻喚他，吳管事朝男子比了比掃帚。「還不快滾！」

看寧櫻掉頭就走，水潤的眼裡閃過陰狠，譚慎平心裡有些害怕。他和段瑞相識不久，段瑞平日喜歡調戲街上良家婦女或小姐，街上女子多，他有時候也會跟著起鬨，自從和胡氏為譚慎衍準備的兩個丫鬟成事後，他對外面的女子就不太感興趣。

寧櫻臉蛋生得不錯，身子還沒長開，胸平平的，以往，段瑞是不會對這類人下手的，也不知今日哪根筋不對，他頓了頓，開口為段瑞說話道：「請寧小姐別往心裡去，段瑞他不是存心捉弄妳的。」

譚慎平有自己的一番考量。看寧櫻和往常被段瑞欺負的女子不同，面上沒有自怨自艾，且神色沈穩內斂，他心下生出好感來，不由得想給寧櫻留下個好印象，故而道：「寧小姐不必擔心，這事我會與段瑞說清楚，往後不會找鋪子的麻煩。」

寧櫻沒有吭聲，回眸瞅了一眼皮膚白皙的少年。親娘在世，譚慎平的日子過得還算不錯，哪像譚慎衍，很小的年紀就去軍營歷練、上陣殺敵，在刀口上混日子。雖說是同父異母的兄弟，譚慎衍和譚慎平容貌卻沒有相似的地方，氣質更是天差地別。譚慎平氣質懦弱，一瞧就是含著金湯匙長大的；而譚慎衍性子冷硬，常年在軍營裡磨鍊令他渾身上下透著生人勿近的氣息。

所以譚慎衍是外人口中的譚侍郎，而非譚世子，在稱呼上已說明了一切。

她想提醒譚慎平兩句，想想又覺得不妥。她有何立場勸譚慎平？上輩子，他是她死對頭的兒子，這輩子是不相干的路人，她抬起腳，不再看身後的少年，徑直入屋。

吳管事收起掃帚，待寧櫻進鋪子後，啪的一聲將門關上，全然不理會外面發生的事。他覺得吳娘子有一句話說對了，寧櫻身邊的人太弱小，發生事情護不住寧櫻，他得和黃氏說說，平日寧櫻出門，得給她挑兩個會打架的婆子才是。

對面街上的閣樓，藏青色衣袍的男子臨窗而立，目光陰沈地盯著鋪子前的情形，眼裡射出幽暗的光。

身旁的薛墨擔心他忍不住直接從二樓跳下去打人，見寧櫻旁邊的管事關起鋪子，才鬆了口氣，撞了撞譚慎衍胳膊道：「六小姐不是吃虧的性子，你別擔心。」

一個下人就敢對京中少爺揮掃帚，其主子的性子可想而知。

譚慎衍抬頭，輕描淡寫地瞥了他一眼，一副「不是你媳婦，你當然不擔心」的眼神叫薛墨神色一僵。往年兩人同進同出，沒有想過成親的事，忽地，譚慎衍有中意的女子，多少令他心裡彆扭，突然變得隻身一人，心下難免不是滋味。

「段瑞那人出了名的膽小，仗著祖上蔭封，不學無術，不過段尚書還在，你別做得太過了。」

譚慎衍護短，段瑞今天做出的事難逃厄運；至於譚慎平，薛墨毫不擔心，但凡譚慎衍要他死，譚慎平就得乖乖去死，甚至連屍體都找不到，胡氏為人有幾分手段，卻對兒子百般寵溺，不知譚慎平在外面做的事，否則估計要氣死了。

鋪子前，段瑞叫幾個小廝圍著，雙手扠腰站在門前，趾高氣揚地揚言要砸鋪子，周圍聚集了不少看熱鬧的人，薛墨心裡覺得奇怪，譚慎衍醋勁大，方才段瑞朝寧櫻伸出鹹豬手時，他便顯露殺氣，沒想到這回卻忍著沒動，不由得揶揄道：「你再不去英雄救美，六小姐真的該惹上麻煩了。」

段瑞是段尚書親姪子，家醜不可外揚，即使段瑞做錯事，段尚書也會出面護著，和段瑞的品行無關，單純是為了段府的臉面。

薛墨遲疑，難道譚慎衍怕段尚書？想到這裡，他果斷地搖了搖頭。這個連侯爺都下得了手的人，會怕區區一個尚書？

薛墨的話剛說完，便看到街頭走來一行黑色長袍的侍衛，為首的人昂首挺胸，面露興奮，躍躍欲試的嘴臉令薛墨忍不住抽了抽嘴角。「福昌跟著你也學壞了，恃強凌弱的事，他如今做得可謂得心應手了。」

段瑞身邊的小廝不過五人，而福昌身後，可是十多個，還不說都是跟著譚慎衍上過戰場的，單就數量上來說，誰贏誰輸已有了定論。

只看段瑞罵得正歡，屁股被人一踹，身子呈狗吃屎的姿勢摔向地面。福昌沒有開口，微微揚起右手，他身後的侍衛便快速抓著人走了，動作訓練有素，抓人到離開不過眨眼的工夫，周圍看熱鬧的人有拍手鼓掌的，也有畏畏縮縮往後退的。

段瑞被人捂著嘴，嘴裡不時發出悶聲，薛墨聽著大家議論起寧櫻背後的靠山來，一時眾說紛紜。

「這間鋪子你覺得怎麼樣？」垂下目光，譚慎衍摩挲著手裡的玉珮，詢問薛墨的意見。

薛墨不明所以。早上被譚慎衍強行拽過來，他壓根兒沒仔細打量鋪子什麼情形，不過譚慎衍目光毒辣，能入他眼的鋪子必然好，便諂媚地笑道：「不錯，你準備賣些什麼？」

他可記得譚慎衍這兩年從戰場搶了不少好東西，皇上對這種事睜隻眼、閉隻眼，譚慎衍囤了不少好貨，若是將那些東西拿出來賣，他也能從中挑些買。想到這裡，薛墨湊過去商量道：「不管你賣什麼，我買的話，能否便宜些？」

譚慎衍瞥他一眼。「賣死人用的東西，你買嗎？」

薛墨嘴角一抽，難以置信地看著譚慎衍。「不會吧？」

「你的玉珮還你了。」譚慎衍將玉珮一拋，抬腳往樓梯間走。

玉珮是皇上賞賜的，摔壞了他可賠不起，薛墨小心翼翼接住，心裡頭先是疑惑。這是他送寧櫻的玉珮，怎麼在譚慎衍手裡？

他轉向樓梯口的譚慎衍，嘖嘖搖頭。「我送櫻娘的，要還也該讓她還我才是。」但看譚慎衍轉過頭來，無悲無喜的眸子泛著不懷好意的笑，薛墨下意識想到刑部牢裡爭先恐後認錯的犯人，訕訕一笑。「還回來好啊、還回來好啊……」

得罪譚慎衍，真能被他押去刑部，即使不坐牢，看他審問犯人都是種折磨，薛墨哪敢惹惱他？跟在譚慎衍身後，發現他朝對面走，面上露出了然。這是準備邀功去了啊，認識寧櫻後，譚慎衍真的開竅了呢！

寧櫻進了鋪子就沒在意外面的事情，光天化日，那人有再大的能耐也不敢明目張膽挑釁，聽見外面聲音小了，她鬆了口氣，看吳娘子氣憤不已地捏著手裡的抹布，抱怨吳管事下手輕了，她心情放鬆下來。蜀州天高皇帝遠，在莊子上遇到點事都是罵，罵得不解氣便動手打人，誰的拳頭硬誰說了算，吳娘子從小生活在那樣子的環境下，難免認為下手該重些，打得對方下次不敢還手才行。

京城權貴多，能和譚慎平一道的人，家世不低，得罪了人，往後日子不好過，寧櫻勸吳娘子道：「吳管事下手挺重的，掃帚刺多，那人好些天不敢出門，真傷了人，告到官府，吳管事該遭殃了。」

對方不會善罷甘休，但她也不會。她不是京中裡那些嬌弱無骨的小姐，吃了虧就悶不吭聲，由著人欺負。

她問吳管事道：「怎麼不見吳琅，他做什麼去了？」

吳管事指了指外面，小聲道：「我讓他到外頭轉轉，打聽打聽茶水鋪子裡的價格。」

吳管事不是什麼都不懂的人，寧櫻說過請帳房先生教導吳琅，他心裡歡喜，便想讓吳琅出門打聽打聽，別變得怯弱怕事，對不起寧櫻的栽培之恩。

「京城大街小巷多，別走丟了。」吳琅沒有來過京城，她有些擔憂。

吳管事搖頭。「他不會的，之前我帶著他走過許多次了，往後他為小姐辦事，京城的大街小巷他都該熟悉才是。」

吳娘子也附和，這時候，外面傳來輕微的敲門聲，吳管事神色一凜，握緊手裡的掃帚，寧櫻讓他少安勿躁，聽了幾聲，不像是之前的人。「可能是吳琅回來了。」

吳管事不太信，小聲道：「誰啊？」

吳琅敲門聲音稍大，不會偷偷摸摸的。

「是我，薛府的小太醫，是六小姐的朋友。」薛墨站在門外，心裡暗罵譚慎衍會使喚人，明明他要上門，結果把自己當成小廝使喚。

聽出是薛墨的聲音，寧櫻眼神微詫，緩緩道：「是小太醫，你開門吧！」

吳管事放下掃帚，這才上前開門，薛墨站在門口，臉上掛著算不上和善的笑。「在對面看見寧府的馬車，沒想到真是六小姐。」

吳管事讓開身，讓薛墨進門，看後面跟著一人，那人面沈如水，眼神銳利，一看就是來者不善，吳管事回眸瞅了一眼寧櫻。順著他的目光，寧櫻已看清是譚慎衍，點了點頭，示意譚慎衍和薛墨是一起的。

鋪子裡還未收拾出來，正屋中央的桌子才剛被吳娘子收拾乾淨，寧櫻目光落在薛墨身上，不和譚慎衍對視。「小太醫怎會來此處？」

薛墨打量著鋪子，聞言，掃了眼進屋後心情不太好的譚慎衍，意思不言而喻。

寧櫻明白過來，臉頰有些紅，繼而又想起一件事來。譚慎衍說他會早點過來，也不知他是否看見方才的事？她素來不是溫婉的性子，人敬她一尺，她還人一丈，對方滋事，她不會畏懼。

「他和我一道來的，這鋪子還算開闊，我讓人畫了幾張圖紙，妳瞧瞧喜歡什麼樣的？」譚慎衍悠悠開口，隻字不提方才門口發生的事。

寧櫻點頭，大大方方地道謝，倒是吳管事，本以為來了個玉面羅剎，沒想到他和寧櫻關係匪淺，言語間帶著股熱絡，他給吳娘子使眼色，示意別打擾他們說話。

他聽過薛小太醫的名聲。之前六皇妃送了好些補品給寧櫻，不用他刻意打聽，府裡議論這事的人多得是，寧櫻入了小太醫的眼，往後十有八九是要入薛府的。

薛府人少，關係簡單，吳嬤嬤說黃氏也有這個心思，只是礙於薛府沒有主母，黃氏不好當面開口提，因而過些日子就著手給寧櫻說親，望薛府太醫聽見風聲，能找人上門。想清楚中間的關係，吳管事暗暗打量著薛墨，目光含著審視，像岳父挑女婿似的，那眼光有些銳利，又有些複雜。

吳娘子是被吳管事拉到後面，才知曉這人就是傳說中的小太醫，不由得有些後悔在外面沒有仔細打量，她掐了一把吳管事，埋怨他不早點提醒自己。

吳管事忍著疼，陪著笑道：「小姐的事情有夫人做主，我們操什麼心，夫人還能害她不成？」

吳娘子見吳管事敢反駁她，嗓門立即大了起來。「夫人待小姐自然是好的，我就是好奇嘛，小太醫長什麼模樣，我都沒瞧清楚呢！」

因聲音有些大，在外面的寧櫻也聽到了，額頭突突跳了兩下，咳嗽一聲，叮囑銀桂道：「妳去瞧瞧吳娘子怎麼了？」

同樣聽到這話的譚慎衍，臉色比之前段瑞拉寧櫻時還要黑上兩分……

原來，寧府所有的人都以為寧櫻和薛墨是一對嗎？

銀桂福了福身，臉頰微紅。黃氏替寧櫻說親不過隨口說說，並不像秦氏挑兒媳婦那般急切，從吳娘子嘴裡說出來，自家小姐反而成恨嫁的人了。她瞅了一眼兀自在桌前落坐的薛墨，見他溫潤如玉、丰神飄灑，沒有露出不滿後才抬腳往裡面走。當她眼角掃過譚慎衍時，訕訕地低下了頭。薛墨為人隨和，這位卻是個不好惹的。

銀桂掀開灰濛濛的簾子，大步走了進去，很快裡面的聲音小了。寧櫻招呼譚慎衍坐，後者沈著臉，滿臉不悅，寧櫻一時不知哪兒惹著他了，眼裡帶著詢問，嬌美的眼裡波光瀲灩，襯得五官也生動起來。譚慎衍闊步上前，挨著她坐，挑釁地看向薛墨。

薛墨低頭，壓根兒沒注意到譚慎衍的目光，譚慎衍也自知無趣，繼而說起鋪子的裝潢、桌椅的擺設，略過這個話題不提。

寧櫻聽他見解獨到，來了精神，聚精會神與他商量起來。

兩人你來我往，薛墨在旁邊插不上話，譚慎衍備的圖紙是為這間鋪子量身訂做的，他心裡嘖嘖稱奇。之前還罵譚慎衍是榆木疙瘩，今日這榆木疙瘩就開竅了，聞弦歌而知雅意，對方要什麼便送什麼，這股熱絡勁，在薛墨和他認識十多年裡，薛墨都沒感受到過一回。

薛墨眼神落在桌上的圖紙上，強行打斷寧櫻的話，問譚慎衍。「這圖紙是哪兒來的？我瞧著上面的標注有些眼熟……」

寧櫻一怔，不解地看看薛墨，又看看譚慎衍，譚慎衍面不改色道：「出自工部段尚書之手，你眼熟不足為奇。」

譚慎衍不是一個會邀功的人，本是想隨意胡謅一個藉口，然而心思一轉，又道：「特意請他幫的忙。」

他不開口，屋裡的一群人又會以為是薛墨做的。他之前拜託薛墨照顧寧櫻，如今他在京城，不能讓人誤會寧櫻和薛墨，寧櫻是他的妻子，和薛墨沒有關係。

薛墨露出恍然大悟的神情。段尚書和譚慎衍平日沒有半點交情，譚慎衍託人做這事，估計又是拿什麼做交換了。薛墨忽然想起方才在鋪子前生事的段瑞，譚慎衍將段尚書的路子都走通了，段瑞敢調戲譚慎衍的人，回到府裡，段尚書也不會叫他好過，前提是他能平安回府。

寧櫻聽了這話，臉上燙得厲害，輕顫的睫毛微微垂著，不自然地朝譚慎衍道：「這事多謝了，待鋪子開張，我再好好謝謝兩位。」

「兩位？」薛墨抬起頭，瞧寧櫻臉紅得能擰出水來，視線在兩人身上掃視一圈，別有深意地點了點頭。「我沒幫什麼忙，不用謝我吧？」

調侃的話叫寧櫻越發無地自容，譚慎衍卻聽得歡喜，但是寧櫻臉露嬌羞之態，他不想讓寧櫻覺得彆扭，收起眼底的喜悅，板著臉嚴肅道：「有件事還得你去做，我不想有人三天兩頭在鋪子外生事，影響生意，段家的事情，你替我擺平了。」

薛墨轉過身，目光耐人尋味地望著譚慎衍。他清楚譚慎衍什麼性子，身邊整日圍著一群在刑部監牢的犯人，從小心思就有些扭曲，而寧櫻也不是個省油的燈，起初在薛府見面，寧櫻還一副不認識譚慎衍的神情，何時兩人關係這麼好了？他送寧櫻的玉珮是譚慎衍還給他的，眼下譚慎衍要他幫寧櫻跑腿，還是以他的名義，這種「我媳婦的事，就是我的事，我的事你替我擺平了」的語氣，怎麼聽怎麼叫人不爽；更不爽的是，譚慎衍偷偷和寧櫻見面，竟然不告訴他，是怕他挖牆角不成？

薛墨撇著嘴，說道：「櫻娘叫我一聲薛哥哥，段家的事情我理應出面。」

段家老夫人身子不好，來薛府請了好幾次薛慶平，薛慶平都不在，段府的人無功而返，解決段瑞這種紈袴，薛慶平善意提醒老夫人兩句就成，事情簡單；可是聽著譚慎衍的語氣，又當他是跑腿的了，怎麼想怎麼不痛快，難不成……

也許福昌說得對，他看譚慎衍這等該一輩子打光棍的人，如今找到自己喜歡的人，心裡嫉妒憤懣？想想又覺得不對，他又不是心智不全的孩童，哪會嫉妒譚慎衍？

薛墨搖搖頭，應下這件事情道：「我答應可以，不過，你庫房的那些寶貝可得讓我挑一件。」

譚慎衍略微挑了挑眉，不置一辭，算是應下薛墨的要求。「不過，你得透露出去，是受人所託。」

他不是傻子，要娶寧櫻，最先得黃氏點頭。上輩子的黃氏想為寧櫻找個背景強勢的夫家，不讓寧櫻被寧府的人欺負；這輩子黃氏身體好好的，挑女婿的條件自然與上輩子不同，對寧櫻好，這才是最重要的。

薛墨想也不想地點頭，心裡想著譚慎衍庫房裡的寶物，不再理會寧櫻和譚慎衍說了什麼，他單手撫著下巴，笑得花枝亂顫。譚慎衍看不慣他這般，踢了下凳子，示意他去裡面轉轉，讓他和寧櫻單獨說幾句。

薛墨腦子裡從前朝文物到塞外千古的難尋草藥一一閃過，要知譚慎衍應得這般痛快，怎麼樣也該多拿幾樣才行，思來想去不知拿什麼，故而沒和譚慎衍較真，緩緩走向後室。

寧櫻嘴角一抽，慶幸薛墨沒問她，讓她鬆了一口氣。譚慎衍私闖宅子本就是不對的，她縱容他也有錯，動了動唇，嘀咕道：「往後你別來寧府了，被人發現不好。」

譚慎衍往她身邊湊近一點，手落在她髮髻的簪花上，顧左右而言他道：「三夫人是不是開始替妳說親了？」

不然，吳管事兩口子不會說出那番話。他聽得出來，黃氏對薛墨印象不錯，薛府沒有主母，說不定是想早點放出風聲，讓薛慶平上門提親，畢竟薛府的地位比寧府高，沒有中間牽線的人，哪有上趕著把女兒嫁過去的？

寧櫻耳根發燙，沒有否認。黃氏問過她的意思，她覺得不錯，讓黃氏手裡頭有事做，黃氏不會整日悶悶不樂，至於成與不成，最後還是要她點頭，拖著不應便是了。

見她不回答，譚慎衍眼神一亮，笑了起來。「成，我知道怎麼做了。」

寧櫻抬眉，濃黑的睫毛上翹著，黑白分明的眼一眨不眨地望著譚慎衍，咕噥道：「你別亂來，讓我娘給我說親，是擔心她沒事做，整日胡思亂想罷了，並非是真的。」

依照譚慎衍的家世，他要上門的話，不管黃氏應不應，寧國忠和寧伯瑾便會先答應了，她心裡對譚慎衍有情不假，這會兒卻不想先訂下，她想多盡孝幾年。

譚慎衍抿唇，如遠山的眉蹙了起來。寧府那種地方有什麼值得留戀的，多留兩年？想得美，他是無論如何都不會答應的。寧伯瑾升官，寧府水漲船高，往後惦記寧櫻的人肯定多，先把親事訂下，才是真的。

至於討好黃氏，譚慎衍有得是法子，這麼一想，他已打定主意年前將和寧櫻的親事訂下。

「三夫人做事效率快，很快就能把她認為中意的人的畫像放到妳面前，那時候妳怎麼說？」譚慎衍玩著她髮髻上的簪花，卻不太喜歡。「之前不是送了妳櫻桃花的木簪子，怎麼不見妳戴？」

寧櫻拍開他的手，扶著簪花，想到什麼。「那是你送的？」

譚慎衍心知說錯了話。「算有我的功勞吧！薛小姐想要打頭飾，要我幫忙找人，沒想到她送給妳了，若我知道要送給妳，怎麼樣也給妳挑個大的。」

寧櫻瞋他一眼，羞紅的臉頰令譚慎衍又歡喜起來，強勢道：「不管三夫人給妳看的畫像是何人，都不准應，明白嗎？」

寧櫻正是花兒一樣的年紀，最是愛美的時候，他自認容貌不錯，萬一三夫人找了個容貌生得比他還好看的人怎麼辦？這麼一想，他打定主意要找人上門提親，把寧櫻先搶到手裡再說，他和她雖然有情分，難保寧櫻不會看上別人。

寧櫻懶得應付他，低下頭，繼續看圖紙，譚慎衍拉過她，低頭在她額頭落下一吻，聲音有些變了。「妳娘不管給妳看什麼，一眼就給挪開，知道嗎？」

若他曾給過她快樂的回憶，他不會這般患得患失，他總擔心她會喜歡上別人，哪怕守在她身邊，他也怕。

寧櫻臉色通紅，一把推開他。「你想什麼呢！」醋勁這般大。

看她沒有生氣，臉上滿是嬌羞，譚慎衍心情又好了起來。這些日子，他自己都覺得自己有些心思扭曲了。

商量好鋪子的裝潢、桌椅的擺設，只聽外面金桂敲門，進門後寧靜彤突然看見譚慎衍，看他收斂起周身陰冷，容貌比薛墨還好看，膽子大了許多，她拍著手讓金桂把自己買的東西遞給寧櫻看，小臉紅撲撲的，甚是興奮，再小的孩子，買起東西來都是不懂手軟的。

聽見聲音，吳管事、吳娘子走了出來，再看譚慎衍時，吳管事態度拘謹許多，吳娘子則大著膽子，直直盯著譚慎衍瞧。

譚慎衍目光微滯，從容地看向吳娘子，聲音冷冽。「吳娘子望著我做什麼？」

吳娘子被嚇得雙腿發軟，她怎麼看，還是薛墨更配自家小姐才是。

吳管事知曉吳娘子壞了事，開口解釋道：「賤內沒見過世面，譚侍郎丰神俊美，跟天上謫仙似的，這才多打量兩眼，還請譚侍郎別和她計較。」

吳娘子連連點頭，卻是不敢多說了。

譚慎衍沒再說什麼。這會兒已是晌午，他作東請寧櫻在酒樓用膳，然後把她們送回寧府才悠哉悠哉晃去刑部。他不時抿著唇，好似唇間還留著寧櫻的味道，一副神不守舍的歡喜樣子，令薛墨嗤之以鼻。

當然，他不知譚慎衍吻了寧櫻額頭，否則鐵定嘲諷他，舔了下脂粉而已，用得著跟沒見過世面似的，你喜歡的話，我送你一盒。

第三十五章

段尚書聽到風聲，早就在刑部門口等著了。

段瑞這個姪子不著調，遊手好閒、不學無術，這回碰到釘子了。段尚書的大嫂是個難纏的人，平日甚寵這個小兒子，傳到府裡，他大嫂和他媳婦又該鬧矛盾了。妯娌關係本就不好，再因段瑞生了罅隙，他媳婦又得在他跟前鬧，不管為了段府的名聲，還是自己耳根子清靜，他都得來一趟把人接回去。

本以為譚慎衍是個軟硬不吃的人，誰知聽他說完，譚慎衍招手叫人放人，態度好得令段尚書心裡起疑，擔心段瑞缺胳膊、斷腿，人送出來時，他上下瞄了好幾眼。不是他以小人之心度君子之腹，譚慎衍大年二十九在刑部監牢做的事實在太過駭人聽聞，加上清寧侯府世子的事，哪怕他身為工部尚書，心裡對譚慎衍也犯怵。

但看段瑞好好的，還有力氣對譚慎衍指手畫腳，段尚書心中汗顏，垂目朝譚慎衍拱手作揖。這個人情欠大了，雖然之前譚慎衍拜託他設計個茶水鋪子，但他可是收了譚慎衍的東西，銀貨兩訖，眼下的這個人情，叫他往後如何還？

上了馬車，段尚書問段瑞前因後果，聽段瑞講得天花亂墜，他明顯不信。段瑞在外面做的事他也聽說了一些，應該是被譚慎衍遇到出手教訓了一番。

段瑞壞腸子多，咬定譚慎衍是為了英雄救美，拿他撒氣。

段尚書心煩意亂，冷聲道：「閉嘴，拿你撒氣也是活該，在家好好反省，往後再鬧事，我把你送出京。」

段瑞的父親外放做官，這些年不在京城。才讓段瑞長於婦人之手，養成這副樣子。

一聽到這個，段瑞頓時悶不吭聲了，京城繁華，他可不想離開。

回到府裡，段老夫人聽說孫子遭了罪，反過來指責段尚書道：「你大哥不在京城，你多顧著瑞兒才是，刑部那位譚侍郎我也聽說過，是個出手狠辣的人，瑞兒從小沒吃過苦，刑部大牢那種地方哪是他能去的？要我說，譚侍郎也太過狂妄了些。」

「娘。」段尚書蹙眉打斷段老夫人的話。

譚慎衍在刑部獨大，官職上雖不如他工部尚書，可滿朝文武百官誰敢小瞧譚慎衍？認真說起來，譚慎衍比段瑞大不了多少，人家有世子的頭銜不說，手裡還握著實權，哪像段瑞成天胡作非為，給段家抹黑？

「往後這種話您別說了，不說譚侍郎如今管著京郊大營，就說他現任刑部侍郎這點，家裡幾個孩子，誰比得上他？」

段老夫人心頭不高興，抿了抿唇，沒有繼續說。她不是老眼昏花，譚慎衍有今日全是靠他自己勤奮得來的，段瑞比人家差遠了。她安靜下來，病弱的臉上透出疲倦來，嘆氣道：

「我會說說瑞兒的，那種人能不招惹就別去招惹了，你大哥不知何時才能回京……」

看段老夫人精神不濟，段尚書心下不忍。「過些日子我幫忙問問，您身體不適好好養著，我爭取讓大哥早些時候回來。」

聽見這話，段老夫人點了點頭。二兒子有出息她心裡高興，可大兒子離得遠，難免擔心會出事，年紀大了，越發想闔家團聚，安安穩穩過日子。

寧櫻回府後，去梧桐院給黃氏請安。鋪子的事情處理得差不多了，她把銀子給了吳管事，只需要等一切裝潢好就能開門做生意。

走到門口，聽屋裡歡聲笑語，寧櫻停了下來，剛好遇見秋水提著針線出來，寧櫻笑著和她打招呼。荀志離京在即，黃氏這幾日忙著給他做衣衫、鞋子，只是不知怎麼這活又落到秋水身上。

秋水瞅了一眼屋裡歡喜若狂的秦氏，提醒寧櫻道：「大少爺的親事有著落了，二夫人這會兒高興著呢，小姐不如待會兒來？」

秦氏說話不注意場合，寧櫻十三歲了，有的事情不知道得好，何況寧成昭的親事，她覺得其中透著一股不尋常，她都能發現，黃氏怎麼可能沒發現？

「怎麼了？」寧櫻拉著秋水往外面走，好奇起寧成昭的親事來。

劉府的小姐是老夫人從中搞的鬼，之前秦氏中意劉府，寧國忠和寧伯信不答應，秦氏不痛快了好幾日。

「小姐就別多問了，好好待在桃園，之後府裡有得鬧騰呢！」秋水理了理寧櫻的領子，聲音溫柔如水。「二夫人擅自做主給大少爺訂了門親事，老爺和二爺還沒聽到風聲，傍晚從衙門回來得知此事，估計會找二夫人說話。」

秋水簡潔明瞭說了幾句，寧櫻會意，心裡有些許詫異。寧成昭是寧府的長子，哪怕不是長房，寧國忠對他期望高，從小當作繼承人培養，寧成昭為人精明且不會主動算計人，這種性格難能可貴，要不是秦氏眼光高，寧成昭親事早就訂下了。

寧櫻覺得事情透著詭異。以寧成昭的心思，娶一個商戶之女，他分得清利弊，怎會平白無故救劉家小姐，毀了對方清譽？這種事換成寧伯瑾，寧櫻相信他做得出來，寧成昭卻不太可能。

回到桃園，金桂收拾好今日購買的物件，喜孜孜拿了兩盒脂粉給寧櫻瞧，笑道：「彤小姐送您的，說是借花獻佛。」

想到寧靜彤興奮的樣子，她搖頭。「妳與銀桂一人一盒分了吧，我不用這個。」她臉上塗抹的脂粉是秋水自己做的，用習慣了，身邊伺候的丫鬟都知曉，看金桂滿臉是笑，寧櫻知曉自己上當了，今日還買了簪花、花鈿，金桂偏偏給她看這個，估計就等她這句呢，打趣道：「好啊，如今也跟著銀桂學壞了，打起我的主意來。」

金桂快速將盒子塞入袖裡，說道：「奴婢清楚小姐的性子，和銀桂為小姐分憂罷了，脂粉不用，放久了豈不是壞了？」

寧櫻作勢罵了兩句，金桂笑嘻嘻地出了門，寧櫻搖搖頭，由著她去了。

回屋睡了一會兒，醒來就聽說寧伯信回來了，和秦氏吵了起來，寧成昭也從翰林院回來，金桂知道寧櫻喜歡聽這些，將二房院子裡的事打聽得清清楚楚，繪聲繪色和寧櫻形容當時的情景。「二爺動手搧了二夫人一巴掌，二夫人抓起桌上的花瓶朝二爺砸去，說她生了四個兒子勞苦功高，二爺不體諒感激就罷了，竟然動手打她，說要和離呢！」

秦氏雖不如黃氏潑悍，骨子裡也是得理不饒人的。寧櫻不知秦氏從哪兒學來的撒潑，還篤定她占著理，事情鬧大，吃虧的還是寧成昭，畢竟有劉府小姐手裡的信物為證，寧成昭不認都難。

寧櫻揉了揉眼，問道：「老爺怎麼說？」

「老爺讓二爺和二夫人去榮溪園，三夫人也過去了，這會兒還在商量怎麼辦。二夫人說大少爺喜歡劉小姐，雙方交換了信物，大少爺打死不認，說他根本沒見過劉府小姐，事情撲朔迷離的，一時不知發生了什麼事。」

寧櫻冷哼一聲。能有什麼事，寧成昭被人算計了，老夫人可是心腸歹毒的主子，除了自己的兒子，誰都下得了手。

寧櫻坐起身，靠在櫻桃花色靠枕上，側著身子道：「老夫人怎麼說？」

金桂不懂她怎麼問起老夫人來，去桌前給寧櫻倒了杯茶遞到她手裡，緩緩道：「老夫人說她年紀大了，往後要安享晚年，大少爺的親事她不管了。」

老夫人從祠堂出來後，凡事都裝得雲淡風輕，不會被人懷疑，這招還真是妙。

寧櫻撇嘴冷笑，抿了口茶，道：「妳再去打聽，有什麼消息回來與我說。」

秦氏也是個蠢人，寧成昭在翰林院，早出晚歸忙得不可開交，哪有時間管閒事？且即使寧成昭救了劉小姐也不過舉手之勞，哪會把隨身攜帶之物贈與一個萍水相逢的女子？如今秦氏一鬧，府裡上上下下都知道了，秦氏坑自己兒子坑得淋漓盡致。

正想著，聽到西窗傳來動靜，一下、兩下甚是規律，寧櫻皺了皺眉。早上才和譚慎衍見過，這會兒他又來做什麼？秦氏剛遭算計，這會兒她心思敏感著，故而躺著沒動，又過了一會兒，西窗下的動靜沒了，她一顆心瞬間提了起來。若是譚慎衍，一定是瞅著她屋裡沒人的時候過來，沒聽到她的動靜會出聲喚她，而對方遲遲不出聲，明顯是府裡的人故意試探她，想到這裡，她不由得渾身一震，下床穿鞋，躡手躡腳往前走。

窗外有輕微的呼吸聲，那人沒有離開，她屏氣凝神，心快從嗓子眼跳出來似的，也不知站了多久，外面的人動了動，聽見遠去的腳步聲，寧櫻覺得整個人都癱軟下來，輕手輕腳走出去。

金桂不在，銀桂在門口守著，她叫銀桂進屋，小聲叮囑了幾句，銀桂皺眉，緩緩退了出去。

被西窗的事鬧得不安，寧櫻覺得要和譚慎衍說清楚，往後不能再來了。因心裡有事，金桂和她說榮溪園的事時，她都顯得有些心不在焉。

秦氏認定寧成昭和劉小姐互生情愫，有意撮合，寧國忠和寧伯信不肯，加上寧成昭語氣堅決地說不認識劉小姐，秦氏心有懷疑；然而，不等秦氏查清楚中間發生了什麼，不到兩日，寧成昭的事情在京城傳得沸沸揚揚，如今又有劉小姐的信物為證，為了寧成昭前程著想，秦氏只得上門提親。

本是滿心歡心的一門親事，因為中間發生的事，秦氏反而沒那般喜歡了。

寧櫻覺得秦氏的反應在情理之中。人都有逆反心理，得不到的才是最好的，如今阻礙秦氏的因素沒了，秦氏又覺得中間有什麼陰謀，只得找黃氏抱怨。

苟志起程前往昆州，黃氏張羅著給他備些日用的藥材，又裝了五百兩銀子，苟志是她看中的女婿，結果卻造化弄人。

聽了秦氏的話，黃氏邊整理給苟志做的衣衫，邊道：「成昭那孩子從小誠實，雖說如今兩人親事訂下，之前的不愉快過了就當過了，二嫂就沒想過誰在中間陷害成昭？」

黃氏不是沒有想法的，起初不提醒秦氏有她自己的算計。她派人打探過劉小姐的為人，是個耿直、爽快、大方的人，家世上雖配不上寧成昭，可骨子裡卻是個明白人。

秦氏也琢磨過來，清楚是有人故意促成這樁親事的。「三弟妹的意思是和成昭同批的進士？」

黃氏摺好衣衫，讓秋水拿包袱裝起來，回秦氏道：「今年的進士都在翰林院，成昭性子好，誰會針對他？而且那些人再有本事，能拿到成昭隨身攜帶的玉珮？」

一語驚醒夢中人，秦氏猛地從凳子上跳了起來。「對了，玉珮！鐵定是成昭身邊那群小廝做的，好大的膽子，一定是劉府花錢買通他們，一個商戶之女，不用這種法子，哪嫁得進來？」

黃氏轉身收拾鞋子，緩緩道：「劉府是皇商，雖想把女兒嫁入官宦人家，但不是非寧府不成，再者二嫂也見過劉小姐什麼性情，完全不是那等心思複雜之人，不管誰買通了小廝，背後肯定有好處拿；至於劉小姐，說不定也和成昭一樣，遭人算計了呢！」

秦氏直覺不信。以劉府的門第嫁入寧府可謂祖上燒高香了，她上門提親的時候，劉老爺笑得滿臉橫肉，哪像被算計的樣子？但看黃氏分析得有條有理，不像信口亂說的，她又開始懷疑起來，心思一轉，頓時就明白了。寧成昭身邊的小廝是寧府的家生子，說不定，陷害寧成昭的人是寧府的人，而這府裡見不得寧成昭親事好的人，不是沒有。

秦氏腦子轉得快，臉上氣憤不已，拽著衣角，咬牙切齒道：「當年我生成昭的時候大嫂心裡就不痛快，她自己生不出兒子，看我生了寧家長子，沒少暗地給我使絆子，成昭親事低了，除了她，還有誰高興？」

寧成昭的親事若是高了，往後二房就壓著大房一頭，柳氏管家，當然不樂意被她壓著，所以才想出這種法子來。

黃氏輕輕笑了笑，狀似不經意道：「大嫂從小看著成昭長大，三年後成志也該參加科考了，大嫂巴望著成昭能傳授點經驗給成志，對付成昭做什麼？」

柳氏這話在成昭中進士後就說過，秦氏也聽見，這麼一想覺得也是，頓時只覺得頭大。

「不是大嫂還能有誰？」

黃氏將鞋子拿繩子綁起來，然後放在一塊青色的小包袱中，繼續道：「除了和大嫂有些齟齬，妳還得罪過誰？」

秦氏搖頭。在府裡她就得罪過柳氏而已，想到柳氏，她反而想起一種可能，頓時不敢置信地瞪大眼。

黃氏看她明白，便也不繼續提點她了，愁眉道：「二嫂既然沒有得罪過人，約莫是劉家那邊……」

「不、不、不……」秦氏拉開椅子坐下，端起茶几上的茶杯一飲而盡。她和柳氏以前有過鬥爭，如今已經沒了，可若有人藉著機會要她和柳氏不對盤，自己在旁邊坐山觀虎鬥的話，除了榮溪園的老夫人還有誰？

要清楚，老夫人安插在重要位置的人全被柳氏替換了，帳房也被柳氏控制了，對柳氏恨之入骨的便只有老夫人。試想，當秦氏把矛頭對準柳氏的話，依照她的性子首先會想法子和柳氏爭奪管家的權力，若鬧到榮溪園，老夫人肯定幫她，這樣的話，老夫人就能借著她的手對付柳氏了。

她差點就成了老夫人手裡的刀，幫她對付柳氏了。秦氏雙手微微顫抖地端起茶杯，讓秋水再給她倒杯茶，連喝了好幾杯才穩住自己的思緒。她知道老夫人是個厲害的人，只是不敢想，有朝一日，老夫人會對付她，還把寧成昭牽扯進來。「她可真是好狠的心，成昭……」

秦氏之前對劉府這門親事滿心歡喜，如今卻極為厭惡，若有可能，恨不能退親才好。

「二嫂說誰呢？」黃氏轉過身，擔憂地看著秦氏。

秦氏牽強地笑了笑，低頭喝茶，掩飾住眼底情緒。「沒什麼，胡亂感慨兩句而已，三弟妹現在就要出門？」

「嗯，荀志午時出京，我去送送。」話落，看寧櫻穿著一身櫻桃花粉的交領長裙緩緩而行，黃氏臉上泛起了笑。「櫻娘來了，待會兒娘要出門送荀家哥哥，妳可要出門走走？」

她準備給寧櫻議親的消息已傳出去，薛府聽到風聲應該會有所行動，最初黃氏打定主意想多留寧櫻兩年，之後想想她還有事做，為了不影響寧櫻的親事，早點把寧櫻的親事訂下更好。

寧櫻本就是準備出門的，不過沒有適合的藉口，她不知暗中是不是有人監視她的一舉一動，因而不敢輕舉妄動，如今能和黃氏出門再好不過，眉梢一喜，笑道：「好啊！」

「妳荀家哥哥今日午時離京，娘去送他一程。」

黃氏又解釋了一遍。因為寧成昭的親事，寧國忠懷疑她和秦氏密謀，為此，給荀志做的衣衫只做了一半，剩下的是由秋水完成的。荀志和寧靜芸的親事黃了後，黃氏心裡過意不去，讓寧伯瑾收荀志做乾兒子，昆州山高水遠的，荀志背後沒有靠山，強龍壓不過地頭蛇，黃氏擔心他出事，有寧伯瑾這個乾爹在，多少能唬住些人。

寧櫻嗯了一聲，看秦氏神色慽慽，心下疑惑。上前給秦氏行禮，秦氏瞥了她一眼，不如之前熱絡。「小六來了，妳大哥哥的親事訂下了，往後，二伯母就能鬆口氣了。」

明明是一件高興事，秦氏臉上的神情卻十分複雜，寧櫻說道：「二伯母往後等著大嫂進門孝順您吧！」

秦氏僵硬地笑了笑，沒有多說。

寧櫻心裡覺得納悶，轉頭看向整理東西的黃氏，若有所思起來。當初極力想促成這件事的是秦氏，如今看她的反應卻一點都不高興，難道她知道背後有人算計她的事情了？

且說苟志前往昆州，皇上見他年幼，讓兵部派人護他周全。苟志身形瘦了些，穿了一身青色布衣，著裝十分樸素。

兩人前往送行時，讓寧櫻驚訝得是，寧伯瑾也在。她側目看向黃氏，見她眼裡有錯愕，估計也沒料到寧伯瑾會來。

「靜芸是她祖母沒有教好，你是個好孩子，往後在昆州遇到麻煩，可以來信，我本事不大，一定會竭力而為。你出門在外，多保重自己的身體。」望著這個質樸的少年，寧伯瑾心裡頭湧上濃濃的愧疚。在禮部的這些日子，他也算見識過一些人和事，明白了許多。

苟志屈膝要給寧伯瑾磕頭，寧伯瑾及時扶住了他。「我膝下沒有兒子，你乾娘認你做乾兒子是真心的，到了昆州記得寫信回來。」

寧伯瑾不是多愁善感的人，生平第一次生出送別的傷感。

黃氏和寧櫻下了馬車，沒有上前打擾兩人說話，還是苟志看見黃氏和寧櫻，提醒寧伯瑾。寧伯瑾轉過頭才看見黃氏和寧櫻來了，三十多歲的大男人，竟紅了眼眶，寧櫻不好意思見寧伯瑾哭，緩緩別開了臉。

黃氏走過去，天氣有些熱了，聽說昆州四季如春，她給苟志準備的衣衫都是春衫，將包袱交給苟志身旁的小廝，叮囑道：「你乾爹說的便是我想說的，好生照顧自己。」

苟志重重點了點頭，喊了聲乾爹、乾娘；寧櫻看苟志望向她，笑著上前和苟志道別。「天高任鳥飛，海闊憑魚躍，苟哥哥再回來，鐵定是大展宏圖之時，櫻娘在京城等你。」

聽見這話，苟志精神一振，朝寧櫻拱手作揖。他沒有親生的兄弟姊妹，他娘生他時差點死了，只得了他一個孩子，每回看著寧櫻，心情便會變得激動。科考前，寧櫻認定他能高中，如今又認定他會回來，從她的眼裡，苟志看到的滿是對他未來平步青雲的信任以及篤定，他不知她為何這般相信自己，然而為了這份信任，他願意試試，一揖到底。「借櫻妹妹吉言了。」

黃氏在衣服的夾縫裡縫了五張銀票，又拿了些碎銀子讓苟志在路上花，苟志沒有推辭。黃氏和寧伯瑾當他是女婿也好，是兒子也罷，他來日都會如數報答。瞅著吉時將過，再次拱手和寧伯瑾、黃氏別過。

晴空萬里，太陽高照，平平無奇的馬車駛入官道，很快在視野中只剩下黑色的小點，最終消失不見。

黃氏收回目光，轉身看向偷偷抹淚的寧伯瑾，蹙眉道：「禮部沒事？」

寧伯瑾擦了淚，生平頭一回與人分別，心下生出諸多感慨，看向容貌不復成親時嬌豔的黃氏，又看看亭亭玉立的寧櫻，對黃氏道：「我們都老了呢……」

「……」

黃氏和他說不通便不再浪費時間，叫過寧櫻。「妳不是說要去鋪子瞧瞧嗎？走吧！」

寧伯瑾回神，三步併作兩步追上黃氏。「櫻娘去鋪子轉一轉，妳與我一道吧，說說靜芸的事。」

寧靜芸在清寧侯府日子不好過，他哪能真不管她？

黃氏目光漸沈，知道寧伯瑾鐵定是查到了什麼，讓寧櫻自己先走，她並肩和寧伯瑾一起慢慢走著。

寧櫻知曉黃氏不肯讓她知道，也沒多停留，讓車伕去鋪子，尋思著怎麼找譚慎衍說說有人知道他來寧府的事情了。她心思亂糟糟的，到了鋪子上，有匠人忙活，她沒去前面，找來吳琅說了幾句。

吳琅會意，又說起另一樁事來。「段家將那天鬧事的段少爺送到書院去了，段尚書派了兩位小廝跟著，往後他應該是不敢鬧事了。」

寧櫻不知還有這事，想到那天譚慎衍和薛墨說的話，像是明白過來，點了點頭，揮手示意知道了。

吳琅躬身退下，打開門，就看見一個男子站在門口，暗紫色祥雲紋對襟直裰，眉若遠山，鼻若懸膽，好看的一雙眼滿是煞氣。

吳琅低下頭，彎腰施禮。「您來了，小姐正找您呢！」

不怪他認得譚慎衍，段瑞鬧事那會兒他正從外面回來，拐過岔口看見有人站在鋪子前鬧事，他本是要上前問清楚的，誰知身後跑來十多個侍衛，身手敏捷，面容陰冷，平白叫人遍體生寒，他怔忡了下，一群人已快速跑到鋪子前，接著鬧事的男子就被抓走了；他留了個心，跟著追上去，發現對方把人帶去了衙門，他不識字，問人打聽得知是刑部，起初心裡納悶，後來才反應過來。寧府下人說小太醫中意小姐，而和小太醫交好的朋友就是刑部侍郎，之後回來將這事告訴他爹娘，他爹沒說什麼，倒是他娘興奮了許久，也不肯告訴他原因。

方才寧櫻要他去刑部找譚侍郎，他就明白了些，這會兒見跟前的人氣質陰冷，不用多說就知是譚慎衍無疑了。

譚慎衍多看了吳琅兩眼，看他皮膚白皙、身材嬌弱，一雙眼卻格外明亮，掏出一個玉珮扔過去。「賞你的。」

寧櫻身邊就該多些這種有眼色的人。第一次看見自己就知道他是寧櫻要找的人，腦子靈光。

吳琅接住玉珮，不好意思地撓了撓後腦勺，快速退了出去。

寧櫻聽到兩人的對話，清楚是譚慎衍來了，示意譚慎衍趕緊進屋。

譚慎衍撩開簾子，便看寧櫻神色不喜地瞪著他，盈盈眉目間充斥著淡淡的彆扭。譚慎衍目光一軟，從懷裡拿出幾張紙遞給寧櫻。「這是我祖父的全部家當了，妳喜歡什麼，做個記號，過幾日我讓人送過去。」

「……」這口吻，怎麼聽怎麼都像拿錢砸人的紈袴，寧櫻暗罵了一句，沒接話。

譚慎衍渾然不覺，攤開手裡的紙張強硬地塞給寧櫻，眼底含笑道：「祖父叫我給妳看看。」

老侯爺看中寧櫻，問過他好幾次了。

他拉開桌前黃花梨木的凳子，示意寧櫻坐下和他說說話。

寧櫻低頭瞅了一眼手裡的紙張，蛾眉輕蹙，待看清上面羅列的金銀細軟，面色一紅，隨手將紙張還給譚慎衍，耳根燙得厲害，正了正神色，說起正事來。「往後你別往寧府來了……」

不待她說完，便看譚慎衍變了臉色，墨色沈沈地凝視著她，視線灼熱。寧櫻抬眉，與之對視一眼，見他目光深邃，裡有波濤暗湧，冷淡的臉上積聚著薄薄怒氣，她面色一怔，一時忘記接下來要說什麼。

「妳是不是有心儀的人了？」譚慎衍想不出其他寧櫻會拒絕自己的原因，猜測她是看中黃氏物色的人，所以才開口回絕自己。

寧櫻「啊」了一聲，隨即回過神來，盯著譚慎衍烏雲密布的臉，忽然想笑，於是她掩著嘴輕笑出聲，譚慎衍看她笑得開懷，雙眸笑出了淚水，一顆心越發沈到谷底，握著從老侯爺那裡討來的紙，額頭青筋直跳。待他發現誰在背後誘拐寧櫻，定要那人死不足惜。

不待他將京中和寧櫻適齡的男子篩選一遍，便聽寧櫻小聲咕噥道：「昨日窗戶外有動靜，我沒敢開窗，你來寧府的事情估計被人發現了。」

這次，換譚慎衍沈默了，不過沈默雖沈默，緊繃的臉漸漸放鬆，拉著寧櫻坐下，緩緩道：「怎麼回事？」

寧櫻將昨日發生的事說了一遍，隔著窗戶，她不知曉對方是男是女，讓銀桂出門偷偷打聽，銀桂回來說什麼都沒問到，寧櫻不知對方是敵是友，心裡害怕。她和他私底下見面不合宜，想了想，又道：「往後你有什麼想和我說的，可以來鋪子找吳琅，請他轉達我即可，寧府萬萬不能再來了。」

譚慎衍聽了寧櫻的話也慎重起來。他去寧府有福昌在後面望風，不可能被人發現，也知道她不會拿這種事開玩笑，思忖道：「暫時不去了，我讓福昌打聽打聽，往後妳說話語速得快些，否則，我會忍不住想殺人。」

接下來他要準備聘禮，手裡頭事情多，抽不開身。

想到他方才的模樣，寧櫻又笑了起來，小聲嘀咕了兩句。

譚慎衍湊過去，聽得心花怒放，手伸到她耳垂邊，揉了兩下，察覺她身子一僵，眸色一軟，道：「我醋勁大著，誰招惹妳，我便不讓他好過，為了不殘害無辜，妳不准招惹他們。」

她容貌清麗，待她及笄，上門提親的人一定多，他肯定是要想法子早早將她訂下的，光是想著有人覬覦她，他就受不了，更別說還讓寧櫻和那些人見面了。

寧櫻抬起白皙柔嫩的手推了推他。和他認識越深，越覺得他就是一個無賴。

譚慎衍沒繼續逗她，攤開紙，讓寧櫻挑選她喜歡的物件，寧櫻搖頭，垂目絞著手裡的帕子。「這是老侯爺辛辛苦苦積攢的，給我做什麼？」

見她裝作不懂，嬌羞的臉如塗了胭脂般紅潤，譚慎衍心情大好。「妳不好意思的話，我琢磨著幫妳挑。」

「你別……」寧櫻瞋了他一眼，視線掃過桌上的紙。紙是嶄新的，中間有一絲綯褶的痕跡，字跡工整乾淨，應該是專程請人謄抄過一遍，她頓了頓。「我與你說過，暫時沒有說親的打算，過兩年再說吧！」

譚慎衍置若罔聞，目光在紙上羅列的物件上掃視起來。「三夫人準備給妳議親了，遇到適合的男子，三夫人少不得常常在妳耳邊念叨，不務正業的紈袴也能說成前程似錦的俊美少年，我是擔心妳被騙了。」

寧櫻撇嘴。黃氏聰明著，哪會被人蒙蔽？她抿唇不語，在這件事上甚是堅持，想要留在黃氏身邊多盡幾年孝，嫁了人，黃氏身邊連個說話的人都沒有，她心下不忍，而且她才十三歲，不想過早嫁人。

譚慎衍看她油鹽不進，心下煩躁，收起紙，說起其他，寧櫻態度這才好轉了些。聊了一會兒，估算著黃氏該過來接她了，怕黃氏察覺出什麼，她開口攆譚慎衍走。

譚慎衍心有算計，嘴上應得爽快，卻說要去前面鋪子瞧瞧，人是他找來的，擔心中間出了什麼岔子。寧櫻攔不住，只得由著他，誰知，他剛轉去前面鋪子，外面吳琅就敲門說黃氏來了，她心頭一緊，朝譚慎衍剛離去的方向瞅了眼，低頭快速整理自己的妝容，哪怕她和譚慎衍沒什麼，心裡也莫名發虛。

寧靜芸暗中和禮部少爺往來的事情成了黃氏心底梗著的一根刺，若發現她和譚慎衍有什麼，黃氏估計更承受不了。她朝吳琅招手，示意他去前面讓譚慎衍從前門離開，自己起身緩緩迎了出去。

推開門，黃氏剛從馬車上下來，寧櫻軟軟喊了聲娘，上前扶著黃氏，道：「娘不用下來，我也準備回去了，父親和娘說了什麼？」

黃氏方才經過前面鋪子，便瞧見修葺一新的門面刷了層漆，黃燦燦的，後面院子還沒開始整理。

黃氏往前走了兩步，嘆氣道：「妳姊姊處境艱難，妳父親問我意見呢！」

與人為妾哪能和正妻相比，寧伯瑾說清寧侯府的下人拿寧靜芸的銀票去錢莊換錢，兌換銀票需要自己的信物，那個丫鬟手裡沒有信物，錢莊沒有兌給她銀子，錢莊的人擔心其中有事，查到銀票是寧府的，找寧伯瑾詢問，寧伯瑾才知寧靜芸在清寧侯府過得不如意。

黃氏不欲和寧櫻多說，耐不住寧櫻一臉好奇擔憂，她心思一轉，一五一十說了起來。寧櫻不小了，有的事該和她分析清楚利害關係，讓她心裡有個底。

和寧櫻想得差不多，做妾的凡事都要看上面主母的臉色行事，寧靜芸或許有幾分能耐討得侯老夫人歡心，可侯老夫人再怎麼對她好，也不可能把她當作程雲潤的正妻，那個拿寧靜芸銀票去錢莊兌換的人，要麼是陳氏身邊的人，要麼就是老夫人身邊的人。

說著話，不知不覺陪黃氏進了屋子，坐下後，寧櫻才覺得不對勁，目光閃爍地看向通往前面的簾子。她忘記金桂、銀桂也在前面，若是叫兩人看見譚慎衍，不知她們作何感想？

黃氏見她頻頻盯著簾子瞧，忍不住多看了兩眼，道：「往後做茶水鋪子，這簾子可得換了，灰濛濛的，瞧著有些髒，娘的庫房有一座插屏，將簾子換成門，在外面放一扇插屏，乾淨清爽，瞧著也賞心悅目。」

寧櫻咧著嘴笑，不和黃氏辯駁，怕黃氏來了心思，要去前面鋪子，若碰見譚慎衍那就糟了。

黃氏又看向屋子，讓寧櫻需要什麼去她庫房挑，別花錢買。寧櫻連連點頭，心裡只打鼓，走神兒間，金桂、銀桂挑開簾子進來，後面跟著吳琅，寧櫻一顆心頓時提了起來，生怕從金桂、銀桂嘴裡聽來不該聽的。她眼神瞥向身後的吳琅，以眼神詢問他，奈何吳琅低著頭，並不看她，寧櫻急得面色微變，掩面輕輕咳嗽兩聲，試圖吸引吳琅注意，可是，吳琅低著頭，眼皮子都沒抬一下，寧櫻越發著急。

金桂走到桌前，屈膝施禮，銀桂站在她旁邊，兩人動作一致，黃氏瞧著兩人還算滿意，出聲道：「免禮吧，前面收拾得怎麼樣了？」

寧櫻臉色一白。她沒聽到外面有任何動靜，譚慎衍應該還在，黃氏去的話，兩人遇到了，她如何解釋？思緒萬千，又懼又怕，恨不能踹譚慎衍兩腳。他肯定是故意的，想讓黃氏發現他們的關係，逼著她嫁給他，想到這裡，寧櫻氣得臉都紅了。

「前面匠人在塗抹牆壁，地上擺著做桌椅的木頭，亂糟糟的，再有十來日，就有些雛形。」吳琅站在金桂身後，緩緩出聲解釋。

黃氏想想，打消了去前面的心思，坐了一會兒，便叫寧櫻回府了。寧櫻聽見這句才鬆了一口氣，和黃氏坐上馬車，懸著的心終於落到實處，繼續和黃氏說起寧靜芸的事情來。

程雲潤上輩子娶得是文寧侯府的嫡女文敏舒，長公主的長女，出了名的驕縱蠻橫、不講理，上輩子程雲潤和寧靜芸退親後，親事上有些高不成、低不就，好在程雲潤會花言巧語，迷得文敏舒暈頭轉向，自己向長公主提出要嫁入清寧侯府。

清寧侯喜不自勝，雙方很快交換了庚帖，親事卻辦得低調。當時得知程雲潤和文敏舒成親，她心裡還疑惑過，像文敏舒那樣的女子，怎會甘心嫁給程雲潤？後來才知，文敏舒並非長公主親生，當年長公主懷有身孕，請高僧算命，高僧說她肚子裡的孩子福氣太過，恐凶多吉少，她是皇上唯一的胞妹，受太后寵愛及皇上喜歡，沒想到有朝一日，這種聖恩眷顧的福氣會殃及她肚裡的孩子，悲戚之餘，到處尋求化解之法，後來就抱養了一個孩子養在膝下，當嫡長女似地養著，而眾人不敢亂嚼舌根，養成了文敏舒囂張跋扈的性子。
不過算了算，這會兒的程雲潤還不認識文敏舒，自然不可能讓文敏舒非他不嫁，何況落下殘疾的程雲潤，也不可能有能耐叫文敏舒對他高看一眼，程雲潤的親事暫時是沒有著落的。
黃氏心裡不是滋味。寧靜芸的處境，她想幫忙也是沒法了，寧府和清寧侯府早已撕破臉，兩府並無往來，當初寧靜芸自己選了清寧侯府，她能做什麼？
黃氏嘆息地望著小女兒嬌麗的容顏，告誡道：「櫻娘要記著，有朝一日遇到喜歡的男子，不可莽撞，他喜歡妳的話，自然會三媒六聘上門求娶妳，否則不值得妳託付終身。」
寧櫻靠在黃氏肩頭上，點了點頭。這也是她不想私下過多和譚慎衍接觸的原因，就是不想傷了黃氏的心，讓她覺得自己兩個女兒都是不好的。她和寧靜芸不同，不會為了自己算計的一點好處，什麼都不要了，她喜歡譚慎衍，可譚慎衍越不過黃氏去。
眼瞅著入夏，街道上的行人衣衫單薄，黃氏叮囑寧櫻不可曬太陽，曬黑了就不好看。
寧櫻哭笑不得。每年夏天，黃氏管她最是嚴格，一白遮千醜不假，她的容貌哪怕黑些也是不差的，她如實與黃氏說，惹來黃氏打趣。
「什麼不差？妳生得好看得好好保養著，曬黑了，娘都不認妳。」
黑了終究沒有白得好，她想看女兒白裡透紅的模樣，而非黑不溜丟的，擔心寧櫻不將她的話放在心上，耳提面命一番才作罷。

回到府裡已是晌午，甬道上的下人少了許多，經過一處八角飛簷的亭子，右側假山旁，兩個丫鬟小聲交頭接耳說著什麼，黃氏停了下來，寧櫻跟著停住，側著耳朵，聽到一句「榮溪園」，她招手讓金桂前去問問。

金桂點頭，大步走向蹲在假山旁撿碎石的兩人，兩個丫鬟見是黃氏和寧櫻，面色大變，規矩地站起身施禮，忐忑不安地將事情前因後果說了。金桂頷首，走向寧櫻，躬身轉達了兩個丫鬟嘴裡的話。

黃氏面上波瀾不驚，挽著寧櫻繼續往前走。「妳二伯母心裡頭有主見，我們就別摻和了。」

老夫人想坐山觀虎鬥，如今火引到她自己身上，看她如何滅。黃氏活著一日，便不會放過老夫人。害了她的大女兒，又妄想害她的小女兒，此仇不共戴天，她要老夫人今後的日子永不安生。

寧櫻聽黃氏的口氣，知道她不準備搭理這事，想想也是，秦氏腦子不如柳氏靈光，潑辣起來卻是個狠的，當日砸寧伯信的那一下，可絲毫沒有手下留情，好在沒有傷著臉，外人也看不出來。

至於柳氏，她管家，心思敏銳，不可能任由老夫人算計到她頭上，對付老夫人是早晚的事，想到秦氏在明面和老夫人吵，柳氏在暗處和老夫人鬥，無形中，柳氏和秦氏又達成了一種默契。

寧櫻覺得好笑，挽著黃氏手臂。「娘說得對，咱回去。」

日暮時分，寧伯瑾從外面回來，黃氏與他說了這事，寧伯瑾臉上沒有過多的情緒，悵然地盯著黃氏看了兩眼，聲音沈悶道：「父親心裡有主張，妳別往前湊熱鬧。」

黃氏冷笑，撥弄著手裡的算盤。「我湊熱鬧做什麼？人在做，天在看，不是不報，時候未到。」

寧伯瑾一噎，溫潤如玉的臉脹得通紅。老夫人做的事不對，可畢竟是生養他的親娘，他不能多說什麼，於是垂下目光，轉移話題。「小六不是想換個夫子嗎？我找人問過了，倒是有幾個適合的人選，妳聽聽……」

黃氏在為寧櫻準備嫁妝，手裡的算盤打得噼哩啪啦響，說道：「京裡面的人我認識得不多，你覺得性子不錯就請進府來，你也知道櫻娘什麼性子，萬不可挑個太過嚴厲的。」

黃氏說話時，眼皮子都沒抬一下，寧伯瑾心裡有些受傷。黃氏好似從未正眼瞧過他，他是真的很不堪嗎？

「我清楚了，靜芸的事情妳打算怎麼做？我尋思著還是把人接回來，哪怕清寧侯不答應，我也不能讓她待在那種地方作踐自己。」

以前他沒有盡到做父親的責任，之後把寧靜芸接回來，他會好好教導她，迷途知返，為時不晚。

聞言，黃氏的手在算盤上停了下來，撥弄算盤的聲音戛然而止，寧伯瑾看向她手裡的算盤，珠子油亮亮的，一看就知黃氏常常用。他記得，十年前她也常常撥弄算盤，她算得慢，不如現在這般輕鬆，熟能生巧，在莊子的十年，她沒有自怨自艾，而是過得很好吧……

寧伯瑾神色有一瞬的恍惚，只聽黃氏道：「靜芸性子倔，強行帶回來恐會教她心生怨恨，再等等吧！至於那個丫鬟，你可派人打聽了？」

見她願意和自己說話，寧伯瑾頓時眉開眼笑起來，點頭道：「打聽清楚了，是侯夫人身邊的丫鬟，不過不是她偷來的銀票，是靜芸自己給她的，好像是她幫靜芸辦了一件事。」

黃氏蹙起眉頭。一百兩的銀票，寧靜芸出手如此闊綽，想來辦的事情不簡單。「那個丫鬟可說了什麼事？」

寧伯瑾搖頭。他讓小廝裝成清寧侯府的下人，巧遇丫鬟兌換銀票，佯裝要告到侯夫人跟前，那丫鬟膽小，三言兩語說出銀票的來歷，至於寧靜芸為何要給她銀票的事情卻是沒說。看黃氏目光帶著鄙夷，寧伯瑾訕訕一笑，摸了摸自己鼻尖。「待會兒我讓人再去一趟？」

「人也不是傻子，還會等著你？程世子可說親了？」

程雲潤腿有殘疾，世子之位十之八九是保不住了，眼下清寧侯沒遞摺子摘去程雲潤的世子之位，要麼是沒想起來，要麼是還在等一個適合的機會，畢竟上面有程老夫人壓著，清寧侯不敢擅作主張。

寧伯瑾搖頭。「之前程老夫人到處給程世子議親，這會兒卻是安靜下來了，也不知是何緣故？」

黃氏神色一怔，猜測是寧靜芸從中做了什麼勸阻程老夫人，對這個女兒，黃氏心頭湧上濃濃的無奈。

「她從小養在老夫人跟前，耳濡目染，多少有些本事……」

一番話心情複雜，寧伯瑾識趣地住了嘴。他清楚，黃氏說得是實話，寧靜芸有今日是老夫人沒有教好，他當父親的也責任重大。

這個話題不好，他又快速轉移了話題，說起寧櫻的親事來。以前的一群好友，有兩位想和他結為親家，寧伯瑾不敢答應，寧靜芸的事他能稍微說句話，寧櫻的事情他則半個字都不敢說；寧櫻可是黃氏的命根子，他招惹不起，那些人一提，他立即給回絕了。

黃氏語氣淡了下來。「櫻娘的親事不著急。」

議親之事放出消息有些日子了，薛府聽到風聲會有所行動的。

寧伯瑾和黃氏相處久了，心裡對黃氏的懼怕少了些，可要真正消除不是三、五日就能辦到的。看黃氏重新撥弄手裡的算盤，他陪著坐了一會兒，聽下人來說，寧國忠請他去榮溪園，寧伯瑾皺了皺眉，看向專心致志的黃氏，商量道：「妳去不去？」

「我去做什麼？幫老夫人求情嗎？」

黃氏輕笑一聲，寧伯瑾心裡不是滋味。回京後，黃氏毫不掩飾對老夫人的厭惡，寧伯瑾以前只當黃氏蛇蠍心腸，不懂孝順，如今卻不敢多說什麼。老夫人做的事一件比一件糊塗，寧伯瑾都想不起來那個溫柔體貼的娘親究竟長什麼樣子了。

秦氏和老夫人爭吵，無非是為了寧成昭的親事，雙方交換了庚帖，又訂下婚期，退親是不太可能了，寧成昭還算不得官身就傳出不好的名聲，往後的前途也算沒了。

寧伯瑾到的時候，寧伯庸和寧伯信也在，寧國忠讓他們商量出個法子來。寧伯瑾明白，無非是怎麼安置老夫人的事情。老夫人為了一己私欲，算計到子孫頭上，這是寧國忠不能容忍的。

寧成昭是長孫，又中了進士，如果找個厲害點的岳家，往後為官能有人幫襯，如今娶了商人之女，面上無光不說，還會丟臉。

寧伯瑾是老夫人最疼愛的小兒子，寧國忠先問他，寧伯瑾低頭，沈默半晌，小聲道：「我聽大哥的。」

如果他依然是以前那個胸無大志的寧三爺，他會幫老夫人說兩句話，如今他在禮部為官，深諳婦人之仁會釀成怎樣的大禍，他說不出求情的話。沒有規矩，不成方圓，不能讓老夫人毀了整個寧府。不知為何，寧伯瑾又想起寧靜芸來，心下不免覺得悲戚。老夫人從小寵溺他，凡事都由著他，他一度以為那是對的；黃氏進門後逼著他看書，逼著他考取功名，他在老夫人跟前抱怨過，此時才幡然悔悟，沒有黃氏，他或許依然是那個渾渾噩噩的寧三爺。

屋內一陣靜謐，久久沒聽到寧伯庸開口，他知曉寧伯庸和寧伯信是不想做這個惡人，心下一狠道：「娘年事已高，大嫂管著府裡的事情，這次娘算計成昭，約莫是手裡還有人，爹將娘身邊的人挑出來，讓她安安靜靜地享晚年吧！」

老夫人沒有人做不成這事，這點寧伯瑾還是看得出來的。

寧伯庸點了點頭。「三弟說得對，娘年事已高，不宜多操心，往後就在榮溪園清清靜靜過日子吧！」

寧伯信沒有異議。他對長子寄予厚望，如今出了這事，哪怕是自己親娘，心裡多少不痛快，老夫人的所作所為太過讓他寒心，為了和柳氏爭奪一個掌家的權力就把他們二房牽扯進來，往後若再遇到不稱心的，不知會做出怎樣瘋狂的事情來。

之後幾日，府裡換了好些人，寧櫻冷眼瞧著，不置一辭。寧國忠動手剔除老夫人身邊的人，往後老夫人手中的權勢算是被架空，真的掀不起風浪來了。

第三十六章

入夏後，天氣變得快，陡然炎熱起來，晌午，滿院的花草、樹木皆無精打采。用過午膳，寧櫻躺在涼蓆午歇，豔陽高照的天轟隆轟隆幾個滾雷響起，嚇得寧櫻從床上坐了起來，怔怔地望著驟變的天，響雷過後，大雨傾盆而下，屋裡瞬間暗了下來。

電閃雷鳴，雨勢滂沱，夾雜著呼嘯的風，吹得窗戶東搖西晃，寧櫻叫了一聲金桂，約莫雨聲大，掩蓋住她的聲音，並未有人進屋，她放開嗓音又喊了聲，很快，銀桂撩開簾子走了進來，上前服侍她穿衣道：「金桂去外面，清寧侯府的人來了，金桂打聽消息去了。」

陰沈沈的天，叫寧櫻心裡不安，吩咐銀桂掌燈，自己穿鞋下地，這時，天空陡然一亮，觸目驚心的閃電從樹梢滑過，嚇得寧櫻跌坐在床沿上。「清寧侯府的人來做什麼？」

「奴婢不知，不只清寧侯府，文寧侯府的長公主也來了。」風大，銀桂好一會兒才將燈罩裡的燈點亮，然而饒是如此，窗外的風吹得燭火搖曳，不甚明亮，銀桂轉過身，看寧櫻臉色不太好，以為她是嚇著了。「入夏後的第一場雨，雷聲大，小姐別害怕，之後就好了。」

寧櫻回京後的第一個夏天，銀桂以為蜀州和夏天的京城不同，寧櫻不喜歡才會被嚇著。

寧櫻心跳得厲害，不待她反應過來，另一邊，金桂匆匆走了進來，身上被雨水淋濕，頭髮黏在額頭，看上去頗為狼狽。「小姐，不好了，清寧侯夫人過來提親了。」

寧櫻呼吸一窒，看金桂被雨水糊得不甚清秀的臉，突然明白了什麼，雙手泛白地拽著衣角，臉上血色全無。「向誰提親？」

金桂站著沒動，她渾身上下滴著水，站著的地面濕了一片，沒再往裡面走。「侯夫人中意您，有意讓您嫁入清寧侯府。」

寧櫻蹙了蹙眉，臉色發白，這時，窗外一陣雷鳴，狂風席捲而來，窗戶啪的一聲關上，燈罩裡的燭火熄滅，屋裡又暗了下來。

「也不知侯夫人哪兒不對勁，上門滿嘴說您的好話，還請了長公主來說親，三爺不在，老爺叫人請三夫人過去了。」金桂覺得薛墨和寧櫻是良配，認定薛府的人會上門提親，沒想到先來的是清寧侯府。

寧櫻重重呼出一口氣，因為外面交織的電閃雷鳴，心神微亂，這會兒窗戶關了，隔絕了外面的雨，她認真思索起來。她不清楚清寧侯夫人陳氏打什麼主意，黃氏是鐵定不會答應的，程雲潤毀了寧靜芸，黃氏對程雲潤恨之入骨，哪會同意她再嫁給程雲潤，姊妹共事一夫，傳出去，寧府的名聲就毀了。

如此一想，寧櫻靜下心來，垂眉道：「我知道了，妳身上濕了，下去換身衣衫。」

穩住思緒，寧櫻讓銀桂去外面守著，黃氏從榮溪園出來，就該來找她說話了。她不明白陳氏為何把主意打到她身上來，不過有人算計她，她自然不會由著陳氏得逞，叫住走到門邊的銀桂。「妳讓人去外院把吳琅叫來。」

吳琅來得快，腳上的雨靴泛著嶄新的光澤，寧櫻問他。「你在府裡認識的人中可有能信任的？」

寧櫻本是想讓熊伯和他一塊兒，但在熊大、熊二的事情後，熊伯對黃氏愧疚得很，生了一場重病，精神大不如前，吳管事和吳娘子在鋪子上，這會兒還沒回來，寧櫻只有讓吳琅跑一趟。

「不知小姐有何吩咐？」

寧櫻朝外面瞅了眼，聲音小了下去。「你找個人去柳葉巷子，替我打聽一戶雲姓的人家，轉達門口的婆子，說時機到了，記得再去鋪子上買件成衣，完事後就扔了，你扮作乞丐，偷偷給清寧侯的小廝捎句話。」

吳琅沒有多問，吳管事提醒他許多次，少問多做，埋頭做事才是正經。

「你們去街上租輛馬車，別叫人發現了。」

陳氏嫁入清寧侯府多年，一直被程老夫人壓著，而清寧侯孝順，凡事由著程老夫人，陳氏心底不是沒有抱怨的，婆媳關係本就是難處，在大戶人家更甚。那位雲姓人家，她記得沒錯的話是清寧侯救過的一戶人家，對方為了報恩，和清寧侯有過露水之緣，一夜夫妻百日恩，清寧侯記著但不敢把人領進門，就花錢養在柳葉巷，一年抽空去個兩、三次，那位耐不住寂寞，想找個人嫁了，清寧侯不肯，一直拖著……

清寧侯在外口碑不錯，為人也可圈可點，偏偏有個恣意妄為的母親，盡做些扯後腿的事，上輩子那位雲小姐被翻出來還多虧了程老夫人，簡單一、兩句話就毀了清寧侯一輩子積攢的名聲。

不過，她覺得清寧侯乃自作孽不可活，不喜歡又要強行拖著，見不得人家嫁人，自己又不肯給對方一個名分，鬧到後面，那位雲小姐上吊自盡，含恨而終。

她讓吳琅帶去那句話，是告訴雲小姐可以離開了，她一走，清寧侯不痛快，自然會懷疑到陳氏頭上，陳氏惹了嫌，哪有心思管兒子的親事，等陳氏回過神，她再想其他法子應付她。

吳琅點了點頭，身上的蓑衣還滴著水，接過寧櫻給的銀子，快速退了出去。

見吳琅消失在大雨中，她站起身，坐在窗戶下，打量著滿院被雨拍打得亂顫的植株，思索起長公主來。文寧侯府和清寧侯府上輩子往來是因為結親的緣故，這輩子倒是沒聽說。

不知過了多久，聽見外面一聲三夫人，寧櫻才回過神，抬起頭，見黃氏撐傘站在走廊上，褲腳已經濕了。

吳嬤嬤跟著她，眉頭緊鎖，看見寧櫻，眼神頗為複雜，感慨道：「小姐長大了。」

寧櫻狀似不知情，站起身，上前扶著黃氏，朝吳嬤嬤笑了笑。「這話我可是從小聽到大呢，吳嬤嬤別想糊弄我。」又看向黃氏。「娘怎麼這會兒過來了？」

黃氏的目光落在寧櫻泛白的臉頰上，女兒生得好看，她心下寬慰，至少往後說親容易些。「方才清寧侯夫人和長公主來了，說是想為妳說親，我沒答應。」

和寧櫻想得差不多，她嘴角一翹，高興道：「娘萬萬答應不得，我還準備多留兩年呢！」

黃氏心裡本還有些擔憂，聽見這話，不由得失笑。「多大的人了不害臊，多留兩年是妳能說的嗎？侯夫人打什麼主意我心裡明白，哪會看著妳入狼窩？至於長公主說的那戶人家，我也不甚滿意。」

寧櫻皺眉。「兩人說的不是一戶人家？」

聽金桂的意思，她以為是陳氏請了長公主來幫忙，但聽黃氏的意思，似乎不是。

看她小臉皺成一團，黃氏只覺得好笑，想起門口不見金桂，心下明瞭，怕是寧櫻讓金桂打聽消息去了，這個女兒，心眼不是一般得多，笑道：「清寧侯府哪請得動長公主，金桂沒和妳說長公主說的是哪戶人家嗎？」

寧櫻訕訕，大大方方承認道：「金桂只說了是清寧侯府，我以為長公主受侯夫人所託呢！」

「長公主說的那戶人家不是娘中意的，告訴妳也無妨，是青岩侯府世子，譚侍郎，他和小太醫關係好，過年還來過府裡，妳還記得吧！」

寧櫻面色一怔，只覺得腦子轟的一聲有東西炸開，耳裡一陣耳鳴，她藉故為黃氏倒茶背過身往桌邊走，掩飾自己臉上的慌亂。

聽寧櫻沒了聲音，黃氏以為寧櫻不記得了，提醒她道：「上元節的時候放花燈，我們也遇到過，老侯爺不是還請妳去侯府嗎？」

老侯爺無緣無故請寧櫻去侯府可能是相看孫媳婦的，只是老侯爺如何看上寧櫻了？是薛墨的關係？

寧櫻握著茶壺，手不由自主顫抖著，面頰燙得厲害，跟著整個身子都熱了起來，額頭冒出了細密的汗來，拔高音量道：「記得，清寧侯夫人怎麼上門提親來了？」

寧櫻鄭重其事地點了點頭，不明白為何黃氏不中意她和譚慎衍的親事？要知道，上輩子黃氏不惜毀了她的名聲也要她嫁給譚慎衍，雖然心裡好奇，但她不敢明目張膽問黃氏，反而問起清寧侯的事。

「侯夫人的意思想讓妳嫁給程二少爺，聽她的口氣好像對程雲潤的親事另有打算，程家二少爺品行好，沈穩內斂，這次憑著自己的本事中了舉人，資質不錯，若不是出身在清寧侯府，娘或許會考慮。櫻娘，妳姊姊在清寧侯府，娘是不想讓妳過去，什麼姊妹幫襯的都是假話，妯娌間齟齬多著，妳姊姊又是那等性子，娘捨不得妳去。」

程老夫人心疼程世子，陳氏看重二兒子，兩人在世子之位上鬥爭得厲害，陳氏上門提親，定是寧靜芸在中間動了什麼手腳，寧櫻如果和程二少爺說親，手心、手背都是肉，她不可避免地會牽扯進清寧侯府的家事，不管誰當那個世子，她心裡都不痛快。

寧櫻不以為意，安慰黃氏道：「娘說什麼呢，我知道您是為了我好，不會多想的，世間好男兒多得是，又不是除了程二少爺就沒了。」

黃氏笑著，伸手揉寧櫻的臉，才驚覺她臉燙得厲害。「是不是著涼了，怎這般燙？」

寧櫻一噎，臉又漸漸轉紅，吳嬤嬤倒是沒有多想，在旁邊小聲道：「小姐年紀小，夫人和她說這些，多少會有些不自在。」

黃氏想想也是，繼而又說起譚慎衍來。「譚侍郎年輕有為，前程似錦，京中像他這般有出息的少年的確少見，可是，青岩侯府夫人不是他生母，繼母和繼子兩人不對盤，誰嫁進去，日子都不太和睦。」

寧櫻細細聽著，沒有開口，黃氏又問她道：「妳覺得譚侍郎如何？」

她記得方才寧櫻說不肯嫁給程二少爺，對譚侍郎好似沒有做評價。

寧櫻低下頭，臉羞得跟花似的，聲音明顯不如之前輕快。「娘說得對，譚侍郎並非良人……」

聞言，黃氏鬆了口氣。女兒認同她，她心裡好受不少，只聽寧櫻又道：「不過長公主親自上門，娘一口回絕，會不會不太好？」

「娘只說妳父親不在，要和妳父親商議一番，之後再看吧！」

長公主和清寧侯夫人不同，不好用三言兩語打發，若得罪了長公主，往後寧府的日子不太好過，她不是傻子，不會硬碰硬。

寧櫻心虛地笑了笑，硬著頭皮點頭。「娘說得是。」

黃氏褲腳濕著，寧櫻不敢一直留她，讓吳嬤嬤扶著黃氏回梧桐院換一身乾淨的衣衫。吳嬤嬤也怕黃氏著涼，寧櫻一開口，她就扶著黃氏走了。

送黃氏出了門，寧櫻才折身回來，重重呼出一口氣，讓銀桂去外面守著，她想一個人靜靜。這幾日沒見譚慎衍有動靜，她以為譚慎衍是胡謅的，以譚慎衍的性子，這會兒應該是在門口等著長公主給他回覆，不知他得知黃氏拒絕求親會作何感想？譚慎衍或許有幾分喜歡她，骨子裡卻是驕傲的，被拒絕一次，往後應該是不會上門了，這般想著，她的心跟著空落落起來。

不等她嘆氣，西窗傳來拍打聲，以及男子低沈的嗓音。寧櫻聽出是譚慎衍，朝外面瞅了眼，確認沒人進屋後才走向西窗，推開窗戶，但看他一身黑色蓑衣，雨滴順著帽沿跟流水似的，一滴滴落至肩頭，她聲音有些乾澀，不知如何面對他。

譚慎衍的語氣不太好，帶著幾分質問的語氣。「我並非良人，妳與我說說，妳認為誰是良人？」

他並非有意偷聽，請長公主上門提親是重視寧櫻，且也讓寧國忠和寧伯瑾不敢拒絕，偌大的京城，不可能有第二個人請得動長公主，結果換來她一句並非良人……

哪怕她是為了應付黃氏，聽著這話，還是令他覺得難受。

面對他的質問，寧櫻目光閃爍，緩緩低下頭去，不敢直視那雙深邃深沈的眼眸。當她這話說出口的時候，心裡就有些遲疑，畢竟和他相處的模式和上輩子大不相同，她難免有些不知所措。

她想說點什麼，動了動唇，欲言又止，垂目望著手裡粉色牡丹花的手絹，緘口不言。她想，若她沒有上輩子的記憶，譚慎衍於她不過是個陌生人，和一個陌生人，她敢膽大妄為地和對方靠在窗戶邊說話嗎？她自己都想不明白了，她分不清，她是真的喜歡他還是因為上一世不能白首的遺憾？兩種情緒交織，黑白分明的眸子起了水霧，沒法回答他，抑或她自己也不懂。

「櫻娘。」譚慎衍心頭一痛，見她雙唇顫抖極力忍著想哭的情緒，話到了嘴邊卻又不忍了。

抬起手，冰涼的指腹滑過她的臉，感覺她顫動了下，譚慎衍輕輕抬起她的下巴，四目相對，她眼眸含淚，他眼神冰涼。

「妳喜歡怎樣的男子？」

她上輩子想嫁給一個不納妾的男子，這輩子呢？

「妳喜歡什麼樣的男子，我便成為那樣的男子，終究有一日會讓妳承認，我才是妳的良人。」說這話的時候，他眼裡滿是認真，如點漆的眸子映出她的身影。

寧櫻一怔。她喜歡什麼樣的男子？兩世為人，她身邊不過一個他，她自己也不知喜歡什麼樣的人，應該是兩情相悅吧！

看他緊抿著唇，眸底黑沈沈的，不知為何，竟覺得心情好了許多，她垂下眼眸，睫毛顫動了兩下，眼裡已是一片清明，低低道：「婚姻大事乃父母之命，媒妁之言，我聽我娘的。」

再抬頭，梨花帶雨的眸子已是笑意盎然，如雨後綻放的蓮花，清新動人，譚慎衍一頓，嘴角勾起一抹笑來，心頭積壓的陰霾煙消雲散，一手摟過她腰肢，唇湊了上去。這話的意思，便是委婉告訴自己，她喜歡他吧！

雙唇相貼，寧櫻始料未及，眼前是他放大的明眸，裡面盛滿了點點星光。

她的唇上有淡淡的清香，好似催情的毒素，在四肢百骸蔓延開，又好像渾身如被雷電劈中，酥麻通泰，叫人上癮。

他不敢繼續，淺嘗輒止便鬆開了她，說道：「記得妳今日的話，若叫我知道妳背著我相看男子，我打斷妳的腿，一輩子將妳養在床上，要妳哪兒也不准去。」

他如果沒有本事討黃氏的歡心，娶了她，只會叫她心有隔閡。父母之命，媒妁之言，他通通應允她，叫她心無旁騖地嫁給自己。

見他明白自己的意思，寧櫻羞紅了臉。她不懂自己的選擇是對還是錯，只是眼下心底的喜悅，令她不由自主地眉眼一彎，笑了起來。

譚慎衍摟著她，蓑衣上的雨水打濕了她荷花色的衣衫，慢慢暈染至胸前，他鬆了鬆手，佯裝板著臉道：「我說到做到。」

寧櫻搗著嘴笑得歡快，眼裡水光盈盈，分外動人。長公主上門黃氏都沒答應，譚慎衍想入黃氏的眼難著呢！

她一點都不害怕，笑道：「你還是想想怎麼應付我娘吧，我娘不畏權勢，可不管你是誰呢！」

「三夫人性子直爽，最是疼妳，若她知道我是真心對妳的，一定會答應。」譚慎衍覺得黃氏不是擋在他和寧櫻之間的障礙，寧櫻心底的想法最重要，又和寧櫻道：「妳對我還有什麼要求，全提出來，等雙方交換庚帖後，我是概不認帳的。」

寧櫻擦了擦自己雙唇，和譚慎衍親密，心裡並沒多大的反感，可能是上輩子兩人就是夫妻的關係，換作外人，她想都不敢想。聽了譚慎衍的話，她歪著頭，又想起很久以前的話來。

「我不想嫁給三妻四妾的男子，你真上門提親，得在我娘跟前保證。」

譚慎衍不是重女色之人，上輩子若不是她做主，譚慎衍身邊或許不會有姨娘，這般想著，她腦子裡又想起他的好來，嘴角一翹，滿臉盡是笑。

想到什麼，寧櫻推開他，瞅了眼外面的天色道：「還下著雨，你回去吧！」

譚慎衍身上的蓑衣還滴著水，擔心濕了她衣衫而讓她著涼，他微微鬆開她，笑道：「往後三夫人再問妳如何看待咱們倆的親事，妳就拿應付我的話應付三夫人。」

父母之命，媒妁之言，三夫人心思通透，一聽就知道寧櫻的意思了，那種「並非良人」的話聽著意思差遠了。

寧櫻耳根微微一紅，不點頭也不搖頭，她真和黃氏透露點什麼，黃氏立即就會猜到她的心思了，寧櫻是萬萬不敢的。「你走吧，我娘應該是不會問我了。」

譚慎衍的手還摟在她腰間，聞言，緊了緊，湊上去還想吻她。

「往後三夫人問起來，好生回答。」

寧櫻抿著唇輕笑，不肯讓他得逞。「到時候再說吧，快點走吧，別被人發現了。」

想到有人可能已經發現她和譚慎衍私會的事，寧櫻心裡頭又害怕起來。

譚慎衍拉著她，湊到她臉頰邊，輕啄了口。「之前在窗戶邊嚇妳的人已逮住了，妳別擔憂，往後不會有人知道的。」

寧櫻不知他辦事效率如此高，不由得好奇。「是誰？」

譚慎衍略微濕潤的手滑至她輕蹙的眉頭上，沒有瞞她，道：「是妳姊姊身邊的丫鬟，不是她發現了什麼，而是妳姊姊有事求她。」

寧靜芸當日自己作死離開寧府，如今處境不太好，又想從寧府挖些好處過去，甚是貪婪自私。

「清寧侯府正亂著，三夫人少不得要操些心，妳聽著就是了，不准插手，知道嗎？」

寧櫻竟敢派人去柳葉巷，若不是他聽到消息讓福昌將人攔下來，吳琅若去了，捅到馬蜂窩上，寧櫻難以獨善其身。清寧侯愚孝，其長子懦弱難成大器，可他對朝廷還有用處，朝堂牽一髮而動全身，清寧侯出了事，皇上勢必會重用其他人，若是被有心人利用了，百害而無一利，譚慎衍暫時不想把矛頭對準清寧侯。

寧櫻想到這裡，以為他和清寧侯之間有什麼齟齬，猶豫了一會兒，將她派吳琅做的事說了，心裡有幾分忐忑。「會不會給你招惹什麼麻煩？」

這話聽著熨帖，譚慎衍又往她臉頰啄了一口。

意識到他做了什麼，寧櫻只覺得熱氣直朝臉上湧，推開他，沒好氣道：「不說就算了，你快走吧！」

「我讓福昌把吳琅攔下來了……」擔心寧櫻聽出破綻，譚慎衍只道：「我聽妳的聲音就知曉其中有什麼不對，柳葉巷住了什麼人？」

他清楚清寧侯的那樁事，並非寧櫻看見的那樣，清寧侯沒有派人囚禁雲姑娘，雲姑娘自己不走，不過是受人所託、忠人之事罷了。

寧櫻一噎。沒想到他早就來了，連她和吳琅的對話都聽了去，怕他察覺到什麼，找著措詞道：「姊姊和程世子的親事，我娘早先就不看好，派人查到程世子在外面養了外室，我隱隱聽見其中好像就有柳葉巷，便讓吳琅前去試探一番。」

看她緊張，譚慎衍沒有窮追不捨。他和她一樣都不想被上輩子的事左右，想給她一段開心的回憶，以及完全不一樣的自己。

雨又變大了，院子裡的樹葉被雨打得東倒西歪，寧櫻想起寧靜芸的事，多問了幾句。

譚慎衍索性脫下蓑衣掛在窗臺上，翻身躍了進去，黑色的靴子在木板上留下碩大的水印，寧櫻皺了皺眉。「待會兒金桂進屋發現就糟了。」

「妳不是吩咐她們不准打擾嗎？沒事的，可知清寧侯夫人為何要上門提親？」譚慎衍打量幾眼她的閨房，行至桌前，拉開椅子坐下。「妳姊姊想保住程雲潤的世子之位，借的是妳父親的名義，揚言扶她為正室，寧府的人會出面，侯夫人沒法，因為妳父親在禮部兢兢業業，和以往風評大不相同，今年甚至得過聖上稱讚，程老夫人覺得可行，便應下了，而侯夫人想妳嫁去清寧侯府制衡妳姊姊。」

一個是不要臉面給人做妾的大女兒，一個是風光出嫁的小女兒，為了名聲，寧府肯定會站在寧櫻這邊，陳氏看清楚其中關係，才會想寧櫻嫁入清寧侯府；而且如今寧府的地位比之前高多了，寧伯瑾乃寧櫻親生父親，正三品官職，而非像當初，整個寧府都靠寧國忠從三品的官職撐著，其中利害得失，明眼人一眼就看得出來。陳氏走的這步棋不錯，但萬萬不該把寧櫻牽扯進去，程雲潤，從落在他手裡那一刻，就已沒了做世子的資格，只是陳氏不知情罷了。

「我姊姊在侯府的日子這般艱難？」

起初，寧靜芸被人用一頂轎子抬進去的時候就該想到如今的局面，即使她做了正室又如何？程雲潤有個庶長子，她生男、生女，都會被人嘲笑不恥，更別說是她自願入府為妾的事情了。

譚慎衍點了點頭，拿起桌上的茶杯，骨節分明的手提著茶壺往上，茶水傾瀉而出，動作優雅，寧櫻不由自主地跟著坐了下來，接過他倒好的茶，抿了一口。

「妳姊姊走的時候沒帶身邊的丫鬟，清寧侯府上下都是別人的人，需要打點的地方多，手裡的銀子如流水花出去，老夫人這兩日才點了頭，她處境算好些了吧！」

說寧靜芸的事，他能在屋裡多待一會兒，他便將寧靜芸的處境一五一十告訴寧櫻。程雲潤貪戀美色，對寧靜芸的耐心快沒了，寧靜芸應該是感覺到了，才想趁早將自己的地位穩固下來。

「她為何派丫鬟來我這邊？」銀桂說沒瞧見人，她都不知丫鬟怎麼進院子的。

譚慎衍端著茶杯，啜了一口，頓時，滿口臘梅清香，如她唇瓣上的味道。

譚慎衍語氣一柔，解釋道：「妳姊姊以為妳手裡有銀子，那丫鬟是來偷錢的，妳姊姊答應事成後帶她去清寧侯府……」

做丫鬟的，稍微心思不正的就想往上爬，寧靜芸應該是清楚那個丫鬟的為人。

寧櫻問了那個丫鬟的名字，得知是柔蘭，她有些不太相信。柔蘭心裡該記恨寧靜芸才是，如何還想跟著寧靜芸出府？

風呼呼颳著，窗臺上的蓑衣滴水速度慢了下來，一滴、兩滴，無聲滴著……

沒過兩日，清寧侯府的鬥爭有了定論，清寧侯以程雲潤腿有殘疾為由，請皇上摘去程雲潤的世子之位。

寧櫻從吳嬤嬤嘴裡聽來這消息的時候驚訝不已。寧靜芸和程老夫人沆瀣一氣，陳氏不可能那麼快得逞才是。

「我娘呢？」

黃氏放不下寧靜芸，聽到這個，該更憂心忡忡吧！

「夫人去院子裡餵魚了，不讓老奴們跟著。」

黃氏為女兒的事情操碎了心，沒奈何寧靜芸壓根兒不理會她的一番苦心。

寧櫻無奈，見吳嬤嬤回屋端著瓜果出來，明顯是為黃氏準備的，便和吳嬤嬤一塊兒去梧桐院找黃氏。

池子裡養著幾條錦鯉，是寧伯瑾同僚送的，黃氏坐在池邊，嘴裡不時有嘆氣聲逸出，寧櫻喊了一聲娘，端莊沈穩地走了過去。

「我聽說姊姊的事，程世子落下殘疾，有今日乃意料之中，姊姊被蒙蔽了眼，這會兒該有所醒悟了吧！」走到長凳前，寧櫻理了理衣袖，端過吳嬤嬤手裡的盤子，放在柵欄旁的長凳上，拂過裙襬從容落坐，抬眉問道：「娘準備怎麼做？」

黃氏不可能眼睜睜看著寧靜芸在清寧侯府暗無天日地過一輩子，該會有所行動。

「妳姊姊是不到黃河不死心，待她想明白了再說。吳嬤嬤和妳說的？」黃氏收回目光，佯裝惱怒地瞅了吳嬤嬤一眼。

吳嬤嬤心下委屈，小聲道：「老奴是擔心夫人想不開，六小姐都明白的道理，五小姐更該清楚才是，您擔心也沒用。」

十四馬拉不回一頭想跳河的牛，寧靜芸自己往火坑裡跳，怪得了誰？

「妳啊……」

黃氏苦澀地抿了抿嘴，調轉視線，望著清麗端莊的寧櫻，想到長公主那邊還沒有回絕，一時又嘆了口氣。

吳嬤嬤跟著黃氏有些年頭了，見黃氏並非真的生氣，又道：「夫人您就別嘆氣了，山重水複疑無路，柳暗花明又一村，老奴懂的理不多，這句話卻是明白的，您嘆氣也不能挽回什麼。」

寧櫻附和地點頭，低頭看池子裡的錦鯉，拿了一塊蘋果，削了一小塊扔進池子，幾條錦鯉張著嘴撲過來，水面激起了水花，寧櫻看得有趣，又削了一小塊扔進池裡，看錦鯉搶了起來。

黃氏被吸引，低下頭，落在錦鯉張大的嘴巴上，岔開了話題。「長公主又來了，讓我好好想想妳和譚侍郎的親事，娘如今也拿不定主意了。」

譚慎衍殺伐決斷，京中忌憚他的人不少，年紀輕輕已手握權勢，假以時日，封侯拜相乃早晚的事，如此的男兒中意寧櫻，她當娘的心裡歡喜，可歡喜之餘，越發不敢貿然應下。

她怕被譚慎衍的家世迷了眼，左右了她的判斷，害了寧櫻。

「長公主給娘看了青岩侯府給的彩禮，還有譚侍郎專程寫的書信，娘瞧著都是好的。」

彩禮單上羅列的名目多，有老侯爺戎馬一生積攢下來的，還有譚侍郎生母留下的，全給寧櫻做彩禮了，而黃氏最看重的還是譚慎衍的親筆書信。薄薄的一頁紙，上面蓋滿了京城達官貴人的印章，內容讓她不得不重視。

自古男人三妻四妾、妻妾成群，好似習以為常、天經地義。她和寧伯瑾成親那會兒，對寧伯瑾納妾的行為不喜卻也沒有諸多阻攔，譚慎衍卻保證娶了寧櫻後永生不納妾，還請了京中好些人作證，這點讓黃氏震驚不已。

其中，還有薛太醫和薛小太醫的印章，她想，即使寧櫻不嫁給譚慎衍，薛府看在譚慎衍求過親的分上，也不會上門來了。

「譚侍郎那人，妳覺得如何？」

回京後，黃氏看得出來寧櫻是個有主意的人，她不知寧櫻哪點入了譚慎衍的眼，只是譚慎衍如果真的能對寧櫻好，這門親事不是不成。

寧櫻餵魚的手一頓，臉頰泛紅，聲音低了下去。「譚侍郎年輕有為，不是娘說的嗎？」

看女兒臉色羞紅，黃氏又嘆了口氣，只當女兒不開竅。「譚侍郎說娶了妳往後便不會再納妾，能做出這種保證的少之又少，而且老侯爺也應下了，想來是同意的。」

本就是寧櫻要譚慎衍寫的保證，聽見這話，寧櫻倒是覺得沒有什麼不妥，刀子順著蘋果的邊緣慢慢切下一小塊，看著池子裡的魚爭相搶奪，她道：「娘覺得好就應下吧，我相信娘的眼光。」

黃氏嗯了一聲。長公主連著上門兩次，外面的人多少看到了苗頭，其他人不敢越過長公主上門提親，寧櫻的親事便只得擱下了，不過她還有顧忌，踟躕道：「不著急，娘再想想。」

黃氏不嫌棄譚慎衍年紀大，年紀大懂得疼人，她擔心的是譚慎衍那位繼母。婆媳關係不和睦，怕寧櫻吃虧，後宅陰私多，叫人防不勝防，寧櫻沒有經驗，容易著了道。

母女倆坐著沒再說話，氣氛有些凝滯，吳嬤嬤是個奴僕，不敢開口評論寧櫻的親事。譚慎衍手握實權，青岩侯如今不過是個閒散侯爺，寧櫻嫁進青岩侯府，毫無疑問是要掌家的，出了事上面有老侯爺頂著，侯爺和侯夫人不敢做什麼，這門親事跟天上掉餡餅似地砸到寧櫻頭上，應該是大喜事。

靜謐間，秋水提著裙襬小跑而來，聲音含著莫名喜悅。「夫人，譚侍郎來了，老爺讓您去書房。」

黃氏正望著寧櫻削蘋果的手出神，聞言，有些沒回過神來。「他來做什麼？」

秋水搖頭表示不知。管家來梧桐院請黃氏過去，具體什麼事沒說，十之八九和寧櫻的親事有關。她走上前，湊到黃氏耳朵邊，小聲道：「長公主也在，還有六皇子和六皇妃。」

黃氏愣然，抬起頭，視線落在專心餵魚的寧櫻身上。連六皇子和六皇妃都來，這門親事讓她回絕的理由都沒了，如果她回絕了長公主，傳到外面，會以為寧府心高氣傲看不起人，又或者以為寧府還有更大的野心，怎樣的結果對寧櫻的名聲都不好，往後要給寧櫻說親，怕沒人敢上門求娶了吧！

「櫻娘，若是譚侍郎，妳願意嗎？」

哪怕到了這時候，黃氏還是想問問寧櫻的意思。父母之命，媒妁之言，比不得寧櫻自己的心意重要。

寧櫻聽著這話，鼻子有些發酸，心裡惱譚慎衍步步緊逼。他央求長公主上門提親，黃氏若是不答應，往後誰還敢上門來？

「娘，我聽您的。」

秋水望著寧櫻，看她好似既開心又煩惱似的，扯了扯黃氏的袖子。她們都清楚寧櫻什麼性子，這門親事如果不是她願意的，早就嚷嚷開了，她願意聽黃氏的，便是認可譚慎衍了。

第三十七章

此時，書房內的寧國忠有些手足無措。長公主和六皇子都在，他坐也不是，站也不是，生平第一回手不知放哪兒。

對譚慎衍的這門親事，寧國忠再同意不過。譚慎衍翻手為雲，覆手為雨，寧府與青岩侯府做了親家，和刑部攀上關係不說，連京郊大營也是自己人了，想著自己算計經營一輩子，都沒在女兒的親事上沾光，告老後能沾到孫女的光，既歡喜又悵然。歡喜的是往後寧府靠著青岩侯府能平步青雲；悵然的是他已辭官，往後的前程和他沒多大關係了。

他有心應下這門親事，然而長公主和六皇子皆不開口，他也不好意思說。許久，寧國忠身子有些僵，才想到招呼長公主和六皇子坐。

長公主沒為難他，照理說，這時候理應由府裡的老夫人出面，想到從譚慎衍嘴裡聽來的消息，長公主覺得還是算了，那等拎不清身分的人，少打交道為妙。

待長公主和六皇子落坐後，寧國忠才在自己的位置上坐了下來，聲音乾乾地道：「小六和她母親在莊子上過了十年，是我當祖父的虧欠了她們……」

這件事在京城不是秘密，稍微打聽就能打聽出來，寧國忠想著由他說出來，總比從其他人嘴裡聽來要好。

長公主一言不發。六皇子在長公主面前是晚輩，因此也沈默，譚慎衍和薛怡都是少話的性子，更不會接話了。

寧國忠討了無趣，訕訕笑了笑，繼續說起寧櫻的好來。老王賣瓜、自賣自誇的本事不小，若不是清楚寧櫻在莊子上目不識丁，譚慎衍會以為寧櫻學富五車、有狀元之才呢！當著長公主和六皇子的面，沒有揭穿寧國忠的胡言亂語，寧櫻在他心底自然是千百般好的，寧國忠說的不過只有皮毛。

黃氏姍姍來遲，進屋後先向長公主和六皇子見禮。看見她，長公主臉上有了表情，微微一笑道：「免禮吧，今日還是為了譚家世子的親事，老侯爺託我走一遭，讓我務必說服妳應下這門親事，之前慎衍應允的事都是真的。」

老侯爺對先帝有恩，也算看著他們長大的，長公主對這位長輩極為敬重，老侯爺把譚慎衍的親事託付給她，她無論如何都要辦好。

譚慎衍站起身，給黃氏行了一個晚輩禮，咚的一聲跪了下去，肅穆的神色令黃氏錯愕。

「什麼事起來說，你有出息，大家有目共睹，只是我不解，為何你挑中了櫻娘？」

譚慎衍轉向寧國忠。「晚輩想和三夫人單獨說幾句話。」

寧國忠心下不快。說起來他是寧櫻祖父，在自己跟前，譚慎衍可沒這般熱絡，在黃氏面前卻大變樣，多少令他覺得不舒坦，聽他提出這話，寧國忠哪敢不答應，只得引著長公主和六皇子去花廳稍作休息。

黃氏垂著眼，待人全走了，她才看向譚慎衍。「有什麼，你起來說吧，別跪著。」

「櫻娘在莊子上沒見過人情冷暖，不懂人心險惡，她看似剛硬，卻是個面冷心軟的人，這種性子和人打交道最是容易吃虧，三夫人能護著她不假，總有愛莫能助的時候；晚輩不同，晚輩在刑部為官，手握權勢，出門在外，眾人巴結她還來不及，哪敢得罪她？至於侯府，晚輩和櫻娘成親，她是青岩侯府正經的世子夫人，誰都越不過她去。」

寧櫻是個不肯吃虧的人，恩怨分明，嫁了人，婆媳、妯娌間的關係不好處，黃氏都知道，所以她才挑中薛府，只是看薛府的意思，並沒這個打算；對譚慎衍，其實沒什麼可挑剔的，只是她做娘的心有擔憂罷了。

「那位畢竟是你母親，你知曉櫻娘的性子，也該知道，如果有矛盾，她會毫不相讓，你夾在中間……」

「三夫人多慮了，晚輩的母親早已入土為安，府裡的那位只是父親的繼室罷了。」

上輩子，寧櫻和胡氏鬥得不可開交，這輩子，他不會再給胡氏機會了。

他的話雖有諸多不妥，卻是黃氏喜歡聽的，至少往後寧櫻和胡氏有罅隙，譚慎衍不會偏頗胡氏。

「納妾之事……」

「但凡我娶了櫻娘，便會遵守諾言到老。」譚慎衍眉目凝重，臉上盡是慎重之色。

黃氏笑出了聲。「你記著就好，這門親事我應下了，待櫻娘父親回來，你再問問他的意思吧！」

譚慎衍鬆了一口氣。只要黃氏點了頭，其他人都不算什麼。

接下來，譚慎衍和黃氏商量上門提親的日子。

「晚輩查到一些事，不願過多插手，上門提親之事願意緩緩。」

黃氏一怔。「你連這事都知道，看來的確費了些心思，等這事有了結果再說吧！」

一個男人有沒有真心，黃氏不敢妄下定論，但長公主再次上門，譚慎衍不厭其煩地承諾，她願意相信譚慎衍是真心求娶寧櫻的。

寧櫻的親事有了眉目，可寧靜芸呢？

長公主去寧府的消息不脛而走，得知六皇子和長公主去寧府提親的事，寧靜芸嘴角僵硬，見程老夫人雙眼冒光地盯著自己，她臉色煞白。

「我年紀大了，說的話他們都不聽，雲潤的事情妳多盡心，妳妹妹的親事倒是個好的契機，妳讓妳妹妹在譚侍郎耳朵邊吹吹枕邊靈，譚侍郎若出面，雲潤的世子之位，誰都搶不走。」

走出敬壽院的大門，寧靜芸步伐搖搖晃晃，佯裝的穩重褪去後露出一臉猙獰，問身旁的丫鬟世子爺在哪兒，丫鬟聽她口氣不好，支支吾吾說在西廂房，那是姨娘居住的地方，而寧靜芸這些日子已從西廂房搬出來住進了東屋。

寧靜芸咬牙，臉色鐵青，匆匆忙忙朝著西廂房走，經過院子時被迎面而來的丫鬟撞了一下。寧靜芸惡狠狠地瞪她一眼，若不是有更重要的事，少不得要拿她撒氣。

剛步入西廂房，便看見眼上蒙著黑布的程雲潤揮著手，東搖西晃，桌前兩名丫鬟衣著暴露，露出胸前大片白皙的肌膚，她臉色一沈，氣得摔了桌上的茶盞。

「滾出去！」

一聲呵斥，嚇得丫鬟臉色發白，面面相覷一眼後，拉著衣衫快速退了出去。

寧靜芸和她們不同，東屋那邊的屋子是給世子夫人住的，寧靜芸搬去那邊，意思顯而易見，哪怕此時她不過是個沒名分的姨娘，她們也不敢得罪。

「別走啊！」程雲潤取下眼睛上的布條，看寧靜芸來者不善，迷濛的眼神頓時恢復了清明，上前哄道：「妳氣什麼，祖母不是答應妳，扶妳為正室了嗎？」

說話間，摟著寧靜芸欲和她親熱，他腿腳不便，寧靜芸不嫌棄他，還甘願做妾，衝著這點，程雲潤凡事都遷就她，手滑至她衣衫，揉著她的敏感點，不住地朝寧靜芸耳邊哈氣。

「心肝兒，怎麼了？和我說說，別悶在心裡，氣壞了身子。」

粗俗的脂粉味撲鼻而來，寧靜芸煩躁不已地推開程雲潤，程雲潤大半的力道都掛在她身上，寧靜芸一推，他便重心不穩摔了下去，望著他無力的雙腿，程雲潤眼裡閃過一股恨意，很快就遮掩了過去。

待爬起來站好，他沒繼續上前，語氣一如既往的溫和。「是不是祖母說什麼了？祖母最是疼我，妳與我說說，我勸她。」

寧靜芸看不慣程老夫人看她的眼神。她和寧櫻是親姊妹不假，但是兩人之間沒有多少情分，程老夫人讓她回娘家求寧櫻保住程雲潤的世子之位，她如何拉得下臉？她來清寧侯府後，日子舉步維艱，過著低聲下氣的日子她都不曾妥協，如今讓她回去討好寧櫻，不用想，也知道寧櫻會如何鄙夷奚落她。

想到近日種種，寧靜芸眼眶一紅，淚如雨下。她恨，為什麼她給人做妾，寧櫻卻有那麼好的姻緣？管著京郊大營的青岩侯世子，如何就看上寧櫻了？寧櫻就是個粗鄙的野人卻事事爬在她頭上……

寧靜芸本就生得花容月貌，一哭，如被雨打的花兒，惹人疼惜。

程雲潤上前摟著她，將她眼角的淚一滴滴吻去。「靜芸，是我沒用，如果我雙腳好好的，祖母和母親也不會為了世子之位針鋒相對，是我拖累了妳。」

他永遠忘不了在刑部大牢的日子。那些人不把他當人看，高興時賞口飯吃，不高興了拖出去鞭打一頓，他活得連狗都不如，狗被人踹一腳還知道咬人，而他只能由他們為所欲為。

寧靜芸哭得厲害，可是若想要保住程雲潤的世子之位，除了求助寧府還能求助誰？寧伯瑾是禮部侍郎，寧伯庸入了戶部，寧府蒸蒸日上，而她卻不再是寧府高高在上的小姐了，她悲從中來，再難壓抑，似要將十多年來積攢的淚全部流光似的。

「好了，別哭了，和我說說發生什麼事了。」

寧靜芸哭哭啼啼將程老夫人要她回寧府求人的事說了，提到青岩侯府上門提親，心裡百般不是滋味。

程雲潤怔怔的，好一會兒沒有反應過來。「譚侍郎看中了寧府六小姐？」

他想起在南山寺的時候，他想擄走寧靜芸，暗中與她成事好讓寧府成全，結果被人壞了事，身邊的人全被抓，他看寧櫻生得不錯想解解饞，誰知落入譚慎衍手中，跌入了那段慘絕人寰的日子。

寧靜芸點了點頭，哽咽道：「小時候她跟著我娘去了莊子，我和她沒有多少情分，她回京後事事與我作對，她為人倨傲、蠻橫驕縱、看不起人，祖母讓我討好她，不知她會如何嘲笑我呢！」

程雲潤心思千迴百轉。踏破鐵鞋無覓處，得來全不費工夫，有這等關係，他自要好好利用。「靜芸，聽祖母的話，妳先回寧府，我和妳如今畢竟名不正、言不順，妳先回寧府，待我用八抬大轎娶妳過門。如今妳是我的人了，難道我會反悔不成？」

他垂著眉目，眼裡一片陰翳。

寧靜芸趴在他的肩頭上，看不清他臉上的神色，只是難以置信地看著他。「我回去了，我娘便不會讓我再嫁給你，你也願意？」

想到方才兩個衣衫不整的丫鬟，寧靜芸不難受是假的。記憶中那個溫文爾雅、氣質出塵的程世子，和眼前的這人已相去甚遠，想到他殘疾的雙腿，寧靜芸迷茫了。

她真的要和這樣的男人過一輩子嗎？保住了世子之位又如何？沒有實權的世子，連五品官都比不上。

程雲潤看她面色怔忡，又低頭吻了她兩下。「不會的，若妳六妹妹真的說親，妳娘看在寧府的名聲上也不敢拘著妳，長幼有序，照理說妳該先出嫁才是。」

寧靜芸遲疑地望著他，停止了哭泣，心情跌至谷底，冷冷道：「你想讓我做什麼？」

程雲潤滿心想報復譚慎衍，並沒注意到寧靜芸的反常，湊到她耳朵邊，小聲說了起來。

寧靜芸連連搖頭。她都不準備回去寧府了，程雲潤還讓她卑躬屈膝討好寧櫻和黃氏？門都沒有。

「我出來的時候就沒想過再回去，你別想了，我不會回去的。」

寧靜芸到清寧侯府做妾的事情沒有傳開，憑藉寧伯瑾和黃氏的本事，應該已經打聽到她的消息了，想到下人們輕視的嘴臉，她承受不了，她以為程雲潤會體諒她，結果和老夫人一樣，都是想利用她罷了。

程雲潤拽著她，聲音極為陰冷。「必須得回去。我一雙腿不能白白被廢了，父親看在青岩侯如日中天的分上不管我的死活，我得為自己報仇。」

被他掐得有些疼，寧靜芸怒了，用力推開他，吼道：「要回你回，別拉上我！你們如今看寧府發達了，都上趕著巴結是不是？老夫人是，你也是……」

「由不得妳。」仇恨湧上心頭，程雲潤面色猙獰，掐著寧靜芸脖子。「妳要是不答應，我現在就要妳死！」

他身子雖養好了，然而終究已落下病根，監牢陰暗潮濕，他受了涼，大夫說他一輩子都不可能有子嗣了。當時給他看病的大夫被老夫人收買了，陳氏不知從哪兒又打聽來這事，當著他的面攤開來講，否則，清寧侯怎麼會毅然決然呈遞上摺子？不出這口氣，他不甘心。

寧靜芸被他掐著脖子，面色震驚，雙腳不斷踢著他肚子，旁邊的丫鬟驚呆了，反應過來忙上前幫忙寧靜芸。她心裡拎得清利害，寧府真要和青岩侯結親，寧府往後水漲船高，寧靜芸是寧府正兒八經的嫡小姐，若在侯府出了事，寧府不會善罷甘休的。

寧靜芸臉色發紫，心一狠，踢向程雲潤下面，程雲潤吃痛，雙手捂著身子。

寧靜芸這才逃出來，罵道：「你發什麼瘋……」丟下這句，踉踉蹌蹌走了出去。

丫鬟看程雲潤不舒服，上前扶他站起身。她是老夫人身邊的丫鬟，寧靜芸給了她不少好處，她明白什麼該說，什麼不該說。

程雲潤一把推開她，惡狠狠道：「滾！」

丫鬟低下頭，不敢頂撞他，轉身跑了出去。

寧靜芸跌跌撞撞地往外面走，和程雲潤接觸後才知道，他不過是個金玉其外、敗絮其中的懦夫罷了，想到自己這些日子來的謀劃，好似一場笑話。

何時，她寧靜芸為了一個正妻的頭銜，竟把身段放得這般低了？

黃氏和譚慎衍出來時，正好寧伯瑾和寧伯庸回來了，兩人陪著六皇子說話，一旁的薛怡插不上話，讓丫鬟領著她去寧櫻院裡坐坐。

看多了宮裡的景致，寧府的庭院在她看來沒什麼不同，沿著抄手遊廊走了一會兒，看丫鬟指著對面的拱門道：「前面就是了。」

薛怡的目光落在拱門上方的木匾上，暗紅色的「桃園」兩字極為顯眼，在陽光照射下，紅得有些醒目，丫鬟解釋。「桃園是六小姐自己取的名字，三夫人問她可要栽種櫻桃樹，六小姐不肯，三夫人還打趣桃園沒有櫻桃樹，名不副實。」

薛怡沈思了一會兒，莞爾道：「或許有別的用意吧！」

走進桃園，一眼就望到頭，西屋的窗戶下，插著杏色玉釵的腦袋不時往外張望，像在等什麼人。

薛怡打趣道：「等誰呢？」

見是她，寧櫻微微睜大眼，猛地站了起來，臉上難掩笑。「薛姊姊，妳怎麼來了？」

聲音落下，湖綠色薄裙的人已飛奔出去，聞嬤嬤在屋裡聽見聲音走了出來，搖頭失笑，待看清薛怡頭上天家的珠翠後，忙蹲下身施禮。

薛怡佯裝生氣。「方才瞧著妳心不在焉的，等誰呢？」

她看中的弟妹最後被譚慎衍拐去了，心頭不忿，一聽說這事，她直怪薛慶平整日惦記著藥圃裡的藥，才叫譚慎衍搶了先。

方才看寧櫻急不可耐、翹首引領的神色，只覺得她看走了眼，寧櫻心裡頭其實是喜歡譚慎衍，否則哪會著急？

寧櫻紅著臉，挽著她手臂，無賴道：「聽說妳和六皇子來了，這不等著妳過來找我嗎？」

「妳就哄我開心吧，等我是假，等人告訴妳消息才是真。妳與慎之的親事，猜猜三夫人怎麼說的？」進了屋，薛怡打量著她的閨閣，布置清爽，沒什麼貴重物品。

寧櫻不知薛怡知道多少，穩著情緒，硬著頭皮道：「我娘不管說什麼都是為了我好。」

薛怡嗤笑了一聲，目光落在寧櫻如花似玉的臉上。這是她幫薛墨挑的媳婦啊，被譚慎衍半路截了道。

她問寧櫻。「三夫人做什麼都是為了妳好？妳老實和我說，私底下妳與慎之是不是來往過？」

她和譚慎衍從小一塊兒長大，那人審問犯人還成，討女孩子歡心比不得薛墨，小姑娘喜歡什麼樣的男子，她心有體會，寧櫻沒道理看上譚慎衍。

寧櫻小臉一紅，撞了撞薛怡。「薛姊姊說什麼呢，被我娘知道，少不得要說我幾句。」

世人重貞潔，傳出她和譚慎衍有什麼的話，黃氏就不會應下這門親事了。

薛怡低頭看她。有些日子沒見，她長高不少，身段款款動人，只是胸前仍舊平平的，薛怡盯著寧櫻一馬平川的胸部多看了兩眼，狐疑道：「慎之真沒和妳私下往來過？我瞧著他求親的陣仗，三夫人再不應，他能求到皇上跟前讓皇上賜婚，長這麼大，還是頭一回看他在意一個女人。」

寧櫻宜羞宜瞋地掃了薛怡一眼，略有心虛道：「沒呢，我整日在家，甚少出門。」話完，她退後一步，從頭到腳端詳著薛怡。「薛姊姊是皇子妃了，叫我好生看看。」

薛怡一身葡萄紫的纏枝薄紗長裙，外面罩了一件月白色祥雲暗紋的華服，端莊矜貴，頭上的金鳳步搖在陽光下熠熠生輝，京中貴婦多是這般打扮的，只是不如薛怡俏麗。

寧櫻挽著她朝旁邊蔥郁的竹林走，嘖嘖稱奇道：「以前薛姊姊在薛府穿得簡單隨意，如今高貴得我都不敢認了。」

薛怡氣質好，衣服穿在她身上不顯厚重，一眼看去，與薛怡成親前沒什麼兩樣，只是她擔心薛怡抓著譚慎衍的話題不放，故意岔開話題罷了。

丫鬟會看人眼色，遠遠地跟在身後，不打擾兩人說話。

「妳別急著打趣我，說吧，妳與慎之怎麼回事？」如果不是寧櫻欲蓋彌彰急著轉移話題，薛怡沒準兒便揭過不提了，美目流轉，聚精會神地盯著寧櫻。「妳容貌不差是真，但慎之眼睛可長在頭頂上，如何就看上妳了？」

這話聽著，是稱讚她還是諷刺譚慎衍？

「我也不知發生了什麼？聽丫鬟說，薛姊姊是和譚侍郎還有六皇子一塊兒來的，妳可以差六皇子問問譚侍郎，我也糊裡糊塗呢！」寧櫻死咬著不承認，抬眉，清明澄澈的眸子目不轉睛地望著薛怡，尋求她的認可。

薛怡失笑。「罷了，不問妳了，慎之從小嘴巴就緊，想從他嘴裡聽見真話比什麼都難，只是我看上的弟妹叫他給搶了去，總覺得不是滋味。妳和小墨也見過很多次面，妳不覺得小墨比慎之好？」

黃氏剛透露給寧櫻議親之事，她就讓薛慶平上門提親，誰知太后身子不好，薛慶平耽擱了幾日，接下來一直忙藥圃的事情，她在宮裡聽到風聲的時候，譚慎衍已經寫了封不納妾的書信讓薛慶平蓋章，又聽說長公主去了寧府，果不其然，薛家的媳婦就被譚慎衍給搶了。

寧櫻沒料到薛怡如此直白，哭笑不得。「小太醫妙手回春，自然是好的。」

聽了這話，薛怡哀嘆了一聲。薛墨年紀不小了，依照薛慶平的心思，不知會給薛墨討個怎樣的妻子？她看寧櫻性子單純，待人接物不像京中那些小姐市儈，才有意撮合她和薛墨來著。

「我帶薛姊姊去我父親的書閣轉轉，那裡藏書多，府裡辦宴會，許多小姐都喜歡往書閣走。」說著話，寧櫻轉身招手，讓金桂找老管家拿書閣的鑰匙，領著薛怡往外面走。

夏風習習，夾雜著悶熱的空氣，寧櫻穿得單薄，反觀薛怡穿得多，走得極慢。她沿路介紹寧府的院子，百年庭院，一花一草皆下了工夫。

薛怡穿得多，哪怕走得慢，額頭也起了汗，說起六月去莊子避暑的事情來。年年皇上都會去避暑山莊，三品以上官員隨同，往年寧府沒有資格，今年卻是不同。

薛怡叮囑寧櫻道：「年年去避暑山莊都會鬧出一些事，妳讓身邊的丫鬟警醒些。」

寧櫻想起還有這件事。避暑的日子是各家夫人為子女相看的好時機，那時候男女不用太過避諱，極為熱鬧。上輩子她去過一次，那時已嫁給譚慎衍，對她來說倒沒多大的影響，算著日子，還有一個多月的時間，她肯定是要去的。

「多謝薛姊姊提醒。六皇子待妳好嗎？」

她沒見過六皇子尊容。上輩子幾位皇子為奪嫡自相殘殺，六皇子領了封地，皇上先將他從奪嫡之爭中摘了去，不能坐上那位置固然有遺憾，可獨善其身又何嘗不是件好事？

不管哪位皇子得勢，為了名聲皆不敢做得太過。登基後為了安撫文武百官、黎民百姓，拉攏王爺彰顯仁德是最快的途徑，六皇子不可避免會成為新皇登基拉攏的對象，對六皇子來說，只有好處，沒有壞處。

薛怡身為六皇妃，宮裡的大風大浪波及不到她身上；可惜，上輩子寧櫻無心外面的事，不知誰最後做了太子，否則能暗中提點薛怡一二。

薛怡面頰微微一紅，抬手順了順鬢角，遮掩自己的羞態，道：「六皇子為人通透，哪是會苛責我的人？」

聽見這話，寧櫻嘿嘿一笑，打趣道：「好就是好，薛姊姊拐彎抹角做什麼？聽說六皇子丰神俊美，文武雙全，飽讀詩書，想必和薛姊姊關係極好吧！」

薛怡作勢掐了她一把。「越發不懂禮數了，竟來笑話我。」

對寧櫻的親暱，薛怡是歡喜的，能讓她緩解一下心中的壓抑。初入皇宮，遇到人便是三跪九叩，一天下來膝蓋都紅了，桂嬤嬤在旁邊提點她沒有出過亂子，但她還是懷念成親前無拘無束的日子。

腰間的軟肉被薛怡掐得又癢又疼，寧櫻驚呼起來，連連求饒，迴廊上一時充滿了女子打鬧的歡笑聲。

剛穿過拱門的譚慎衍步伐微頓，他身旁的六皇子眼神微詫。他和薛怡成親已有些時日，自然聽得出她的聲音，倒是不知薛怡有如此開懷的時候，當然，比起另一道爽朗豪邁、不壓抑的笑，薛怡算得上內斂穩重了；倒不是聲音不好聽，只是這嗓門太過洪亮，樹梢的鳥兒被驚得到處亂飛，六皇子不太習慣。

「我竟是不知，你好這口。」六皇子側目，上挑的鳳眼裡滿是揶揄。

笑聲漸漸止住，樹梢的鳥兒佇立枝頭，轉著脖子張望，似要瞧瞧誰驚擾了牠們。

譚慎衍不置可否，聽見說話的聲音近了，拉著六皇子身子一閃，躲到了小路邊的假山後，猝不及防，六皇子的蟒袍刮到石壁，嚓的一聲破了口子，他幾不可察地皺了皺眉，透過假山的石縫望了一眼。薛怡一身得體的衣衫，身形曼妙，臉上笑意盎然，他跟著勾了勾唇，視線一轉，落在薛怡旁邊的女子身上，只一眼，六皇子忍不住哼了聲，斜眼打量著旁邊雙眼發亮的譚慎衍，不明白他眼光哪兒出了問題？

寧櫻生得好看，可這等容貌，京中一挑一大把，他注視著走廊上的寧櫻，比起中規中矩的薛怡，她穿得單薄，杏色的薄紗外裳，下繫著淺綠色長裙，打扮十分隨意，說話時，杏眼水光閃閃，給一張臉增色不少，饒是如此，在他眼中，還不如薛怡好看呢！

兩人沒發現假山後有人，說說笑笑地拐過走廊，穿過了拱門，寧櫻的說話聲比平日大許多。

聲音漸漸遠去，六皇子直起身子，發覺自己竟然躲在暗處偷窺，臉色僵了僵，調侃道：「你可別和我說，京城沒有比她美的人了。」

老侯爺為了譚慎衍的親事操碎了心，沒奈何譚慎衍一門心思在刑部裡，兩耳不聞兒女情長，他幾個皇兄還說準備送譚慎衍幾個美人，傳到皇上跟前，皇上說老侯爺若怪他們帶壞了譚慎衍，出手打人，他可不管。

那時候他們才知，皇上對老侯爺竟如此敬重，私底下納悶為何青岩侯府沒有公爵之位？畢竟全京城上下，得皇上敬重的只有老侯爺一人；當然老侯爺擔得起皇上的敬重，如今的太平盛世，大半是老侯爺的功勞，先皇從平平無奇的皇子一躍成為皇子，多虧了老侯爺鼎力相助，皇上不多說，史官都記著，所以，哪怕青岩侯弄得民怨沸騰，皇上看在老侯爺的面上也沒追究。

「他活著一日，便是朕眼中剛正不阿、戎馬一生的鐵血將軍，誰都不能動他，不能動先皇賜下的青岩侯府。」這是皇上看到彈劾青岩侯的摺子說的第一句話，之後，宮裡的幾個皇子都想方設法拉攏譚慎衍，但無一例外都失敗了。

譚慎衍抬頭撣了撣衣服上的灰，慎重道：「長得再美，不是她有何用？六皇子說得雲淡風輕，怎麼偏瞧上薛小姐了？薛小姐的容貌性情，京中比她出色的人多了去。」

六皇子一噎，嘴角抽搐了下。人都走了，他們躲在假山後互相嫌棄彼此的心上人，有意思嗎？

六皇子輕拍了下譚慎衍肩頭，中肯道：「其實，六小姐花容月貌，性情灑脫，比京中那一群滿口規矩禮儀的小姐強多了。」

「下官也這般認為。」

譚慎衍面不改色，抬腳走了出去，留下一臉呆滯的六皇子。

禮尚往來，不應該是我嫌棄你、你嫌棄我，我稱讚你、你稱讚我嗎？哪有譚慎衍這樣子的？

寧櫻和薛怡自是不知兩個男人為了她們唇槍舌戰的事。寧櫻是第二次來書閣，金桂打開書房的門，寧櫻先走了進去，日光在屋內投下一片暖色，窗戶下的桌椅蒙上薄薄一層灰，在陽光照射下極為醒目。

「我們待會兒再來，讓金桂先收拾一番。」

寧伯瑾入了禮部，書閣甚少有人來，主子不上心，下人們也懈怠了。好在前面是待客的園子，寧櫻挽著薛怡朝前面走，問起薛怡宮裡的生活來。

薛怡挑了一些好玩的事和寧櫻講，兩人剛走進亭子坐下，六皇子和譚慎衍就來了。

寧櫻看六皇子一身暗紫色蟒袍，虎虎生風，她急忙起身見禮，六皇子有意刁難她兩下，又怕惹薛怡不喜，冷著臉道：「免禮吧，長公主和三夫人在商量提親的事宜，譚侍郎在，妳有什麼想說的就說吧！」

寧櫻面紅耳赤，薛怡搗著嘴笑了起來；譚慎衍目光一暖，溫和的眸子泛著笑意，只是那張陰冷的臉，怎麼看都不像在笑的樣子。

六皇子多少摸透了譚慎衍的性子，不敢再說。他那個小舅子死活不肯來，說是擔心譚慎衍吃醋，他還笑薛墨沒用，此刻看譚慎衍的反應，或許是真的。

「櫻娘年紀小，哪懂其中的彎彎繞繞，你就別打趣她了。」笑過了，薛怡出聲提醒六皇子，寧櫻面皮薄，哪有當著譚慎衍的話笑話人家的？不過她有件事想和譚慎衍求證。

「櫻娘誇你體貼、善解人意，小墨跟你要好，說起你從來都是冷漠，沒想到，你在櫻娘面前倒是變了個人。」

寧櫻起初不解，回味過來後發覺話裡的意思不對，不待她開口，便聽譚慎衍回道：「他總說我常年在刑部，冷酷無情，我不正慢慢改嗎？」

薛怡一副「我就知道」的神色，看得寧櫻抬不起頭來。譚慎衍這話不是擺明私底下兩人有什麼嗎？

寧櫻抬眉，埋怨地瞅了譚慎衍一眼，後者不以為然，挑著眉，眼裡含笑地望著她。

六皇子看兩人眉來眼去，身子一哆嗦，起了一身雞皮疙瘩。「你們有什麼話慢慢說，我們先回去了。」話完，大步走向薛怡，伸手扶著她站起身。

薛怡臉上不自在，卻也沒推開他。薛怡多少清楚六皇子的性子，最不喜有人忤逆他，成親以來，她凡事順著他，在外人眼中她與六皇子舉案齊眉、相敬如賓，可她心裡不這麼認為。

宮裡的皇子，誰都不是簡單的，她暫時分辨不出六皇子是作戲還是真心。

寧櫻送六皇子和六皇妃出門，穿過垂花廳時，長公主和黃氏正好從裡面出來，寧櫻上前給長公主見禮。

長公主面目和善，眼裡泛著暖暖的笑。和京中貴婦虛與委蛇的皮笑肉不笑不同，長公主是由心底散發出來的笑，寬容大氣，但又不失端莊富貴，這等人才是真正的貴人。

「這就是小六吧，長得跟朵花兒似的，老侯爺說起妳笑得合不攏嘴，往後有機會了，多去侯府陪他老人家說說話也好。」老侯爺活不過年底，皇上和她是知情這件事的，就是因為知情，她才想極力促成這樁親事。

譚慎衍開了口，對方家世低些無所謂，清清白白的就好，這會兒看寧櫻唇紅齒白，眼神黑白分明，神采奕奕，長公主笑得更溫和了。

難怪入了老侯爺的眼，寧櫻身上透著一股倔勁，是老侯爺喜歡的。

柳氏和秦氏站在不遠處，沒有長公主召見，兩人不敢貿然上前，寧伯瑾和寧伯庸也小心翼翼陪著。這麼多年，寧府總算要出頭了。

送走了人，寧伯瑾還有些回不過神來，不住地拉扯寧伯庸身上的官袍。「大哥，我沒看錯吧，長公主來府裡幾回了？還有六皇子、六皇妃，咱家真的是蓬蓽生輝了……」說著，一個人咧著嘴笑了起來。

寧伯庸聽得皺眉，回望了一眼緩緩離去的馬車，臉上喜怒不顯。「若不是青岩侯府看中小六，長公主哪會再三上門？好在三弟妹答應了，否則咱們的日子都不好過。」

寧伯瑾想得也是同樣的事，恨不得現在就回禮部，叫大家一同陪他樂呵樂呵。

他看向一旁從容鎮定的黃氏，情不自禁道：「澄兒，妳給我們寧府生了個好閨女啊……」

澄兒是黃氏的閨名，十多年沒人喚過了，可想寧伯瑾心裡有多高興。

「好了，先瞞著，別把風聲傳出去了。」寧國忠不悅地蹙起眉頭。

長公主和黃氏商量好六月派人上門提親，先瞞著比較好，否則傳出去，還以為寧府眼皮子淺，貪慕虛榮，因為一門親事就得意上了天。

經寧國忠一說，寧伯瑾正了正臉上神色，努力繃著臉，可眉梢仍是掩飾不住的喜色。

寧櫻亭亭玉立、落落大方；譚侍郎玉立身形、一表人才，兩人真乃天造地設的一對。

柳氏和秦氏走出來，但看寧伯瑾笑得花枝亂顫，兩人交換一個眼神就明白應該是寧櫻的親事成了。

秦氏跟著歡喜。寧府沒有分家，寧櫻算是寧府的小姐，她嫁得好，成昭他們能跟著沾光；倒是柳氏，眼裡露出落寞來。寧靜芳和寧櫻同歲，寧櫻的親事已訂下，而寧靜芳還在莊子裡，不知是何情形呢！

這門親事，可謂有人歡喜、有人愁。

倒是寧櫻的日子沒什麼變化，寧伯瑾給她請了位王娘子，教導她學識，之前的夫子讓黃氏找個藉口送走了。

走的那日，寧櫻也去送行了。總體來說，夫子待她不錯，在兩人沒有齟齬前送走，往後碰見了，還能心平氣和地說說話，若撕破臉，任誰臉上都不好看。

「六小姐天賦好，往後會學有所成的，夫子心下愧疚。」這是夫子對她說的最後一句話。

寧櫻想她應該是後悔了，不過，因為她是柳氏找來的人，寧櫻不敢跟她太過親近。

新來的夫子是寧伯瑾千方百計尋來。夫家姓王，丈夫是京城一座私塾的夫子，夫妻倆是出了名的天才橫溢，王娘子不僅教她讀書，還教她作畫，字如其人，畫如其性，一幅畫的意境往往反應一個人的性情，或心懷抱負，或徒有其形而無其韻，皆能在畫裡體現出來。

寧櫻沒有接觸過畫，感到新鮮不已。王娘子見她沒有底子，便在桌上放了個芍藥花青色的花瓶，由著寧櫻畫，說是待她畫出花瓶的神韻來，再畫其他。

連畫了半個月，寧櫻握著筷子吃飯都不由自主地勾勒花瓶的形狀，惹來寧伯瑾的詢問。

得知王娘子讓她畫花瓶，寧伯瑾哈哈大笑。

「王娘子最拿手的便是作畫了，她願意教妳是看中妳，妳好好跟著學，琴棋書畫，總要有一個拿得出手才行。」

若寧櫻嫁的是一般人家，寧伯瑾可能不會強迫她學，可青岩侯府不同，老侯爺德高望重。好比說，晉府每年的賞花宴必把老侯爺奉為座上賓，哪怕老侯爺一次也沒去過，那個位置卻一直給老侯爺留著；寧櫻嫁到青岩侯府就是青岩侯府的世子夫人，晉府那等宴會是不能缺席的，少不得會被人拿出來比較一番，沒有拿得出手的特長，怎麼行？

寧櫻知道寧伯瑾是為了她好，認真地點了點頭，說道：「過兩日父親可有空？」

「怎麼了？」

六月皇上要出京，禮部上下都忙著，離休沐還有十來日的光景，應該是沒空的，但是望著寧櫻閃爍著光彩的眸子，他說話留了餘地。

寧櫻將鋪子開業的事情說了，她擔心有人去鋪子生事，希望寧伯瑾前去湊個熱鬧，拿身分鎮壓住心懷不軌的人。寧伯瑾的官職在皇室宗親、勛貴眼裡不算什麼，但對韶顏胡同那片的人來講，算是高得了。

寧伯瑾琢磨一番，問道：「鋪子在哪兒？茶水鋪子生意不好做，一般人都去酒樓，哪會專程去茶水鋪子？」

「韶顏胡同那片賣胭脂水粉的街上，父親可去過？」

京城的大街小巷但凡有趣、好玩的鋪子開張，寧伯瑾都會湊個熱鬧，韶顏胡同人多，哪少得了他的身影，只是入禮部後去的時間少了。

「最近沒去了。」

沒想到黃氏有本事在那兒給寧櫻買了間鋪子，他又道：「妳的茶水鋪子開在哪兒？那邊出過事，為了明哲保身，茶水、糕點鋪子都不在那片開了。」

寧櫻嚐了一口廚房做的爛肉粉條，粉條滑嫩，只是嚼在嘴裡有些油膩，吃了一筷口後她便不吃了，再挾其他的菜嚐了一口，不緊不慢道：「嗯，我也聽說了那件事，只是想來想去，茶水鋪子生意好做，想讓父親過兩日去替女兒撐撐場面，有父親在，那些人應該不敢輕舉妄動。」

寧伯瑾也覺得桌上的菜餚有些油膩，不怎麼動筷，應下此事道：「沒問題，明天我與禮部尚書請個假，過去看看。」

開鋪子裡面的門路多，上下都要打點。寧伯瑾想著明天自己先去鎮北撫司和京兆尹府打聲招呼，讓他們留個心，以防有人故意生事。

翌日傍晚，從禮部衙門出來後，寧伯瑾去了京兆尹府，但他沒走京兆尹的路子，京兆尹一句話雖管用，然而要給下面的人一些甜頭，對方辦事才會上心，於是他讓小廝買了些瓜果糕點和酒，找京兆尹的捕頭說話。寧伯瑾和京兆尹府的人沒有往來，只是平日和那幫好友聚會時，不時會遇到鐵捕頭，寧伯瑾將東西遞給他，說明來意。

鐵捕頭五官粗獷，皮膚黝黑，五大三粗的性子，做了多年捕頭都沒往上升，他有些認命了，看寧伯瑾態度客氣，他沒敢收禮，小聲道：「寧大人客氣了，那間鋪子的事情屬下聽說了些，背後來歷大著，哪需要我們京兆尹府出面？」

寧伯瑾不解，鐵捕頭看他一臉茫然，便把前些日子段家那位少爺鬧事，結果被送去書院的事情說了。

「他們背後靠山大著，段少爺仗著有段尚書，在京城沒少做些恃強凌弱之事，結果呢？現在街道上都沒聽到段少爺的聲音了。」

京兆尹府的人常常巡邏，京城哪些少爺是紈袴，瞞得了別人，瞞不過他們。段瑞被抓去刑部，出來後整個人都蔫了，連帶著青岩侯府的二少爺都不怎麼出來了，他們還特意去鋪子上瞧過，燦然一新的鋪子關著門，看不出賣什麼，不過名聲算是傳出去了。

寧伯瑾不知曉還有這事，想到譚慎衍在刑部，鋪子又是寧櫻的，少不得將兩人想到一起，臉上欣慰地笑了笑。「是嗎？不瞞你說，那是小女的鋪子，過兩日就開門做生意了，酒你拿著喝，往後出了事，多幫襯些。」

長公主去寧府的事像他這等捕頭是聽不到消息的，因而不知曉長公主上門為青岩侯府求娶寧櫻之事。寧伯瑾是三品大員，鐵捕頭不敢拒絕，滿臉是笑地用雙手接過來，看寧伯瑾備的分量足，想來是衙門裡的捕快都有份，笑著收下東西，待寧伯瑾走了，轉身和身旁的捕快道：「我瞧著寧大人往後還會高升呢！」

寧伯瑾如今的行為舉止和以前表現出的遊手好閒截然不同，連段尚書都不敢招惹寧府，後面肯定有貴人相助。

其他人聽鐵捕頭這麼說，看寧伯瑾的目光都不一樣了。

離開京兆尹府，寧伯瑾本來還想去鎮北撫司，讓巡防營的人平日多多關照，可想到譚慎衍已出面收拾了鋪子前鬧事的段瑞，其他人應該不敢造次，猶豫了一下，掉頭回去了。

——未完，待續，請看文創風559《情定悍嬌妻》4

純粹愛戀　甜蜜暖心／慕童

2017年8月出版

小妻嫁到

他以後可是她的人了，
這一世，不管好或不好，
能罵他、欺負他的，都只有她！

文創風 551 1

睜開眼，她已經從一縷幽魂變成一個軟呼呼的小萌娃，
直到她遇見了前世曾與她朝夕相處的裴世澤之後，
她才知道原來自己不是投胎了，而是以不同身分重活了一次。
本想捏捏看他這張年輕許多卻依舊俊俏的臉，觸感好不好，
可他卻突然抓住她嫩白的小手，讓她不小心跌進了他懷裡。
真是天外飛來豔福啊！她雖是娃娃身，卻有著一顆少女心，
面對眼前的美男誘惑，她的心思早就不知歪到哪裡去了……

文創風 552 2

離開前，說好要天天寫信給她的，
沒想到他這一走，卻杳無音信……
可他一回來就吃她豆腐，這好像不大對吧？
她不再是當年那個小不點兒，可以任由他又抱又摸又捏的，
如今長大了，她也是要嚴守男女之防，維護一下閨譽的。
偏偏他完全不當一回事兒，對她還是像兒時般親暱呵護，
他究竟……有沒有把她當成女人來看待啊？

文創風 553 3

紀清晨一直以為，他對自己的情感，只是哥哥對妹妹的疼愛，
但他居然對她說，他一直以來喜歡的人，只有她，
彷彿怕她不信，他欺身過來就將她壓在牆上，落下一個吻。
這……這……難不成就是傳說中的「壁咚」?!
不過，要是他從一開始就看上她的話，
那這一切，該不會都是他預謀已久的嬌妻養成計畫吧……

文創風 554 4

紀清晨這才發現，原來都是自己害他失去了大好前程，
那麼，這一世，她定會對他負責到底！
可就在好不容易排除層層阻礙，他們終於可以成親的時候，
發生了一樁意外，讓她險些喪命，
在這之後，他便總是避著她、躲著她，她再也沒見過他。
這突如其來的轉變，讓她不知所措，
難道他之前的努力，就只是為了將她推得更遠……

文創風 555 5 完

裴家的長輩一個比一個還要尖酸苛刻、蠻不講理，
尤其是她這個後娘婆婆，過去可沒少欺負她的親親相公，
他卻總是默默忍受，只有在她被刁難時，才會挺身而出，
她覺得窩心的同時，也心疼他自小就沒感受過什麼是親情。
從今以後，就由她來給他溫暖，當他一輩子的家人，
將來不論發生任何事，她都不會放開他的手！

追趕跑跳碰　緣結逃不過／涼月如眉

斂財小淘氣

重生後，她只想逃離命運，
誰知，仍是遇見了他這個冤家。
不過瞧他身上帶傷、還得躲追兵，
這難道這是上蒼給她的斂財良機？

文創風 547 1

身為首富嫡女，陸鹿前世一生懵懂、性子膽小，
最終落得投井自殺的悲慘下場。
有幸重生，她甩去懦弱性子，打算離家躲戰禍，
無奈人小力薄，還口袋空空，要在外頭過活都非常困難。
幸而打瞌睡就送來了枕頭，
前世的倒楣根源，西寧侯府世子──段勉，撞到她跟前。
見他身受重傷，還瞪眼強撐著威脅她相助，
嘿嘿！身為沒啥把柄的陸府「小丫鬟」，這不正是斂財良機嗎？
想她幫忙，快快交出金銀財寶來～～

文創風 548 2

段勉對矯揉造作的女人很是厭惡，
但想到那愛財狡猾的陸府小丫鬟，
他仍是參加了女眷眾多的賞菊會。
誰知，她不是陸家嫡小姐的貼身丫鬟，而是小姐本尊?!
他竟然被她騙得團團轉，真真是太氣人了！
不過瞧見她落水掙扎，他還是不顧聲譽救人。
結果她不但不知恩，還巴不得劃清界線，
他內心惱怒，輪得到她這個野蠻的愛財女嫌棄他嗎？
可偏偏這個滿是缺點的丫頭，讓他有些動心了……

文創風 549 3

人善被人欺，陸鹿不願被欺，因此鬧得轟轟烈烈，
陸家只得暫時將她送往別院避風頭。
她就要及笄，各方勢力角逐，想藉聯姻拉攏住陸家。
不願受命運擺布，她正努力自力救濟，
誰知，段勉竟然處處扯她後腿，還加劇了緋聞?!
見他不平息流言，又糾纏不休，還以為他對她有意思，
誰知一問，他卻說她「胡說八道」，
哼！如此甚好，她才不想跟這個大麻煩繼續勾勾纏呢～～

文創風 550 4 完

陸鹿帶著財產跑路，以為計劃完美無缺。
結果，段勉料事如神，早將她的親信策反，來個甕中捉鱉。
她用盡三十六計，都翻不出他的五指山，感到非常鬱悶，
結果，被趕鴨子上架的是她，他還委屈上了是哪招？
分明是他這般霸道，讓她無路可逃，
怎麼反倒像是她無理取鬧？
但想起幾次他彆扭著幫忙她的樣子，她有些心軟了……
既然逃不開，那麼上輩子他欠她的，這輩子就讓他還吧！

文創風
558

情定悍嬌妻 3

國家圖書館出版品預行編目資料

情定悍嬌妻 / 新蟬著. --
初版. -- 臺北市 : 狗屋, 2017.09
冊 ; 公分. --（文創風）
ISBN 978-986-328-771-1（第3冊：平裝）. --

857.7 106012041

著作者	新蟬
編輯	黃鈺菁
校對	沈毓萍　簡郁珊
發行所	狗屋出版社有限公司
地址	台北市104中山區龍江路71巷15號1樓
電話	02-2776-5889～0
發行字號	局版台業字845號
法律顧問	蕭雄淋律師
總經銷	知遠文化事業有限公司
電話	02-2664-8800
初版	2017年9月
國際書碼	ISBN-13　978-986-328-771-1

本著作物由北京晉江原創網絡科技有限公司授權出版

定價250元
狗屋劃撥帳號：19001626
網址：love.doghouse.com.tw　E-mail：love@doghouse.com.tw